AF241596

Gorący Wielbiciel Estelle

KSIĘGARNIANE PIĘKNOŚCI
KSIĄŻKA JEDEN

CATHERINE BILSON

EBONY OATEN

SHENANIGANS
·PRESS·

Ostrzeżenie dotyczące treści

- Wrogość i przemoc emocjonalna ze strony rodziny
- Śmierć rodziców
- Powszechna niesprawiedliwość i seksizm, ponieważ kobiety były traktowane jak obywatelki drugiej kategorii
- Koty rozmnażają się niekontrolowanie, ponieważ sterylizacja zwierząt domowych nie była jeszcze znana

Zalecamy także, by nie stosować żadnych ziołowych preparatów wspomnianych w tych książkach. Choć niektóre mogą działać, nie są niezawodne, a dawki i skuteczność mogą się różnić w zależności od osoby. Prosimy, by niczego w tych książkach nie traktować jako porady medycznej.

Pierwsza skrzynia

Baxter's Fine Books, Hatfield, England,
Koniec czerwca 1814 roku

Estelle Baxter, najstarsza i zdecydowanie najrozsądniejsza z czterech córek Baxterów prowadzących Baxter's Fine Books w Hatfield, Hertfordshire, przybiła do podstawy słupa poręczy kawał szorstkiej jutowej płachty. Potem rozgniotła w dłoniach świeże łodygi kocimiętki i natarła nimi powierzchnię, barwiąc tkaninę na brunatnozielono.

Z wysokości księgarni zsunął się na miękkie pyknięcie czarny cień. Crafty, rodzinny kot, zeszła z góry i natychmiast przysunęła policzek do odnowionej zabawki, mrucząc z zadowoleniem. Gdy przetoczyła się na grzbiet, na jej czarnym futerku ukazał się biały pukiel w kształcie serca. Potem uczepiła się juty przednimi pazurami i zaczęła ją okopywać tylnymi łapami, jakby opętały ją duchy przodków polujących na grubą zwierzynę.

— Dobra dziewczynka, Crafty, drapiemy słupek, nie książki.

Nagrodziła w większości już udomowioną kotkę delikatnym pyknięciem w łebek, po czym umyła ręce i zabrała się do porannych zajęć, zanim reszta sióstr dołączy do niej po śniadaniu.

Estelle lubiła poranny spokój, kiedy mogła coś zdziałać, zanim nadejdą klienci.

Przez ściany księgarni przesączały się dźwięki koni i ludzi przechodzących High Street. Ruchliwy hotel i zajazd pocztowy tuż obok zapewniały stały potok hałasu, dniem i nocą. Gdy z Londynu przyjeżdżała dyliżansowa poczta, Baxter's Books stanowiła miłą odskocznię dla podróżnych na czas wymiany koni. Była to dla nich okazja, by rozprostować skurczone nogi po godzinach siedzenia w powozie.

Wnętrze księgarni było naturalnie ciemne, bo parterowe okna już dawno zastawiono regałami. Ogromne półki rozwiązywały dwa typowo księgarskie problemy: tworzyły dodatkową przestrzeń na zbiory, a zarazem chroniły cenne i rzadkie księgi przed niszczącym działaniem słońca.

Czyniło to jednak widoczność nader marną. Dlatego kolejnym porannym zadaniem Estelle było zapalanie lamp za ochronnymi szklanymi kloszami, by klienci mogli odnaleźć się wśród półek. I Estelle również. Tej widoczności bardzo by jej się przydało, gdy minęła ladę i nadepnęła na coś mokrego i chrupkiego, co ześlizgnęło się spod jej ciężaru.

— Crafty! — zawołała, próbując dojrzeć, w co wlazła. Kuśtykając na jednej nodze, podeszła do wejścia, odsunęła zasuwę i otworzyła drzwi. Powitalny dzwonek zabrzęczał.

Słońce ujawniło odrażającą prawdę: na spodzie pantofla miała wytrzewione resztki ćwierci myszy.

— Och, Crafty, no nie rób tego — powiedziała z rozpaczą.

Zerknęła w górę i w dół ulicy. Przed Red Lionem krzątali się ludzie, czekając na następny dyliżans. Między Baxter's Fine Books a Red Lionem był przejazd na tyły, do stajni. Na szczęście tuż przy schodkach najbliższych drzwi stał skrobak do butów. Estelle podkuśtykała i zeskrobała resztki myszy z podeszwy, krzywiąc się z obrzydzeniem.

Ledwie skończyła czyścić pantofel, zajechał dyliżans z Londynu, obładowany na dachu najrozmaitszymi kuframi i pudłami, a w środku napchany pasażerami.

Migiem wróciła do księgarni i odchyliła na bok małą zasłonkę w okienku drzwi. Wpuściło to snop światła, który rozjaśnił podłogę, lecz nie padał na żadne książki.

Światło ukazało ślad mysich szczątków prowadzący za ladę. Estelle westchnęła i sięgnęła po ścierkę oraz szufelkę na popiół spod lady, trzymane tam na taką właśnie regularną okoliczność.

Gdy już uprzątnęła bałagan, Estelle zanotowała w myślach, by odtąd codziennie pierwszą rzeczą było sprawdzenie za ladą. Crafty była znakomitą łowczynią, lecz ostatnio wyrobiła sobie niegodne kociej damy nawyki.

Choć Crafty — pełne imię Wollstonecraft — przysparzała kłopotów, w księgarni naprawdę potrzebny był dobry koci myśliwy. Zanim się pojawiła, próbowali odpędzać myszy pękami lawendy i rozmarynu. Pachniało cudownie, ale wygłodniałe gryzonie i tak niszczyły co tydzień kilka książek. Crafty podjęła swoją wyznaczoną rolę z zapałem i szkody w księgozbiorze odeszły w niepamięć.

Dzwonek nad drzwiami zabrzęczał. Wszedł wysoki mężczyzna w zawadiackiej pelerynie podróżnej, zdejmując cylinder już na progu. Światło zaiskrzyło na jego złotych lokach, jakby ogłaszało zstąpienie cherubina.

W zaawansowanym wieku dwudziestu pięciu lat Estelle może i dawno zrezygnowała z myśli o zamążpójściu, lecz nie znaczyło to, że nie potrafiła docenić okazałego okazu, gdy taki wchodził do rodzinnego sklepu. Omiotła dżentelmena spojrzeniem od doskonale skrojonego surduta po wypolerowane buty heskie. *Majętny*, pomyślała. Przecież nie mógł przyjechać dyliżansem? Mężczyzna tak ubrany miałby własny powóz albo doskonałego wierzchowca.

— Dzień dobry — przywitała klienta.

Podskoczył ze strachu, po czym opanował się, odwrócił w stronę jej głosu i przycisnął dłoń do piersi. — Na niebiosa, tu pani jest! Nic tu nie widać, tak tu ciemno.

— To dla ochrony książek — odparła. Naprawdę powinna zapalić więcej lamp. Jej oczy już się przyzwyczaiły, lecz ktoś wchodzący z ulicy ewidentnie potrzebował więcej czasu.

— Rozumiem! Cóż, przed chwilą obok przybyła skrzynia z książkami; poproszono mnie, żebym się przysłużył i dał pani znać.

Estelle wyszła zza lady. — Dziękuję. Zaraz wrócę. W tym czasie proszę się rozejrzeć po sklepie.

— Chętnie pomogę — odparł, obdarzając ją zbyt czarującym uśmiechem.

Dziwne, ktoś tak ubrany nie wyglądał na typ, który para

się dźwiganiem towaru to tu, to tam. *Wie, że jest przystojny* — pomyślała Estelle z przekąsem, gdy dżentelmen odłożył kapelusz na ladę. Zaczął też zdejmować rękawiczki, ukazując dłonie, które niewiele zaznały fizycznej pracy.

Mógł brzmieć pomocnie, ale Estelle uznała, że najpewniej będzie tylko zawadzał. — Może pan dopilnować, żeby Crafty nie wybiegła na ulicę i nie spłoszyła koni — powiedziała.

Skrzywił się z konsternacją. — Crafty to...?

— Kot. Znakomita łowczyni myszy, co jest niezbędne, by chronić książki. Niestety uważa, że konie to ogromne myszy, i próbuje je łapać.

— No proszę! — roześmiał się, a kąciki błękitnych oczu zmięły się od częstego śmiechu. Uśmiechnęła się z powrotem, nieco ujęta mimo swoich cynicznych myśli. Rzeczywiście wydawał się wesołym człowiekiem, a jeśli był tak bogaty, na jakiego wyglądał, mógłby kupić kilka książek.

— Na początku to było zabawne, ale szkoda mi koni. Zaraz wracam. — Ruszyła na podwórze zajazdu, gdzie dwóch tęgich mężczyzn właśnie ściągało drewnianą skrzynię z bagażnika.

— Dzień dobry, panno Baxter — odezwał się pan Thomas. Był siłą roboczą właściciela Red Lionu i miał wprawę w dźwiganiu ciężkich kufrów i pak.

— Dzień dobry, panie Thomasie. To wygląda na wyjątkowo ciężkie — zauważyła.

Odburknął: — Bo jest pełna książek.

— Moglibyśmy trochę wyjąć, żeby odciążyć...

Skrzynia stoczyła się z powozu i walnęła o ziemię, rozpadając się w drzazgi.

— ...ładunek — dokończyła Estelle z bolesnym grymasem.

Co za bałagan! Głęboko westchnąwszy, podeszła, by zdjąć książki z wierzchu stosu, uważając, by nie zaczepić skóry o drzazgi. Miała cichą nadzieję, że żadne nie ucierpiały zbytnio. W końcu nazywali się *Baxter's Fine Books*, nie *Baxter's Uszkodzone i Porysowane Książki*.

Hałas ściągnął gapiów, którzy tłumnie podeszli zobaczyć, co się dzieje.

— Przepraszam za to, panno Baxter! — zawołał pan Thomas z góry.

Zszedł i zaproponował pomoc w zbieraniu rozgardiaszu. Używał czystej siły, a niektóre tomy wyglądały na stare. I delikatne.

— Ułożę je panu na rękach, jeśli pan pozwoli; będę mogła je od razu sortować — powiedziała Estelle, uznając, że lepiej, by pan Thomas nie brał ich w nie do końca czyste dłonie. Potulnie wyciągnął przedramiona i ostrożnie ułożyła na nich kilka tomów.

Z księgarni wyszedł złotowłosy dżentelmen, najwyraźniej przywołany hukiem rozpadającej się skrzyni, i rzekł: — Halo, czy ktoś ucierpiał?

— Wszystko w porządku — odkrzyknęła Estelle.

— Mogę pomóc? — zapytał ponownie.

Może nie wyglądał na bardzo silnego, ale z pewnością zdołałby podnieść parę książek i wnieść je do środka. — Dziękuję — zgodziła się Estelle, skinąwszy panu Thomasowi, by zaniósł swoje naręcza do środka.

Podała dobrze ubranemu mężczyźnie dwa opasłe tomy. W dziennym świetle dostrzegła jego skórę muśniętą słońcem i oszałamiające błękitne oczy. O dobry Boże, mógłby przyprawić kobietę o omdlenie! Miał ten rodzaj świetlistej cery, jaki zyskuje się w cieplejszym klimacie. Gdy chwycił książki, wydał z siebie najlżejsze stęknięcie. Potem otworzył jedną i oczy rozszerzyły mu się ze zdumienia. — Cudownie! Szukałem tego od wieków!

Z pięcioma księgami ułożonymi w ramionach Estelle zerknęła, nad czym tak się rozpływał.

Psiakrew. Wystarczyło rzut oka na kartę tytułową, by westchnęła ciężko. — Ogromnie mi przykro, ten egzemplarz jest na specjalne zamówienie, czekaliśmy na niego miesiącami; już dawno został zarezerwowany. Jak to możliwe, że trudno nam sprzedać całe mnóstwo tytułów, a gdy tylko przychodzi jeden konkretny, dwie osoby go chcą?

— Ale muszę go mieć — powiedział.

— Porozmawiamy, gdy wniesiemy resztę książek — wymigała się, nie mając najmniejszego zamiaru sprzedać mu akurat tego tomu. To kolejna rzecz, którą zaczynała o nim zakładać — jeśli ma pieniądze, zapewne przywykł dostawać to, czego chce.

Cóż, ta książka była już obiecana — i to fakt.

Estelle zerknęła na słońce i zapragnęła jak najszybciej wnieść księgi do środka. Przynajmniej deszcz nie wisiał na razie na horyzoncie. Niebawem wszystkie tomy spoczywały bezpiecznie w środku, ułożone w stosy na ladzie.

Jej siostry zeszły ze schodów i od razu zabrały się do pracy. Marie otworzyła rejestr, by zapisać każdy tytuł i cenę. Louise starannie sprawdzała oprawy, które wymagały naprawy, a Bernadette wkładała do bawełnianych kopert bukieciki chryzantem i siekaną skórkę z cytryny, by zwalczyć nieproszonych gości, jak rybiki i mole. Estelle zachwycała się, jak zgodnie współdziałały we cztery. Powiedziały ojcu, że wszystko będzie pod kontrolą podczas jego nieobecności, i dotrzymały słowa.

Tymczasem ich elegancki klient rozgościł się na krześle przy drzwiach, korzystając ze światła z okna. Był pochłonięty książką, którą pragnął, a której mieć nie mógł.

— Jeśli obieca pan obchodzić się z nią wyjątkowo ostrożnie, może pan czytać ją tutaj w sklepie — zaproponowała Estelle w ramach kompromisu. Traktował ją ostrożnie, co cieszyło oko.

Mężczyzna pokręcił głową. — Niestety, to nie dla mnie, lecz na prezent dla kogoś.

Było jej go żal, lecz sytuacja nie zależała od niej. — Raz jeszcze, ogromnie mi przykro, ale ta książka jest już obiecana i opłacona prze...

— Zapłacę podwójnie. Nie — potrójnie!

Estelle posłała w górę krótką modlitwę o niewpadanie w pokusę, a potem cierpliwie wyjaśniła mu sytuację jeszcze raz. — Po prostu nie mogę. To jeden z naszych najstarszych i najcenniejszych klientów.

— Proszę mi powiedzieć jego nazwisko, przemówię mu do rozsądku.

Brzmiało to dość złowieszczo! I fatalnie dla interesu, gdyby rozdawali obcym dane osobowe. — Nie, proszę pana, nie mogę. Nalegam, by oddał pan książkę.

Jak podejrzewała, wyraźnie był przyzwyczajony do stawiania na swoim; wysunął uparcie szczękę. Licząc, że okaże się rozsądny, Estelle wyciągnęła dłoń po zwrot tomu.

— No dobrze — jęknął i oddał.

Nie wypuścił jej jednak od razu.

Estelle spojrzała na mężczyznę, na jego wykwintne ubranie, słomkowe loki i rękawiczki tak nowe, że gładkie jak jedwab. Nie był przyzwyczajony, by mu odmawiano. Wcale.

— Dziękuję — powiedziała, gdy wreszcie pozwolił tomowi opuścić swoje dłonie. — Czy mogę zaproponować coś innego? Jak pan widzi, mamy szeroki wybór...

— Nie. Dziękuję. — Dżentelmen uprzejmie skinął głową, chwycił kapelusz i wyszedł, zostawiając Estelle wpatrzoną w jego plecy.

Oto odchodzi majętny potencjalny klient. Co za szkoda, że nie mogłam mu sprzedać tej książki!

***

Później tego dnia Estelle owinęła cenny tom, którego pragnął ów przystojny i bogaty nieznajomy, w ceratę, po czym wsunęła go do torby podróżnej. Louise, Bernadette i Marie nadal wykonywały swoje zadania, gdy żegnała się z nimi. Crafty czatowała przy drzwiach, by się wymknąć, ale zwinne ruchy stóp pozwoliły Estelle wyślizgnąć się, a kot został w środku.

Przy skrobaku do butów panoszyły się dwa wrony, traktując go jak bufet. Estelle przeszła przez przejazd do zajezdni, gdzie wynajęła konia na dzień.

Spokój wzywał, gdy wkrótce z pożyczonym koniem zostawiła za sobą zgiełk, gwar i zapachy Hatfield.

Wszystko zdawało się łatwiejsze tu, pośród pól, jakby zostawiała troski w miasteczku. Słońce słabo przezierało zza chmur. Jaskółki śmigały nad trawami, a nieopodal pasły się owce. Wiatr był chłodny, lecz jego świeżość dodawała jej sił.

Uczucie ściśnięcia pod żebrami naszło ją, gdy porównała jasność pleneru z cieniami księgarni. *Kocham księgarnię* — powiedziała sobie, jakby potrzebowała odrobiny dodatkowego przekonania. Książki były jej utrzymaniem i nie tylko jej przyszłością, lecz całej rodziny.

Ależ jednak cudownie było pooddychać świeżym powietrzem, jechać w damskim siodle z wiatrem we włosach. Nawet jeśli na pożyczonym koniu o imieniu Somerset Valley Four. Przynajmniej koń był spokojny i nie miał nic przeciwko dźwiganiu damy w damskim siodle. Miał dobre wyczucie równowagi, więc nie musiała przesadnie skupiać się na jeździe.

Podróżowanie i dostarczanie książek było najprzyjemniejszą częścią jej życia. Czasem szkoda było się z nimi rozstawać, ale ceny, jakie płacili kolekcjonerzy, były zbyt kuszące, by je odrzucać.

Mając czas, by myśleć i po prostu być, myślami powędrowała ku ojcu, który niedawno wyruszył na kontynent na łowy rzadkich książek. Tęskniła za nim, jak wszyscy, ale wiedziała, że przeżywa niesamowitą przygodę. Teraz, gdy Napoleon został bezpiecznie zesłany na Elbę, Anglik taki jak jej ojciec musiał cudownie spędzać czas we Francji. Mówił biegle po francusku, jak zresztą one wszystkie dzięki ich zmarłej matce, więc bez trudu się dogadywał. Skoro walki ustały, mógł swobodnie się poruszać. Sama myśl o spędzaniu dni na objeżdżaniu okolicy i kupowaniu książek napełniała Estelle tęsknotą. Gdyby tylko mogła pojechać z ojcem, jak to czyniła przy tylu jego lokalnych wyprawach!

Matthew nie chciał jednak słyszeć o zabraniu jej do Francji, twierdząc, że to zbyt niebezpieczne. Niebezpieczne? Napoleon był zamknięty, znów było bezpiecznie.

Prawdziwy powód był taki, że potrzebował jej do opieki nad siostrami i księgarnią podczas swojej nieobecności, ale rozgrywał kartę zagrożenia do ostatka.

Kropla deszczu pacnęła ją w powiekę. Spojrzała w górę — chmury pociemniały złowrogo. Utrzyma się bez deszczu?

Kolejna kropla trafiła ją w policzek.

Zapachy letniego popołudnia znikły, gdy wiatr się ochłodził. Spędzając tyle czasu pod dachem, Estelle nie wyrobiła w sobie zdolności czytania pogody. Ojciec i Louise mieli do tego smykałkę, lecz ona i świętej pamięci matka nigdy.

Co by się przydało jakieś dziesięć minut wcześniej, kiedy ona i Somerset Valley Four mogli schronić się w stodole przy drodze.

Nie było sensu zawracać — ruszy naprzód i dotrze do klienta. Książka tkwiła w ceracie, więc nawet jeśli niebo się otworzy, skarb będzie bezpieczny.

Kilka chwil później niebo rzeczywiście się otworzyło.

W powietrzu szybko zapachniało błotem i wilgocią.

Pogoniła Somerset Valley Four do kłusa, a choćby i do truchtu, i koń ochoczo ruszył. W kilka mgnień jednak zwierzę mocno się potknęło. Szarpnęło, Estelle przechyliła się w siodle, chwytając się grzywy, by utrzymać równowagę. Jeszcze jeden powód, by wolała jechać okrakiem; jakże by chciała się odważyć! Ale choć nie spodziewała się wyjść za mąż, musiała zachować odrobinę ogłady w Hatfield ze względu na interes.

Koń się zatrzymał.

Deszcz jednak nie.

— Co się stało? — Estelle spróbowała ruszyć konia, lecz po dwóch krokach stało się jasne, że kuleje. Z westchnieniem niezadowolenia przerzuciła nogę przez łęk i zsunęła się na ziemię. Sprawdziła biedaczka, podnosząc mu lewą przednią nogę. Czy zgubił podkowę?

Deszcz już teraz siekł ich niemiłosiernie, tworząc na drodze błotniste kałuże. Oboje byli przemoczeni do suchej nitki.

— Daj, Kochanie, zobaczę kopyto — poprosiła, łagodnie klepiąc konia w nadpęcie.

Zwierzę posłuchało i okazało się, że podkowa jest cała, lecz między rant podkowy a wrażliwą strzałkę wcisnął się kamień wielkości orzecha włoskiego. Gładki, teraz śliski i mokry, opierał się próbom chwycenia go palcami i wyciągnięcia. Estelle skrzywiła się; przydałby się czyścik do kopyt albo choć scyzoryk. Szpilka do włosów tylko by się wygięła. Rozejrzała się i znalazła kilka krótkich patyczków; dwa pierwsze pękły, lecz trzeci okazał się dość mocny, by podważyć kamień i go wytrącić. Koń wypuścił przez chrapy miękki, ulżony pomruk.

— Dzielny chłopak. — Ulgę poczuła i Estelle, gdy odstawiła kopyto i wyprostowała się. — Dasz radę iść?

Somerset Valley Four ruszył na jej zachętę. Zerknęła na strzemię przy ramieniu i uświadomiła sobie, że będzie jej trudno wdrapać się z powrotem w damskie siodło. Rozglądnęła się z nadzieją za czymś, na co mogłaby stanąć, by ułatwić sobie dosiad. Niczego nie było. Może i lepiej będzie oszczędzić mu ciężaru na grzbiecie, skoro kopyto mogło być mocno poobijane po tamtym kamieniu. Choć nie kulał teraz, mogło być inaczej z nią na grzbiecie. Poza tym, przemoczona ważyła na pewno więcej niż w chwili wyjazdu.

Ujęła wodze i poszła obok. W końcu bardziej mokra już nie będzie.

Po godzinie coraz bardziej nasiąkniętego marszu ukazała się posiadłość lorda Ferndale'a. Ferndale Hall był urokliwą klasycystyczną rezydencją z kamienia, otoczoną zalesionym parkiem i polami pełnymi zadbanych owiec. Z dymu unoszącego się z wielu kominów Estelle wywnioskowała, że wkrótce będzie jej ciepło i sucho. Lord Ferndale, poza tym, że był solidnym klientem, płacącym na czas, był starym przyjacielem jej ojca i miał słabość do Estelle oraz jej sióstr. Jego służba pewnie zaopatrzy ją w suche ubranie i porządny powóz z koniem, by odwieźć ją do domu.

Gdy się zbliżyła, podszedł stajenny i zaproponował odprowadzenie konia do stajni.

— Dziękuję, i proszę spojrzeć na jego lewą przednią nogę. Wyjęłam kamień, ale kopyto może być obite.

— Tak jest, panno — odparł, głaszcząc konia po chrapach.

Sędziwy lokaj, pan Thorne, nie dał po sobie poznać, by cokolwiek było nie w porządku, gdy otworzył drzwi i ogarnął wzrokiem przemoknięty wygląd Estelle. Poprosił ją jednak, by chwilę zaczekała w holu, gdzie skapywała na parkiet.

Wrócił z suchymi prześcieradłami. Wkrótce zjawiła się

też panna Yates, starsza siostra lorda Ferndale'a, pełniąca funkcję pani domu w Ferndale Hall.

— Thorne mówił, że potrzebuje pani zmiany ubrania.

Panna Yates była tak kochana, że to zaproponowała. — Dziękuję, odeślę je wyprane.

Panna Yates uśmiechnęła się. — Phi, nie ma takiej potrzeby. Proszę ze mną, zaraz coś zaradzimy.

Estelle zawsze czuła się u Ferndale'ów jak wśród przyjaciół. Pomagał też fakt, że lord Ferndale był jednym z ich najlepszych klientów.

Panna Yates nigdy nie wyszła za mąż, lecz stała się w Hatfield nieoceniona — zasiadała w wielu damskich komitetach i czyniła mnóstwo dobra dla ubogich parafian. Mimo wielkiego majątku i tego, że była córką i siostrą barona, nigdy nie wywyższała się ani nie uważała za zbyt dobrą, by z kimkolwiek obcować. W opinii Estelle była prawdziwą damą, znacznie bardziej niż wiele osób posiadających rzeczywiste tytuły.

Estelle osuszyła się i włożyła jedną ze spódnic, które przyniosła pokojówka panny Yates. Był to starszy fason z długimi pasami płótna przewlekanymi przez oczka, dzięki czemu można ją było zwęzić lub poszerzyć zależnie od tego, czy dama "przybywa", czy nie. Żakiet do kompletu był podobnego kroju, z talią znacznie niższą niż dzisiejsza moda. Uszyto je z pięknego materiału i, co ważniejsze, były suche i wygodne.

Mogły powstać przed dekadami, zapewne w czasach, gdy panna Yates mogła się spodziewać zamążpójścia. Pachniały cedrem i długim przechowywaniem.

Wtem ją olśniło. — Panno Yates, to z pani wyprawy ślubnej! Nie mogę nosić tak wspaniałych rzeczy.

— Wolę, by były noszone, niż miały stać się obiadem moli! — odparła panna Yates.

Cóż, ujmując to tak. Estelle uśmiechnęła się, gładząc dłonią tkaninę spódnicy.

— Czy pani lub siostry potrzebujecie sukien na zabawę w assembli? — spytała panna Yates.

Pytanie na moment zastygło Estelle w bezruchu. Na chwilę zapomniała o przesileniu letnim w assembli, które miało się odbyć za kilka nocy. Wszyscy ważni w Hatfield mieli się stawić, a wielu innych pójdzie na podobne publiczne tańce dla robotników rolnych.

Dotąd Estelle zakładała, że wystarczy jedna ze starszych sukien. Nie zamierzali kupować nowej materii, dopóki ojciec nie wróci i nie spłaci ogromnej pożyczki, którą wziął na sfinansowanie wyprawy do Francji.

— Nie lubię się wyróżniać — wymówiła się.

— I tak coś prześlę. Panna Marie może zechce czegoś nowego. A właściwie starego. Są dość stare, ale możecie je przerobić, jeśli zajdzie potrzeba. Ostatnio porządkuję strychy; tyle rzeczy latami tam trzymano i nie chcę, by się zmarnowały! — Panna Yates uniosła dłonie, gdy Estelle zaczęła protestować. — Nie, nie przyjmuję sprzeciwu. Komu innemu miałabym je dać? Wie pani, że Arthur i ja mamy ledwie jaką rodzinę — tylko wnuka Arthura, który nie ma żony i najwyraźniej nie zamierza jej brać. Chciałabym, aby pani i siostry je miały.

Nie sposób było sprzeciwić się upartej starszej pani, której w oku błyszczał wręcz wojowniczy ogień. Estelle ustąpiła z wdziękiem i wdzięcznością. Cudownie byłoby mieć nową suknię, choćby trzeba ją było całkiem przerobić.

Kilka dodatkowych wsuwek, by okiełznać tresse, i Estelle wraz z panną Yates były gotowe, by udać się do salonu.

Lord Ferndale czekał na nie przy buzującym ogniu.

— Panno Baxter, moja droga — rozłożył ramiona, zapraszając do uścisku.

Rzeczywiście byli bardziej jak rodzina niż jak klienci — pomyślała Estelle, obejmując drogiego przyjaciela i całując go w pomarszczony policzek.

— Przynoszę dobre wieści, mam książkę, której Pan pragnął! — Rozpromieniła się, otwierając torbę i podając pakunek.

Lord Ferndale odwinął ceratę i westchnął, gdy ukazał się cenny wolumin. Szybko podszedł do okna, by lepiej mu się przyjrzeć, odkładając pustą osłonę na stolik. Przerażona widokiem mokrej ceraty tak beztrosko położonej na kosztownej różanej politurze, Estelle chyżo ją porwała i złożyła.

— Och, tak — rzekł lord Ferndale, otwierając okładkę i czytając kartę tytułową. — *The Collected Works of Philo Judæus*, i to jak wspaniale oprawione! O mój Boże — westchnął, przewracając kilka pierwszych kart i podziwiając kunsztownie kolorowane, ręcznie rysowane ilustracje. — Nie mogę uwierzyć, że trzymam to we własnych dłoniach.

— Ogromnie się cieszę, że to właśnie w pańskich dłoniach — odparła Estelle z uśmiechem, obserwując radość na twarzy sędziwego dżentelmena.

Jest coś magicznego w dopasowaniu klienta do księgi jego duszy. A tak stara dusza jak lord Ferndale potrzebowała ich niemało.

— Jest pani cudowna — rzekł, ostrożnie przewracając strony i przebiegając wzrokiem tekst. — Jakże udało się pani to zdobyć?

— Za to powinien Pan dziękować mojemu ojcu. Dziś rano nadeszła skrzynia z Francji i to właśnie w niej było. Przybyłam, jak tylko mogłam, wiedząc, że od dawna Pan o to zabiega.

— To trzeba uczcić, musi pani zostać na herbatę.

Lord Ferndale był niezwykle miły, a Estelle rzeczywiście ulegle kusiła ta propozycja, zwłaszcza wiedząc, jak dobrą kucharkę ma. — Powinnam wracać — odparła, myśląc, że *może* da się namówić na jedną filiżankę i może dwa ciasteczka. — Już i tak zawdzięczam państwu suche ubranie, a deszcz na pewno ustanie.

Jak na szyderstwo wobec jej słów, niebo pociemniało i znów lunęło.

Przez otwarte drzwi salonu przeszedł jakiś mężczyzna. Już niemal zniknął z pola widzenia, gdy się cofnął o krok.

Wpatrzył się w salon.

Prosto w Estelle.

— To pani? — powiedział.

Ogłada Estelle zawiodła. — O nie. Tylko nie pan!

ROZDZIAŁ 2

Kolacja we czworo

S łowa — Skąd państwo się znają? — były już na ustach
Estelle, kiedy usłyszała je również wypowiedziane na
głos, jednocześnie przez lorda Ferndale'a i przez jasnowłosego dżentelmena, który był dziś rano w Baxter's Fine
Books.

Ten irytująco wesoły i przystojny mężczyzna, który
o mało nie doprowadził jej do rozpaczy.

Tymczasem panna Yates wydała z siebie zabawny dźwięk
i rzekła — Cóż za uciecha.

Ponieważ to był jego dom, Estelle zwróciła się do lorda
Ferndale'a, a nerwy brzęczały jej jak postronki. To niespodziewane spotkanie całkowicie wytrąciło ją z równowagi.

Dobrze ubrany mężczyzna o złotych włosach i pasującej
opaleniźnie wszedł do salonu, a jego błękitne spojrzenie
z zaciekawieniem wbiło się w Estelle.

Jej ciało rozgrzało się w sposób zupełnie nie na miejscu.

Lord Ferndale rzekł — Najlepiej, jeśli przedstawię

państwa sobie. Panna Estelle Baxter, mój wnuk, szanowny Felix Yates.

— Och! — odezwała się Estelle i wykonała krótki ukłon wobec mężczyzny, z którym — jak teraz zrozumiała — rano była dość szorstka. — Miło mi pana poznać, panie Yates.

No cóż, przynajmniej co do bogactwa miała rację. Prowadząc księgarnię, spotkała tylu ludzi. Ci, którzy składali zamówienia, chętnie podawali swoje nazwiska. Gdyby ten mężczyzna złożył dziś u nich zamówienie, mogłaby połączyć nazwiska i domyślić się, że to Ferndale. Ale nie złożył, więc się nie domyśliła.

Oboje spojrzeli na siebie i jednocześnie powiedzieli — Książka!

Estelle skryła chichot za dłonią, po czym zwróciła się do lorda Ferndale'a.

Lord Ferndale był zdezorientowany.

Estelle wyjaśniła — Ten młodzieniec był dziś rano w księgarni, przybył w tej samej chwili co skrzynia od mojego ojca z kontynentu!

— Dziadku, muszę wyznać, że dziś rano narobiłem w sklepie panny Baxter sporo zamieszania. To urocze miejsce, a była jedna książka, którą po prostu musiałem mieć.

— Niech zgadnę — lord Ferndale uniósł swój nowy skarb. — Ta?

— Właśnie ta!

Panna Yates przysunęła się do Estelle i szepnęła — Uwielbiam odrobinę intrygi!

— Nie chciała mi jej sprzedać — powiedział teraz złotowłosy mężczyzna, którego Estelle znała już jako Feliksa

Yatesa. — Zaproponowałem potrójną cenę, a ona nawet nie mrugnęła!

— Jest pan zbyt łaskawy — odparła Estelle, doskonale wiedząc, że zawahała się przy tej propozycji choćby na sekundę. Pieniądze rozwiązałyby teraz wiele problemów.

Lord Ferndale spojrzał na wnuka z wyższością i rzekł — Czy byłeś świadom ceny wywoławczej, zanim zaproponowałeś ją potroić?

Teraz Estelle zarumieniła się i spuściła wzrok. Rozmawianie o cenach przy innych było raczej nieeleganckie, nawet jeśli to była rodzina lorda Ferndale'a.

— Nie byłem! — odparł wesoło pan Yates.

— W takim razie dobrze, że ci odmówiła, bo musiałbyś prosić mnie o pożyczkę!

Panna Yates szepnęła do Estelle — Czy oni grają w karty?

— Jeszcze nie — odparła cicho Estelle, tak by tylko panna Yates ją usłyszała.

To było fascynujące spotkanie i w gruncie rzeczy całkiem się bawiła.

Młody pan Yates rzekł wtedy — O mały włos!

W tym momencie obaj panowie parsknęli śmiechem, po czym lord Ferndale zapytał wnuka — Powiedz mi, czy kupiłbyś taką książkę?

— Żeby podarować ją tobie, rzecz jasna! — odparł, po czym gromko się roześmiał. — Wiedziałem, że ci się spodoba. I miałem rację!

Miał przynajmniej poczucie humoru, pomyślała Estelle, i umiał śmiać się z samego siebie — umiejętność, której, jak stwierdziła, większości znanych jej dżentelmenów wyraźnie brakowało.

— Wszystko dobre, co się dobrze kończy — rzekł lord Ferndale. — Chociaż gdyby panna Baxter przyjęła twoją propozycję, miałaby potrójną sumę, a ja i tak miałbym książkę. A więc, sądzę, że jesteś winien pannie Baxter niemało pieniędzy.

Estelle sapnęła z wrażenia, słysząc, dokąd zmierza ta rozmowa. Skąd lord Ferndale mógł wiedzieć, w jak długach się pogrążają?

— Spokojnie — powiedział pan Yates, nagle wyglądając na przerażonego.

Estelle zrobiło się go trochę żal. Z pewnością nestor rodu żartował? Przecież już uzgodniła odpowiednią cenę za książkę.

Ale trzy razy tyle bardzo by pomogło.

— Muszę wracać — powiedziała znowu, mając nadzieję, że Ferndale zaproponuje jej powóz i konie na drogę powrotną. Nawet jeśli Somerset Valley Four był na tyle sprawny, by ją donieść, to jadąc wierzchem znów przemoknie do suchej nitki.

— Niestety, pogoda jest przeciw pani, podobnie jak mój majątek — rzekł lord Ferndale, zerkając to na Estelle, to na pana Yatesa. — Mój powóz jest u kołodzieja do naprawy, a tam leje jak z cebra. Proszę chociaż do nas dołączyć na posiłek, przeczeka pani deszcz?

— Tak, proszę zostać na kolacji — nalegała panna Yates.

Estelle zawahała się, ale było środek lata i jasno miało być do po dziewiątej. Będzie miała dość czasu, by wrócić do domu. Wiedziała też, że w posiadłości Ferndale'ów trzyma się wiejskich godzin i jada wcześniej. Jeszcze jeden powód, by przyjąć zaproszenie: jeśli zje tutaj, w domu zostanie więcej jedzenia dla jej sióstr.

Ta myśl rozstrzygnęła sprawę i obdarzyła gospodarzy wdzięcznym uśmiechem. — To bardzo hojnie z państwa strony, lordzie Ferndale, panno Yates. Z przyjemnością zjem z państwem kolację.

— Znakomicie! — Lord Ferndale uśmiechnął się do niej serdecznie. — Proszę teraz przejść do biblioteki. Nabyłem kilka książek, którym oprawa dość marnie się trzyma; czy sądzi pani, że pani siostra znalazłaby czas, by je dla mnie oprawić na nowo?

— Jestem pewna, że Louise znalazłaby czas — odparła Estelle, idąc za lordem Ferndale'em do biblioteki i myśląc, że nawet jeśli Louise byłaby zajęta, to na pewno by ten czas znalazła, biorąc pod uwagę zasobność kiesy lorda Ferndale'a.

— Pani siostra oprawia książki? — odezwał się za jej plecami głos i ku swojemu zaskoczeniu oraz lekkiej irytacji Estelle stwierdziła, że Felix Yates poszedł za nimi. Trochę jak wesoły szczeniak.

— Każdy z nas ma swoje talenty — odparła Estelle zbywająco.

— A pani?

Cóż za wścibskie pytanie! Zaskoczona, odwróciła się, by na niego spojrzeć.

— Radzenie sobie z kłopotliwymi klientami — odpowiedział za nią lord Ferndale, a Estelle z trudem przełknęła śmiech. — Panna Baxter to bardzo zaradna dama i mówię to jako wielki komplement. — Potem zwrócił się do wnuka i oznajmił — Powinieneś się z nią ożenić, Feliksie.

Estelle aż się zakrztusiła, niepewna, na kogo spojrzeć ani gdzie się podziać, gdy lord Ferndale najwyraźniej postanowił sam z siebie zostać swatem dla niej i swego wnuka.

Ze wszystkich niedorzecznych pomysłów!

Zwykle biblioteki uspokajały Estelle, ale teraz nerwy miała napięte do granic, gdy lord Ferndale wykorzystywał przewagę gospodarza. — Młody Felix jest moim jedynym spadkobiercą. Sprowadziłem go do domu, bo musi się ustatkować — powiedział. — Ktokolwiek zostanie jego żoną, odziedziczy tę wspaniałą bibliotekę, a pewnego dnia będzie baronową Ferndale. Jak to brzmi, panno Baxter?

Gorąco buchnęło Estelle na kark od tej bezceremonialnej szczerości lorda Ferndale'a w sprawie ich przyszłości. Dopiero co się poznali, a choć był całkiem przystojny, nic o nim nie wiedziała. Dyskretnie odchrząknęła w zaciśniętą dłoń, odmawiając odpowiedzi.

— Proszę go ignorować — uciął pan Yates, najwyraźniej uznając ten pomysł za równie szalony co ona.

Mogła dopisać „rozsądny" do listy rzeczy, które wiedziała o panu Yatesie, bo tak należało zareagować na dziwaczne uwagi dziadka.

Panna Yates dołączyła, szturchając Estelle lekko. — Wspominała pani, że biblioteka to pani ulubiony pokój.

O nie, teraz i panna Yates dołączyła? Ta dobra kobieta chyba nie mówiła serio, to musiał być żart. Przez głowę Estelle przemknęła psotna myśl, gdy dostrzegła narastającą grozę na przystojnej twarzy pana Yatesa. Młodzikowi przydałoby się nieco ściąć piórka. — Cóż, odziedziczenie biblioteki sprawiłoby mi ogromną przyjemność — rzekła, celowo nie mówiąc nic o zostaniu baronową.

Felix nie pamiętał, kiedy ostatnio czuł się tak nieznośnie skrępowany. Zwykle zbywał nalegania dziadka, ale wszystkie cięte riposty opuściły go w obliczu wyraźnej grozy panny Baxter na samą myśl o poślubieniu go.

Nawet przy pokusie biblioteki Ferndale'ów. Rzuciła zalotną uwagę, ale nie umknęło mu natychmiastowe zaprzeczenie, które przemknęło po jej twarzy, gdy dziadek wysunął propozycję.

Dlaczego nie chciałaby go poślubić? Czy miała lepszą ofertę w odwodzie? Przechylił głowę, rozważając tę zagadkę. Z pewnością sprawiała wrażenie damy, mówiła z ogładą wyższych sfer, a jednak pracowała w księgarni! Daleko jej było do córek arystokracji, które dziadek zwykle pchał w jego stronę, a które nader chętnie rzucały mu się do stóp.

Intrygowało go, że panna Baxter okazała tak oczywistą odrazę na samą myśl o mariażu, który z pewnością oznaczałby ogromny awans w jej pozycji.

Sądził, że jest dobrze prezentującym się i pożądanym kandydatem. A może jako przyszły mąż był dla niej nie do przełknięcia?

To go naprawdę zbiło z tropu i zabolało. Cofnął się, by wyjść z pola widzenia dziadka i nie stać się celem kolejnych uszczypliwości. Był... jak to o nim mówiono? Okaz zdrowia? Coś w tym guście. Damy mdlały w jego obecności, albo przynajmniej udawały. Na honor dżentelmena, ta kobieta naprawdę potrafiła podkopać męskie ego.

Dziadek przedstawił pannie Baxter kilka książek wymagających naprawy. Niektóre drobne, inne niemal się rozpadały. Przynajmniej rozmowa bezpiecznie wróciła do książek zamiast swatania, a Felix mógł po cichu rozmyślać o interesującej młodej damie przed sobą.

Była ładna, głos miała miły, a żeby wiedzieć o książkach tyle co jego dziadek, musiała być bardzo bystra. Prowadziła interes, co samo w sobie było rzadkością. Im dłużej obserwował, tym bardziej zastanawiał się, skąd wzięła się taka niechęć na jej twarzy na myśl o małżeństwie z nim.

Ledwo zdążył pomyśleć, że jest już bezpieczny od wtrąceń, a natrętny dziadek znów sprowadził temat do małżeństwa.

— Byłaby pani doskonałą gospodynią tego majątku, mając taką wiedzę i szacunek dla książek. Dziedzictwo w tym pokoju sięga pokoleń.

Felix w myślach przeniósł się z powrotem do Grecji, daleko od obowiązków, odpowiedzialności i wciskania w sidła pastora. Nie żeby wcale nie myślał o małżeństwie! Myślał. Ale jeszcze nie teraz. Niestety, ilekroć próbował kogoś poznać, dziadek strzelał przed terminem i ogłaszał, że to już świetne dopasowanie.

Częściowo dlatego wyjechał do Grecji — by uciec od nieustannego, kłębiącego się szumu rodzinnego obowiązku. Niektórzy przyjaciele twierdzili, że przesadza, że przy tak małej rodzinie ma z górki, ale nie rozumieli presji, jaka wiązała się z byciem dosłownie ostatnią nadzieją na przetrwanie rodu.

Musiał mieć dzieci, inaczej linia wygaśnie. To było całkiem logiczne i rozumiał konsekwencje.

Ale naprawdę chciałby najpierw poznać kobietę, zanim ogłoszą ją stosowną na matkę jego dzieci. Przynajmniej chciałby ją lubić, a najlepiej — żeby i ona polubiła jego.

Odwrotność tego, co widział u swoich rodziców, którzy większość życia spędzili, unieszczęśliwiając się wzajemnie.

Bez presji i wtrącania się dziadka naprawdę cieszyłby się możliwością lepszego poznania panny Baxter. Już teraz podobało mu się jej poczucie honoru. Zaproponował jej więcej pieniędzy za książkę obiecaną komuś innemu, a ona odmówiła. Owszem, wtedy szlag go trafił, ale teraz rozumiał, dlaczego tak postąpiła. Była kobietą słowa. Obiecała komuś książkę i dotrzymała słowa. Do tego nie wyjawiła, komu książkę obiecano, choć domagał się tego, co znaczyło, że nie ujawnia cudzych informacji nawet za przyzwoitą cenę.

Nie mógł też zaprzeczyć, że panna Baxter była bardzo przyjemna dla oka — z ciemnymi włosami, oczami gdzieś między zielenią a złotem i zgrabną figurą. Miała w sobie zdrowy blask. A dziadek i grandaunt wyraźnie ją uwielbiali, co wiele mówiło o jej charakterze.

Jak bardzo by się nie starał, nie potrafił długo gniewać się na dziadka. Po śmierci ojca starzec okazał mu tylko życzliwość, sfinansował jego edukację, a nawet Grand Tour.

Felix był mu bardzo wiele winien, ale czy to rozciągało się na bezkrytyczne posłuszeństwo i poślubienie pierwszej kobiety, którą dziadek mu podsunie? Chyba nie. Był własnym panem i to on wybierze sobie żonę, nie dziadek.

Kiedy przyszła pora opuścić bibliotekę i przejść do

jadalni, zwolnił kroku, by starsi weszli pierwsi. Ściszając głos, mruknął do panny Baxter — Jest pani wyraźnie w dobrych stosunkach z moim dziadkiem i on panią uwielbia.

— Dziękuję — odparła z słodkim uśmiechem. — Jest wielkim patronem naszej księgarni.

— Dobrze widzieć go w tak żywym nastroju. Chyba czekają nas psoty.

Ona jeszcze bardziej zwolniła, zwiększając dystans między nimi a starszyzną. — Psoty?

To mu pomoże ją poznać i przekonać się, czy potrafi bawić się błahostkami, czy traktuje życie śmiertelnie poważnie. — Moglibyśmy pociągnąć tę grę, jeśli to byłoby pani w smak?

Lord Ferndale rzekł do siostry, na tyle głośno, by wszyscy usłyszeli — Widzisz, Florence? Dogadują się, tak jak przewidywałem.

Dziadunio Ferndale może i był baronem, ale jego swoboda w tylu sprawach obejmowała też posiłki. Stół, do którego zasiedli, mieścił co najwyżej sześć osób. Ferndale zasiadał na czele, panna Yates na drugim krańcu. To oznaczało, że Felix i panna Baxter siedzieli pośrodku, naprzeciw siebie, a widok przesłaniał im tylko kandelabr.

Felix był z tego układu zadowolony, bo mógł dłużej przyglądać się jej twarzy i decydować, która część jest najładniejsza.

Nagle zauważył, że miała teraz na sobie inne ubranie niż suknia z poranka. Dla jego niewprawnego oka wyglądały nieco staroświecko. Jak stroje babki — niech spoczywa w pokoju — na rodzinnych portretach.

Panna Baxter przyjęła miskę ziemniaków i nałożyła sobie, po czym przesunęła kandelabr na środek stołu, żeby zrobić miejsce na odstawienie misy. Zasłonił Felixowi widok. On wziął ziemniaki, nałożył sobie, potem odstawił kandelabr na bok i postawił miskę między nimi.

— Panno Yates, życzy pani sobie ziemniaków? — zapytała panna Baxter.

Jego cioteczna babka się zgodziła i naczynia znów poszły w ruch.

Ów kandelabr znowu zasłonił mu pannę Baxter, gdy talerze i misy przesuwały się po stole niczym figury szachowe.

Felix szybko nabrał podejrzeń, że przenosiła kandelabr umyślnie. Były chwile, gdy wygodniej i prościej byłoby przesunąć cokolwiek innego niż ciężki, wieloramienny, mosiężny przedmiot, z ryzykiem, że gorący wosk skapnie jej na ramię przy każdym podnoszeniu.

— Stephens, to doprawdy zawalidroga — Felix przywołał wzrokiem lokaja krążącego z półmiskami. — Proszę przenieść go na kredens i zapalić kilka świec wokół pokoju, żeby było dość światła, ale bez groźby wosku w syllabubie. Dziękuję.

Tak, panna Baxter zdecydowanie używała kandelabru jako tarczy. Kąciki jej ust opadły, gdy Stephens go zabrał, a Felix poczuł drobny dreszcz tryumfu, że ją przechytrzył. Podejrzewał, że jest bardzo bystra i że zwykle to ona ma przewagę w potyczkach słownych.

Uważał się jednak za jej równego w tej mierze i ruszył do

ataku. — Zatem na kiedy ustalimy nasz ślub, panno Baxter? — zawołał głośno Felix.

Wszelkie rozmowy ustały. Panna Baxter, która właśnie rozmawiała o asambli z jego ciotką, znieruchomiała, po czym powoli odwróciła głowę i przeszyła go lodowatym spojrzeniem.

— Najmocniej przepraszam, panie Yates; musiałam źle pana dosłyszeć.

Psoty — ułożył bezgłośnie wargi. Ona odpłaciła mu równie lodowatym spojrzeniem.

— Zaobserwowawszy dziś wieczór pani ujmujące maniery i wdzięk — zaczął — zgadzam się z moim dziadkiem, że byłaby pani znakomitą baronową Ferndale — powiedział wesoło Felix. — A więc? Mam odwiedzić wikarego i poprosić o zapowiedzi?

— Felix — rzekł dziadek z rezygnacją. — Nie to miałem na myśli.

— Czy tak właśnie zaleca się damom w Grecji? — spytała jego grandaunt. — Dość bezpośrednio. Co za frajda.

Panna Baxter najwyraźniej życzyła mu jak najdalej, a równie wyraźnie w myślach układała i skreślała cięte riposty, sądząc po zerkaniu ukradkiem na lorda Ferndale'a i pannę Yates. Widział, jak miota się między chęcią, by go znieważyć, a niechęcią urażenia gospodarzy.

Zamiast tego uchwyciła się dogodnej zmiany tematu. — Był pan w Grecji, panie Yates?

— I owszem! Zeszłą zimę tam spędziłem. Gorąco polecam Ateny na zimowe miesiące. — Wychwycił tęskne westchnienie panny Baxter. — A pani dokąd podróżowała? — podchwycił temat, chcąc jej zrobić przyjemność.

— Och — rzekła, wydając się raczej zraniona niż podniesiona na duchu takim obrotem rozmowy. — Cóż, z pewnością nie tak daleko jak do Grecji, ale brzmi cudownie w licznych książkach o historii Grecji, które czytałam. Mam nadzieję, że pewnego dnia będę miała szczęście tam pojechać.

Felix w duchu przeklął swoją głupią psotę. Niezamężne kobiety nie miały takich swobód jak on, ani — co oczywiste — takich funduszy jak panna Baxter.

— Powinnyśmy pojechać razem — zaproponowała panna Yates. — Mogłaby pani zostać moją towarzyszką.

Twarz Estelle rozjaśniła się na tę propozycję ciotecznej babki, po czym przygasła, gdy najwyraźniej uświadomiła sobie, że panna Yates jest zbyt wiekowa i wątła na taką wyprawę. Uśmiechnęła się jednak do niej życzliwie, a Felixa przeszył ostry dźgnięcie zazdrości. Zrobiłby wiele nagannych rzeczy, by otrzymać od panny Baxter taki uśmiech.

— A zatem — orzekł dziadek — pojedzie pani do Grecji. A co powie pani na podróż poślubną z młodym Feliksem?

Policzki Estelle zaróżowiły się, a ona posłała staruszkowi przekorny uśmiech. — Lordzie Ferndale, gdyby był pan kimś innym, oskarżyłabym go o strojenie sobie ze mnie żartów. Ale jest pan tak drogim przyjacielem, że nie mogłabym się na pana gniewać za to, że życzy mi pan jak najlepiej. — Potem tak zręcznie zmieniła temat, że Felix żałował, iż nie ma pióra i papieru, by robić notatki. Sprytna, biegła kobieta! Powinna była pracować w dyplomacji. — Te ziemniaki są przepyszne. Sądzę, że kucharka doprawiła je rozmarynem w sam raz. Czy to z sadzonek, które podarowała panu Bernadette w zeszłym roku?

Dziadunio puścił do gościa oko. — A i owszem. Osiem z dziewięciu sadzonek przyjęło się, co daje świetną skuteczność.

Jej twarz złagodniała, jakby wróciła na pewniejszy grunt w rozmowie z dziadkiem..

— W istocie — ciągnął staruszek — rozmaryn rośnie wszędzie w Grecji, prawda?

Cień rezygnacji zmarszczył jej piękne brwi. — W... zdaje się rośnie w całym regionie śródziemnomorskim. Lubi ciepło. Dlatego najlepiej sadzić go u nas przy kamiennym murze od strony słońca.

Dziadek porwał kęs jagnięciny i się uśmiechnął, a w oczach zatańczyły mu figlarne iskierki. — Będzie pani musiała przywieźć sadzonki z Grecji, kiedy tam pojedzie. Może przy okazji podróży poślubnej?

Felix niemal czuł współczucie dla panny Baxter. Niemal. Zbyt wiele bolesnych wieczorów sam był na celowniku machinacji dziadka; stanowiło pewną ulgę widzieć, że tym razem starzec skupił uwagę na kimś innym. A panna Baxter dotrzymywała kroku, za każdym razem odwracając rozmowę dowcipem i humorem, gdy robiło się dla niej zbyt niezręcznie.

Jego cioteczna babka najwyraźniej ulitowała się nad panną Baxter i zmieniła temat. — Rozmawiałyśmy o asambli.

— A cóż to takiego? — spytał dziadek.

Podniosła nieco głos — Noc Świętojańska dwudziestego czwartego.

— Jak to prędko nadeszło — rzekł starzec, nadziewając na widelec kolejny kawałek jagnięciny. Potem zwrócił się do Feliksa: — Naturalnie się tam zjawisz.

Felix starał się nie westchnąć głośno na tę myśl. Gdyby tylko opóźnił przyjazd o tydzień, byłoby już po wszystkim i nie musiałby się prezentować przed każdą młodą kobietą w promieniu dwudziestu mil.

— Od lat nie byłem na asambli w Hatfield — powiedział. — Panno Baxter, czy pani zawsze bywa? — Musiała mieć co najmniej osiemnaście lat, gdy ostatnio uczestniczył w jednej z takich asambli, ale nie przypominał sobie, by ją spotkał. Zapamiętałby tak intrygującą osobę jak ona. Wspomniał rok, a ona pokręciła głową.

— W tamtym roku byłam w podróży z ojcem, kupowaliśmy książki.

— A tym razem będzie pani? — spytał z nadzieją. — Nie wyjedzie pani na poszukiwania książek, unikając tańców? — Gdyby miała być, wieczór byłby do zniesienia.

— Ojciec jest teraz we Francji, więc ja i moje siostry wybieramy się.

— A zatem — obwieścił dziadek — macie parę dni, by się poznać. Miło byłoby ogłosić na asambli wasze zaręczyny.

Patrzył, jak panna Baxter zamyka oczy i bierze głęboki oddech, jakby posyłała modlitwę o siłę.

Felix starał się nie roześmiać, ale naprawdę dobrze się bawił. *Mógłbym trafić o wiele gorzej, jeśli chodzi o żonę.*

Ranek przyniósł Felixowi nieprzyjemną świadomość, że wczoraj żartował sobie z Estelle Baxter, zamiast żartować z nią. Posunął się za daleko i teraz było mu przykro.

Musiał to naprawić.

Porozmawia z nią przy śniadaniu. Utną sobie miłą pogawędkę, a on znajdzie sposób, by przeprosić.

Panna Baxter może i była dobrą przyjaciółką jego dziadka i grandaunt, ale nie powinien był brać tej serdeczności za zbytnią poufałość, jak uczynił przy wczorajszym posiłku. Ledwie ją znał, a w świetle dnia nie mógł przestać myśleć, że zachował się nagannie niegrzecznie.

To błąd, który należało naprawić, jeśli naprawdę zamierzał ją poważnie zalecać. Zaczynał myśleć, że to doprawdy świetny pomysł. Bez trudu widział siebie w Grecji z Estelle, jak z willi w Patras patrzą na zachód słońca nad wodą po kolejnym cudownym dniu. Ona spojrzy na niego i się uśmiechnie, powie coś rozkosznie dowcipnego, a on będzie musiał się pochylić, by ją pocałować i...

Jego żołądek zabulgotał, gdy schodził po schodach, odrywając go od myśli o tym, jak złocisto-zielone oczy Estelle rozbłysną w popołudniowym świetle, i przypominając, że natychmiast potrzebuje gorącej kawy oraz jajek, bekonu i tostu.

Dziadek prawie kończył kippersy i kedgeree, a dwie puste misy świadczyły, że panie już zjadły i zajęły się swoimi sprawami.

— Spóźniłeś się — rzucił dziadunio z naganą w tonie. — Tak się kończy przesypianie dnia.

Starzec machnął ręką w stronę okna. Felix spojrzał i zobaczył w oddali jeźdźca na koniu, z każdą sekundą coraz mniejszego.

Wczorajszy deszcz odszedł i słońce lśniło cudownie.

— Oto odjeżdża najlepsza kobieta, jaką kiedykolwiek spotkasz — rzekł starzec. — Jeśli nie ruszysz za nią natychmiast, będziesz skończonym głupcem.

Felix stał z rozdziawionymi ustami, osłupiały.

— No? — Dziadek zastukał nożem i widelcem o okruchy na talerzu. — Nie stój tak jak ryba na piasku. Leć za nią!

ROZDZIAŁ 3

Kłopoty z krewnymi

Znajomy gwar Hatfield przywitał Estelle, gdy wraz z Somerset Valley Four wróciła do miasteczka. Na szczęście koń tego ranka wyglądał na zupełnie zdrowego i, popędzany, chętnie kłusował i galopował, więc dotarła do domu w znakomitym czasie. Mimo to wspomniała stajennemu o wczorajszym incydencie, aby mógł mieć go na oku. Stajenny poklepał konia po szyi, gdy ten z zapałem zanurzył chrapy w stojącym w gotowości wiadrze z owsem.

Gdyby tylko jej kłopoty ograniczały się do skaleczonego konia. Drzwi księgarni stały szeroko otwarte, gdy do nich podchodziła. To nie wróżyło dobrze; było stanowczo za wcześnie na otwarcie dla klientów.

Upiorny głos jej kuzyna Joshuy niósł się aż na ulicę.

To naprawdę nie była dobra oznaka. Joshua odwiedzał je wyłącznie po to, by czegoś żądać.

Cudem Crafty siedziała wysoko na półce z książkami, zamiast kręcić się po podłodze, gotowa do ucieczki. To był kot, który dla rozrywki gonił konie. Jedyny powód, dla którego mogła się chować tak wysoko, był taki, by utrzymać się poza zasięgiem Benjamina, najstarszego syna Joshuy.

Sposób, w jaki ten chłopak patrzył na koty, przyprawiał Estelle o dreszcz.

Między regałami mignął ruch i wiedziała, że musi być gdzieś w sklepie. Estelle prędko zamknęła drzwi, by zapobiec ucieczce kota. Ostatnim razem, gdy Crafty wybiegła otwartymi drzwiami, wróciła po tygodniu z okładem, półżywa z głodu i w ciąży.

Na szczyt ich piętrzących się kłopotów Baxtersom najmniej potrzebny był kolejny miot kociąt.

Jej siostry stały przy ladzie. Joshua Baxter i jego żona Phoebe zajmowali przestrzeń w sklepie tak, jakby całkowicie ją pochłaniali.

Mając nadzieję, że jej głos zabrzmi uprzejmie, a nie poirytowanie, Estelle odezwała się — Kuzynie Joshua, dzień dobry! Czym zawdzięczamy przyjemność tej wizyty? Jedno było pewne: Joshua i Phoebe nie przyszli kupować książek. Joshua czytał wyłącznie swoje księgi rachunkowe, a Phoebe przeglądała tylko pisma o modzie, które kazała sobie przysyłać prosto z Londynu. Estelle proponowała, że zamówi je taniej, ale Phoebe ją zbyła z chłodem.

Joshua odwrócił się do Estelle, a jego marsowe, zaczepne spojrzenie ścisnęło jej żołądek. — Przyszedłem zmierzyć okna pod zasłony, ale widzę, że wszystkie są zastawione. Proszę z powrotem otworzyć drzwi. Ciemno tu jak w studni.

Phoebe dodała — Niech służąca przynajmniej zapali kilka świec. Ktoś może się przewrócić i skręcić kark.

Nie miały świec na zbyciu ani służącej, która miałaby je

zapalać, ale Estelle wcale nie zamierzała o tym kuzynce wspominać. Odchyliła więc zasłonkę w okienku nad drzwiami. Wpuściło to cienką smugę światła. Wystarczyło, by dostrzec małego Barnaby'ego, najmłodsze dziecko Joshuy i Phoebe, jak wyciąga rękę po książkę.

— Mój kochany — powiedziała, chwytając chłopca, by go uścisnać. Miało to również ten dodatkowy skutek, że powstrzymała go przed dotykaniem cennych tomów oblepionymi dżemem paluszkami. Mały był kochany i uwielbiał, kiedy mu czytano. Ale ręce zawsze miał jakieś brudne! Louise mówiła na niego Kleiścik i choć Estelle pewnie powinna była wybić siostrom to przezwisko z głowy, wszystkie zaczęły go używać. Do tego stopnia, że pewnego dnia naprawdę powiedziała na głos Kleiścik zamiast Barnaby i musiała szybko maskować wpadkę. — Mam dla ciebie śliczną opowieść, Barnaby — dodała, wyciągając z kieszeni chusteczkę i wycierając jego pulchne, bardzo klejące dłonie.

Środkowy syn musiał gdzieś być w księgarni. Nieco zapomniane dziecko, ciche i nieśmiałe, obarczone imieniem Brutus. Gdyby rodzice i starszy brat nie byli tacy okropni, Estelle chętnie widywałaby Brutusa częściej.

Myślę Estelle zadrżała przy czymś, co Joshua właśnie powiedział o oknach.

Na szczęście jej siostra Marie odezwała się w samą porę z trafnym pytaniem — Dlaczego chce Pan mierzyć okna pod zasłony? Regały zasłaniają słońce, żeby chronić książki.

Joshua wyciągnął z kieszeni kawałek sznurka i na oko oszacował szerokość jednego z regałów, za którym było okno. — Ponieważ — powiedział, rozciągając sznurek —

mam z doskonałego źródła — kolejna pauza dla efektu — że wasz ojciec nie żyje.

Na moment oniemiała, Estelle przestała wycierać ręce Barnaby'ego. Jej siostry przy ladzie westchnęły jednym głosem. Spojrzały na Estelle, a ona spojrzała na nie, zastanawiając się, co się u licha dzieje.

Marie wyraziła ich myśl — Nie nie żyje. Jest we Francji.

— Na jedno wychodzi — prychnął Benjamin zza regału. Dzieciak miał w sobie paskudną żyłkę okrucieństwa.

— Ma się jak najbardziej dobrze — ucięła uparcie Bernadette. — Skrzynia książek dotarła zaledwie wczoraj rano.

Niewzruszony Joshua oznajmił — To nic nie znaczy. Mogła być wysłana miesiące temu. Słyszałem, że marnie skończył. Pewnie przez hazard.

Na myśl, że ich ojciec mógł zginąć gdzieś na kontynencie, przez Estelle przetoczyła się fala niepokoju.

Gdyby ojciec zmarł, cierpiałyby z żalu, ale co gorsza, sklep przypadłby Joshuie. Jego samego książki w ogóle nie obchodziły, ale budynek — owszem. Jeśli ojciec nie żył, ona, jej siostry, ich jedyna służąca, kot i wszystkie książki wylądowaliby na bruku.

W powietrzu zawisła cisza, a Phoebe rozglądała się z tryumfalnym wyrazem twarzy.

— Kiedy niby miał umrzeć? — zapytała Marie.

Doskonałe pytanie, Marie.

— Ledwie cztery tygodnie temu — odparł bez wahania Joshua, mierząc dalej.

— Dzięki Bogu — zawołała Marie.

Nie takiej reakcji Estelle się spodziewała. — Co masz na myśli?

Głos Marie brzmiał czystą radością. — Nie mógł umrzeć miesiąc temu. Wczorajsza skrzynia zawierała list datowany — urwała na moment i rozłożyła kartę — nie dalej jak sprzed szesnastu dni. To musi być pomyłka, drogi Kuzynie.

Estelle znów mogła oddychać!

Gdy wczoraj wyruszała zanieść poprzednią książkę lordowi Ferndale'owi, nie miała pojęcia, że w skrzyni jest list. Dzięki Bogu, że go wysłał, i że siostry go odnalazły.

Któryś z chłopców parsknął śmiechem zza regałów. Pewnie Benjamin.

Przytuliła Barnaby'ego z ulgą. Nie był już niebezpiecznie kleisty, więc zdjęła z półki zielnik. Miał szczegółowe ryciny, które na krótką chwilę pochłoną jego uwagę, i otworzyła go przed nim, kładąc na podnóżku.

— Proszę pokazać list — zażądał Joshua.

— Możemy go przeczytać razem — odparła Marie. — Przy oknie. Zobaczy Pan wyraźnie, że to jego pismo i podpis na dole. Żył co najmniej szesnaście dni temu, kiedy wysyłał skrzynię książek.

Bernadette i Louise podeszły do Estelle, gdy Barnaby zajął się książką. Objęła siostry mocno, z ulgą, na moment opierając głowę na szerokim ramieniu Louise. Najwyższa z sióstr i krzepkiej budowy, nie wahając się rzec — junonowej — Louise była wyjątkowo przytulna.

— Tak się cieszę, że w skrzyni był list — szepnęła Estelle, nie chcąc, by Joshua i Phoebe usłyszeli.

— Znajdując go, trafiłyśmy na niego dopiero późnym

wczorajszym wieczorem, przeglądając książki — powiedziała Louise. — Myślałam, że wypadły jakieś kartki z oprawy, a to była ojcowska notatka, która się wysunęła. Naprawdę powinien bardziej uważać, łatwo mogłyśmy ją przeoczyć.

To było u ojca zupełnie zwyczajne. Najpewniej tak się podekscytował zdobyciem książek, że napisanie im choćby słowa było dla niego myślą spóźnioną.

— I tak mamy szczęście, że w ogóle coś przysłał — stwierdziła Estelle.

— Święta prawda — przyznała Louise.

— Hej, to droga książka — zawołała Bernadette, schylając się po zielnik z podłogi sprzed Barnaby'ego. — Nie dawaj Kleiścikowi do rąk.

— Cicho! — zganiła Louise na wzmiankę o przezwisku Barnaby'ego.

Przy drzwiach znów zrobiło się poruszenie, gdy Joshua zawołał rodzinę — No dobrze, ruszamy!

Benjamin Baxter wymaszerował ze sklepu bez pożegnania. Brutus, środkowe dziecko, nieśmiało wychylił się zza regału, rzucając kuzynkom krótkiemu ukłonowi ręką. Tak słodkiej natury chłopiec z tak niefortunnym imieniem. Estelle odmachała do niego.

Phoebe podreptała do Barnaby'ego i porwała go z podłogi, trzymając nieco z daleka od sukni, jakby z góry wiedziała, że palce będzie miał w dżemie.

Przez głowę Estelle przemknęła okropna myśl: *Pewnie sama wysmarowała mu ręce dżemem, zanim przyszli do sklepu, tylko po to, żeby nam dopiec.*

Joshua stał w otwartych drzwiach, dopóki żona i synowie nie wyszli. Zrobił Marie nieco sztywny ukłon i tylko rzucił — Zobaczę się z Panią niebawem.

Po czym wyszedł, zostawiając drzwi szeroko otwarte.

Marie podbiegła do drzwi i cicho je domknęła. Przez dłuższą chwilę stały nieruchomo w milczeniu, rozpaczliwie licząc na to, że Joshua nie wróci, by znowu je przegadać i przegłosować.

— Poszli — oznajmiła w końcu, zerkając przez małe okienko.

— Dzięki Ci, dobry Panie!

Cztery siostry natychmiast zwinęły się w uścisku pełnym ulgi i radości. Z ojcem za granicą i długami rosnącymi w oczach, kuzyn Joshua i jego plany względem budynku byli im ostatnią potrzebną komplikacją.

Estelle powiedziała — Następną skrzynię, jaka przyjdzie, musimy zacząć od sprawdzenia, czy nie ma w niej listów.

— Tak — przytaknęła Marie. — Dzięki Bogu, że ją znalazłaś, Louise.

Estelle przytuliła Louise jeszcze mocniej na znak wdzięczności, po czym dodała — Powinnam była wrócić wczoraj wieczorem, przepraszam, że musiałyście stawić czoła Joshuie same.

— Nie byłyśmy same — odparła Lousie. — We trzy dałyśmy sobie radę całkiem nieźle, choć Marie o świcie wdepnęła w zdechłą mysz.

— Uch, Crafty! — jęknęła Estelle.

Marie dodała — Właśnie!

Jakby na dźwięk swojego imienia, kot zeskoczył z półek

i podszedł do słupka do drapania, żeby wbić pazury w jutowe włókna.

Estelle westchnęła. — Jeszcze jeden punkt do porannej listy: słupek Crafty, martwe myszy, a potem korespondencja dnia. Mam zapłatę od lorda Ferndale'a, więc opłaty za korespondencję będą pokryte na dłuższy czas.

Marie rzekła — Zapłaci też za ogłoszenia w The Times i za następną ratę ubezpieczenia, więc przynajmniej przez chwilę znów odetchniemy.

Mogłyby pokryć znacznie więcej, gdyby przyjęła lepszą ofertę pana Yatesa, ale Estelle nie pozwoliła sobie rozwijać tej niehonorowej myśli. Właściwie w ogóle o nim ani o jego wyższej ofercie nie wspomniała.

Zamiast tego przyjęła od Marie list od ojca, który ta jej podała.

— Dziękuję. Przeczytam go na górze; muszę się przebrać. Wczoraj przemokłam do suchej nitki i musiałam pożyczyć rzeczy od panny Yates, a choć służba z pewnością się postarała, mój strój do jazdy nie był dziś rano zupełnie suchy, kiedy go wkładałam.

— Jadłaś śniadanie? — zapytała praktycznie Louise.

— Owszem, i wczoraj miałam też przepyszną kolację, aż byście mi zazdrościły. Choć rozmowa pozostawiała wiele do życzenia!

Siostry spojrzały na nią dziwnie.

— To było całkiem niedorzeczne. Lord Ferndale miał zaczepny nastrój i oświadczył, że powinnam poślubić jego wnuka.

— Słucham? — westchnęła Marie.

— Wiem. Niedorzeczność, ale i tak mu przytaknęłam

dla świętego spokoju — roześmiała się Estelle i ruszyła na górę się przebrać. Nie zajmie jej to długo, a potem wróci, by pomóc siostrom, gdy sklep się otworzy.

— Czy potrzebuje pani śniadania, Estelle? — ich gospodyni, pani Poole, podniosła wzrok znad obierania ziemniaków, gdy Estelle przechodziła przez kuchnię.

— Dziękuję, nie; miałam wyborne śniadanie w Ferndale Hall — odparła Estelle wesoło. Choć minęła już dobra godzina, a maślane bułeczki na stole wyglądały pysznie... zgarnęła jedną i jadła po drodze do sypialni.

List od ojca był lakoniczny, uznała Estelle, poświęcając chwilę, by go przejrzeć, gdy po zmianie sukni sznurowała pantofelki. Nadany z Orleanu z adnotacją, że jedzie do Tours, a potem albo do Angers, albo do Poitiers. Zanotowała w pamięci, by po powrocie na dół znaleźć mapę Francji, odłożyła list na toaletkę i sprawdziła fryzurę w małym lusterku ręcznym, po czym zeszła na dół. Korespondencja z kontynentu często się opóźniała, ale dopóki przychodziły listy i skrzynie z książkami, wiedziały, że ojciec żyje. Joshua zafundował im paskudnego stracha i na tym koniec. Nie mógł im zaszkodzić, dopóki ojciec żył.

Gdy dochodziła do końca schodów, nad frontowymi drzwiami zadzwonił dzwonek. Do lady podszedł elegancko ubrany mężczyzna. Estelle znieruchomiała, kiedy zdjął kapelusz i ukazały się podejrzanie znajome, potargane złote loki.

— Dzień dobry! — powiedział radośnie pan Yates do Marie, która stała za ladą z najuprzejmiejszym uśmiechem dla klienta.

— I panu dzień dobry, w czym możemy pomóc?

— Miałem zamiar zadać pani to samo pytanie —

odparł, kładąc kapelusz na ladzie. — Czego panie potrzebują? Jak mogę pomóc?

— Słucham? — mrugnęła zdezorientowana Marie.

Estelle wypaliła — Znowu pan? Co pan tu robi?

Pan Yates odwrócił się do niej, a uśmiech jeszcze mu się poszerzył. — Ależ, panno Baxter, przybyłem, rzecz jasna, żeby się z panią ożenić.

Tym razem naprawdę miała go zamordować.

ROZDZIAŁ 4

Wypuszczenie kota z worka

Może był błędem powrót do żartów z panną Baxter w chwili, gdy tylko ją zobaczył, jak uświadomił sobie Felix, kiedy niefortunne zdanie opuściło jego usta, a jej śliczna twarz ściemniała gniewnym grymasem.

Posunął się za daleko.

Przyjechał do Hatfield, żeby wszystko załagodzić, a tylko pogorszył sprawę.

Panna Baxter za ladą — tak podobna, że mogły być tylko siostrami, choć ta za ladą miała okulary — odchrząknęła, po czym powiedziała z niedowierzaniem: — Słucham? Czy pan powiedział: *poślubić* ją? Estelle, kto to jest?

— Proszę po prostu wyjść, panie Yates — powiedziała znużonym tonem jego panna Baxter.

— Yates? — odezwała się jedna z sióstr Baxter. — To wnuk lorda Ferndale'a?

— Estelle, nie przepędzaj płacących klientów! — To była trzecia panna Baxter, która wyłoniła się spomiędzy regałów. Wyższa i krzepciejsza od pozostałych dwóch, a jednak kształt twarzy, ciemne włosy i intrygujące zielono-złote oczy nie pozostawiały wątpliwości, że jest jedną z sióstr. Felix próbował sobie przypomnieć, ile ich, wedle słów dziadka, miało być. Skinął nowo przybyłej uprzejmym ukłonem.

— Dzień dobry, panno Baxter. Ach, ależ wszystkie panie jesteście pannami Baxter, prawda? Panno Baxter, czy zechce panna przedstawić mi swoje urocze siostry, zanim popadnę w niemożliwe zamieszanie co do tego, do której panny Baxter się zwracam? A może i panna nie jest panną Baxter — która z panien jest najstarsza?

Wysoka panna Baxter stłumiła śmiech dłonią, a Felix uśmiechnął się do niej szeroko.

— Dobrze, panie Yates — odrzekła opryskliwie jego panna Baxter. — Istotnie jestem panną Baxter. To moja siostra panna Marie — tu wskazała tę w okularach — a to moja siostra panna Louise. A tam jest nasza najmłodsza siostra, panna Bernadette.

Felix mrugnął, po czym spojrzał jeszcze raz. Nawet nie zauważył czwartej siostry, a jednak była tam, siedziała za ladą w ciemnym kącie, składając coś w małe papierowe pakieciki. Rzuciła mu uprzejme, krótkie skinienie, po czym wróciła do zajęcia.

— Ach, to panna jest siostrą, która oprawia książki! — zwrócił się do panny Louise. — Dziadek wysoko ceni pani kunszt, i ja również podziwiam jakość pani pracy. Nie ukrywam, że pożądam jego przepięknie oprawionego kompletu dzieł Daniela Defoe.

Panna Louise uśmiechnęła się do niego całkiem przyjaźnie i rzekła: — Jakże to miłe z pana strony, panie Yates!

Z przyjemnością czytałam skandaliczną opowieść o Moll Flanders, choć w całej książce nie było rozdziału, przy którym można by odetchnąć.

— To chyba najmniej naganna część tej historii — odparł ze śmiechem. — Były fragmenty, przy których aż się rumieniłem!

Panna Louise ciągnęła dalej: — Estelle przywiozła kilka książek, które lord Ferndale zlecił mi ponownie oprawić. Zajmę się nimi niezwłocznie, zapewniam. Będę potrzebować dwóch tygodni na sprowadzenie materiałów, ale same naprawy nie potrwają długo.

— Doceniam pani sumienność — odparł, posyłając jej uśmiech.

Wszystkie były na swój sposób urodziwe, ale w *jego* pannie Baxter było coś nieuchwytnego, co wciąż go intrygowało. — Zaszczyt panie wszystkie poznać — dodał galanteryjnie.

— Jakże urocze — odezwała się panna Baxter z drwiną. — A teraz proszę albo kupić jakieś książki, albo wyjść.

— *Estelle!* — zawołały jednocześnie Marie i Louise, wyraźnie zszokowane. — Tak nie mówi się do wnuka lorda Ferndale'a — dodała Marie.

Do głowy wpadła mu psotna myśl. — Czy tak mówi się do własnego narzeczonego, panno Baxter? — Nie powinien jej drażnić, naprawdę nie powinien, ale na litość, była taka śliczna, kiedy się złościła, z oczyma iskrzącymi i różowym rumieńcem rozlewającym się po bladych policzkach.

— Jest pan niemożliwy! — W oczywistej furii przemaszerowała obok niego za ladę, porwała ze stołu plik korespondencji i odwróciła się do niego plecami, udając, że czyta.

Felix się uśmiechnął. Cóż, przynajmniej nie próbowała go wyrzucić. Rozejrzał się po księgarni. Może rzeczywiście powinien coś kupić — potrzebował czegoś do czytania, a jego dziadek obchodził się ze swoją biblioteką niczym smok ze skarbem. Mrucząc pod nosem wesołą melodyjkę, przesunął się wzdłuż alejki, aby obejrzeć półkę z relacjami z podróży, podczas gdy cztery siostry zgromadziły się za ladą.

Gdy przeglądał książki, do jego uszu docierały urywki ściszonej rozmowy.

— *Narzeczonego?* — Jednowyrazowe pytanie, jak sądził, należało do panny Louise.

— Absolutnie nie. To wszystko jest trochę niedorzeczne. To naprawdę tylko żart między nami. Tak, pan Yates jest wnukiem lorda Ferndale'a, wrócił z podróży po Grecji. Był wczoraj na kolacji, a lord Ferndale uznał za zabawne stwierdzić, że powinniśmy się pobrać.

O rety, Estelle brzmiała wręcz zbrzydzona. Felix znów musiał się zastanowić, cóż takiego w myśli o nim jako potencjalnym mężu budziło w niej taką niechęć. W jego doświadczeniu była to zaiste nowość w reakcji damy na podobny pomysł.

— Jest bardzo przystojny. — Ten cichy głos, jak mu się zdawało, mógł należeć do Bernadette.

— I najwyraźniej bardzo bogaty, patrząc na jego strój. Nie mówiąc o tym, że jest wnukiem lorda Ferndale'a! Czemu za niego nie wyjdziesz? — To *była* Louise i Felix uśmiechnął się do przewodnika po Włoszech, który kartkował. Miał wrażenie, że Louise może być jego sprzymierzeńcem.

Niestety odpowiedź Estelle była zbyt cicha, by mógł ją dosłyszeć. Pochylił się w stronę lady, zrobił mały krok w tamtą stronę i rozproszył go miękki miauk pod stopami.

— Cześć, kiciu. — Czarny kot, którego ogona o mało co nie nadepnął, spojrzał na niego nie mrugając zielonymi oczami. — Ależ ty ładna koteczka.

Felix lubił koty, a ten był wyjątkowej urody; duży i wyglądający na zdrowego, z lśniącą czarną sierścią. Schylił się, by podrapać kota za uszami, a odpowiedział mu gardłowy mruk.

Mruczenie stawało się coraz głośniejsze, gdy dalej łaskotał kotkę pod brodą i pocierał jej miękkie uszy. Im donośniejsze były jej zadowolone pomruki, tym trudniej było mu podsłuchiwać rozmowę. Usłyszał coś o ich ojcu we Francji i urywki o małżeństwie. Musiałby przestać głaskać kota, żeby dosłyszeć wyraźniej.

Kiedy znów się wyprostował, jego żołądek zabulgotał głośniej niż kot.

— Panie Yates, znalazł pan coś interesującego? — spytała najwyższa, panna Louise.

Wyprostował się. Kotka zaczęła ocierać się o jego golenie, zostawiając kępki sierści na chwostach jego butów.

— Eee, tak, te relacje z podróży są intrygujące — powiedział. Żołądek zagrzmiał ponownie. Fala gorąca wstydu buchnęła mu na kark.

Powinien kupić te książki. Wtedy przynajmniej pozostałe trzy Baxterówny witałyby go w sklepie życzliwie. Potrzebował też śniadania. Trudno mu się było skupić, bo nic rano nie zjadł, zanim nie pognał za panną Baxter — mina obrzydzenia dziadka była taka, że Felix obrócił się na pięcie w samych drzwiach jadalni i czym prędzej ruszył do stajni.

Zebrał trzy książki i podszedł do pań przy ladzie. — Wkrótce wrócę i kupię te, a zapewne i więcej. Czy mogłyby panie polecić godne miejsce na śniadanie?

Panna Baxter obdarzyła go najcudowniejszym uśmiechem; zastanowił się, czy wreszcie zaczyna do niego mięknąć.

Jego rodzina zaproponowała jej wczoraj znakomity posiłek. Mogła mu się dziś rano odwdzięczyć u siebie w domu. Zakładał, że mieszkają niedaleko, może w domu za sklepem?

Panna Baxter powiedziała: — Karczma Red Lion na rogu świetnie karmi podróżnych o każdej porze dnia.

A więc jednak nie zapraszała go do stołu. Skoro zjadła śniadanie, zanim opuściła dwór, zastanawiał się, czy jej siostry też już jadły. Może wszystkie wstają skoro świt i jadają o brzasku? Dobry Boże, cóż za okropna myśl budzić się tak wcześnie. A może pora na poranną herbatę i ciasto? Jednak wszystkie patrzyły na niego w milczeniu, żadna nie zasugerowała, że imbryk herbaty i kawałek ciasta byłyby w sam raz. Felix westchnął.

Żołądek zagrzmiał mu znów i jeśli nie chciał zjeść samych książek, musiał przyjąć ich sugestię i udać się do zajazdu dyliżansowego.

— W takim razie na razie się pożegnam — powiedział, wykonując przyzwoity ukłon i kierując się do drzwi. Gdy pociągnął za klamkę i zadźwięczał dzwonek, natchnienie uderzyło. — Może powinienem spisać pamiętnik z moich ostatnich podróży. Na państwa półkach niewiele widziałem o Grecji. Moje świeże doświadczenia mogłyby się okazać pouczające. Czy spodziewają się panie w najbliższym czasie książek o Grecji?

Panna Baxter pochyliła się ku niemu, wyciągnęła rękę i zamachała. — Nie.

Najwyraźniej chciała go odprawić machnięciem, ale nie dał się rozproszyć. O to zapyta oprawczynię w rodzinie. Zdawała się go lubić. — Panno Louise, zajmuje się panna oprawą. Czy mogłaby panna oprawić książkę, którą kazałbym wydrukować? Oczywiście dopiero po naprawieniu kilku książek mojego dziadka.

— Oczywiście, panie Yates — odparła panna Louise. — Drukarz, z którego korzystamy, ma zakład przy Market Street, Black and Sons, mogę polecić...

Panna Baxter popędziła ku niemu: — Proszę zamknąć...

Czarna kula futra przemknęła przy jego butach.

— ...drzwi!

O, do licha. Kot wybiegł ze sklepu i zniknął na ulicy.

Bo stał i wygłaszał rozwlekłe pożegnanie, zamiast po prostu wyjść.

Panna Baxter chrząknęła z frustracją.

— Ojej — Felix chciał pomóc, nie sprawiać kłopotu.

— Chce pan pomóc? — Na twarzy panny Baxter pojawił się wyraz determinacji. — Jeśli chce pan się przydać, proszę wyjść i znaleźć tego kota. W przeciwnym razie za dziewięć tygodni będzie pan pomagał nam szukać nowych domów dla kolejnego miotu kociąt Crafty!

Estelle Baxter ma dość

Ten kot będzie ich zgubą, pomyślała Estelle, zamykając drzwi sklepu. Tylny ogród był bezpieczny i pełen rzeczy, które odciągały uwagę Crafty: donice z ziołami i wysoki mur, którego łatwo nie przeskoczy. Strychy łączące domy należały do jej ulubionych miejsc zabaw i polowań na myszy. Nawet folusz stojący dalej w głębi podwórza był akceptowalnym miejscem, gdzie Crafty mogła być kocią damą i korzystać z towarzystwa ludzi tam pracujących. Ale drzwi frontowe na High Street zawsze zwiastowały kłopoty. Terroryzowała konie i powodowała awantury bez końca.

Na głównej ulicy konie były zawsze, a spłoszony koń mógł narobić strasznych problemów. Ludzie mogli ucierpieć. Powozy mogły się rozbić. I same konie mogły odnieść obrażenia.

Nie wspominając już o tym, że Crafty znów miała ruję. Wszystkie bardzo się starały trzymać ją wtedy w domu, ale mimo to przynajmniej raz w roku udawało jej się uciec, znaleźć kocura, a dziewięć tygodni później pojawiał się nowy miot kociąt, którym musiały szukać domów.

Ale zamiast trzech zmartwionych twarzy powitała ją pogarda w oczach sióstr.

Też były złe z powodu kota?

— Dlaczego jesteś taka nieuprzejma dla wnuka lorda Ferndale'a? — zapytała Louise, wyglądając śmiertelnie rozczarowana.

Zaraz, one są złe na *nią*? — To on wypuścił kota! — odparła Estelle oburzona. Czy to nie było oczywiste?

— Gdybyś była dla niego milsza — powiedziała Louise — wciąż byłby w sklepie, a Crafty dalej byłaby bezpiecznie w środku.

Chciały zwalić winę na nią? — Nie byłam dla niego niegrzeczna. — Skrzyżowała ramiona na piersi w geście obronnym, ignorując cichy głosik sumienia, który podpowiadał, że wcale też nie była wobec niego przesadnie uprzejma. — To on sobie ze mnie stroi żarty dla rozrywki!

— Byłaś niegrzeczna — nie zgodziła się Marie. — Jego rodzina dała ci wczoraj wspaniałą kolację i śniadanie przed rannym wyjazdem. Najwyraźniej sprawdzał, czy odwzajemnisz uprzejmość i zaproponujesz mu herbatę oraz ciasto.

Estelle pokręciła głową. — A mamy ciasta na zbyciu?

— No, nie. Ale nie o to chodzi — odparła Marie. — Nie mogę cię rozgryźć. Jest bardzo czarujący, widać, że ma forsy jak lodu, zamierza kupić jakieś książki, a ty go przegoniłaś jak jakiegoś ulicznika.

Bernadette wtrąciła: — A jak on ci się oświadczył?

Estelle westchnęła głęboko. — W tym rzecz. Wcale. To był żart między lordem Fernadale'em a nim. Po prostu trwał trochę zbyt długo, to wszystko. Ale zawsze był mówiony dla żartu. Tego jestem pewna. Lord Ferndale stwierdził, że pan Yates powinien się ze mną ożenić, bo on — to znaczy lord Ferndale — uważa, że traktowałabym jego bibliotekę z należną troską, gdybym miała ją odziedziczyć, co jest najbardziej bezsensownym powodem do małżeństwa, o jakim kiedykolwiek słyszałam, szczerze mówiąc.

Nabrała porządny haust powietrza, by nadrobić ten długi, dziwaczny wywód. Bo tym właśnie był. Dziwaczny. I bez sensu. — Dlaczego pan Yates podchwycił to choćby na chwilę, nie mieści mi się w głowie. Ale sedno sprawy jest takie, że pan Yates nigdy nie poprosił mnie wprost. Po prostu zapytał, kiedy mamy wyznaczyć datę ślubu, i zaczął mówić o podróży poślubnej do Grecji!

— Och! Grecja byłaby cudowna na podróż poślubną! — zawołała Louise.

Estelle spojrzała na nią spode łba. *To* właśnie Louise postanowiła sobie wybrać z całej tej niedorzecznej sytuacji?

Bernadette powiedziała: — Może poprosiłby cię wprost, gdybyś okazała choć odrobinę zainteresowania.

Louise i Marie zaczęły mruczeć pod nosem, że Estelle powinna okazać panu Yatesowi trochę zainteresowania.

Bernadette uznała to za zachętę. — Uważam, że oszalałaś, odrzucając go, zanim choć trochę lepiej go poznasz. Wydaje się miły, jest ewidentnie bogaty, bardzo przystojny i najwyraźniej cię lubi. Nie widzę problemu.

Taki był urok i zarazem udręka tej różnicy wieku między najstarszą a najmłodszą. Bernadette miała głowę pełną romantycznych wyobrażeń, ale niewiele doświadczenia, by je podeprzeć, mając zaledwie osiemnaście lat. To nie była jej wina i Estelle nie chciała brzmieć protekcjonalnie, prostując jej sądy.

Louise powiedziała: — Ma rację.

Marie skinęła głową.

Bernadette aż promieniała.

To było tak niepomocne. Po co w ogóle prowadziły tę rozmowę, skoro miały o wiele pilniejsze sprawy na głowie. Choćby górę długów, którą zostawił im ojciec, oraz kuzyna, który wtrącał się w ich życie i groził, że je wyrzuci, żeby przejąć budynek. — On nie jest przyzwyczajony do tego, by słyszeć nie. Wiedziałam to już wczoraj. I jest rozpieszczony.

— No i co z tego? — odparły wszystkie trzy jednocześnie.

Estelle zacisnęła zęby i postanowiła je zignorować, skoro najwyraźniej wspólnie postradały rozum, kiedy zostawiła je same na jedną noc. Przysunęła krzesło i sięgnęła po korespondencję, która przyszła rano. — Jest tego całe mnóstwo, to także poczta z wczorajszego poranka?

— Nie, i nie zmieniaj tematu — powiedziała Louise. — Powinnaś wyjść za mąż, zanim będziesz za stara.

— Ha! — rzuciła Estelle. — Już jestem zdecydowanie za stara, więc jeśli którakolwiek ma wyjść za mąż, żeby wyciągnąć nas z kłopotów finansowych, to musi to być Marie albo ty, Louise.

— A dlaczego nie ja? — zapytała Bernadette.

— Bo jesteś najmłodsza — odparła Estelle odruchowo. — Masz ledwie osiemnaście lat. Wychodzić za mąż w tym wieku to...

— Coś, co wiele osób robi? — Bernadette wbiła w nią

spojrzenie. — Mama miała osiemnaście lat, kiedy poślubiła tatę, Estelle.

— Wtedy były inne czasy — powiedziała Estelle, sięgając po korespondencję, świadoma, że siostry i tak nie odpuszczą tematu.

W końcu żadna z nich nigdy wcześniej nie miała poważnego kandydata na męża. A Estelle nie sądziła, by którakolwiek z nich śniła, że taki kandydat mógłby być tak przystojny i zamożny jak pan Felix Yates.

On nie jest poważnym kandydatem, przypomniała sobie surowo Estelle. Z jakiegoś powodu postanowił wziąć sobie do serca głupi pomysł swatania dziadka i zrobić z tego wielki żart, co byłoby może i w porządku, gdyby *ona* nie była obiektem tego żartu.

Papier w jej dłoniach przypominał o sprawach poważnych. — Ojciec zostawił nam księgarnię pod opieką, mamy jego wskazówki. Ulatnianie się, żeby wyjść za mąż, nie było wśród nich, prawda?

— Jeśli dobrze pamiętam — powiedziała Louise — kazał nam używać własnej inicjatywy.

— Być może — odparła Estelle. — Dlatego wzywam nas wszystkie, byśmy użyły inicjatywy i znalazły lepsze sposoby na zwiększenie dochodów. Ogłoszenia w The Times świetnie działają i przyciągają klientów. Mamy mnóstwo nowych książek i musimy dać naszym klientom znać, jakie tytuły właśnie dotarły. Marie, rozumiem, że skończyłaś spis inwentarza książek, które przybyły wczoraj rano?

— Niezła próba — mruknęła Marie. — Ale wiesz, że

najlepszym wyjściem z naszych licznych kłopotów będzie, jeśli wyjdziesz za mąż za pana Yatesa.

Żar, który przeszył Estelle, mógłby jednym tchem spalić wszystkie książki w sklepie. Kochała siostry nad życie, ale w tej chwili wystawiały jej cierpliwość na ostatnią próbę. — Ojciec byłby bardzo zasmucony, gdyby odkrył, że w czasie jego nieobecności kłócimy się zamiast żyć w zgodzie.

To skłoniło je do cichych pomruków zgody. Wreszcie coś zaczynało układać się po myśli Estelle.

— A skoro o Ojcu mowa — powiedziała Louise — mam nadzieję, że będzie pisał regularniej, żebyśmy mogły trzymać kuzyna Joshuyę na dystans. To było bardzo nieprzyjemne starcie.

To również spotkało się z kolejną rundą przytaknięć.

— Zostawił nas w delikatnej sytuacji — zgodziła się Estelle.

Przynajmniej we Francji znów panował pokój, więc miały o jeden problem mniej.

Zadźwięczał dzwonek u drzwi, gdy weszli nowi klienci. Rozejrzeli się i uśmiechnęli, wchodząc do środka. Jedna z pań miała przy sobie wycinek z ich ostatnim ogłoszeniem w The Times i pytała o almanach. Estelle z radością im pomogła, zamiast odpowiadać na kolejne pytania o małżeństwo i pana Yatesa, którymi zasypywały ją dociekliwe siostry. Wkrótce dowiedziała się, że to urocze małżeństwo, państwo Craddock, którzy podróżują na północ i specjalnie zaplanowali wizytę w ich sklepie po drodze.

Niedługo potem mieli już kilka tytułów do kupienia i obiecali zajrzeć ponownie w drodze na południe po lecie.

Estelle wpisała ich dane do księgi i zanotowała tematy, które ich interesowały.

Gdy im pomachała na pożegnanie, odwróciła się i promiennie się uśmiechnęła. — Wyślijmy następne ogłoszenie do The Times jeszcze dziś po południu, to zdecydowanie warte kosztów.

Przy otwartych drzwiach do środka wdarł się uliczny hałas. Estelle odwróciła się i zobaczyła Marie z dłońmi zaciśniętymi na uszach.

— Wybacz, Marie. Zapominam, jak głośno bywa, kiedy odjeżdża pocztowy. — Szybko zamknęła drzwi, krzywiąc się ze współczucia. Marie była wrażliwa na głośne dźwięki i często dostawała migreny, jeśli zbyt długo była na nie narażona.

Wkrótce Estelle i jej siostry zabrały się za resztę korespondencji, porządkując zamówienia i prośby. Rachunki odłożyły na inną stertę, ułożoną według terminów płatności. Utrzymanie się przed nimi na powierzchni miało być walką o włos. Estelle przygryzała wargi, w myślach podliczając łączną kwotę zobowiązań; istotnie przerażającą sumę. Przegrupowała stos na wierzycieli, których można jeszcze odwlec, i tych, których nie można.

Marie zrealizowała kilka zamówień i starannie je owinęła, gotowe do wysyłki następnym dyliżansem pocztowym do Londynu.

— Dopóki skrzynie z książkami będą napływać, damy radę — powiedziała Estelle bardziej z nadzieją niż przekonaniem. — Ojciec pisał, że kieruje się teraz do Tours. Można tylko sobie wyobrażać, co do nas dotrze!

— Mam tylko nadzieję, że następnym razem napisze lepszy list — powiedziała Marie.

Do sklepu weszła młoda dama, tak ostrożnie otwierając drzwi, że dzwonek nie zadźwięczał. Bernadette odłożyła robótkę i podeszła do niej. Pozostałe trzy rozmawiały dalej, jakby nic się nie działo. Tak miały w zwyczaju: zapewniały Bernadette i jej klientom odrobinę prywatności.

Louise zapytała: — Czy rodzina naszej mamy nie pochodziła z regionu Loary? Czy Tours nie jest blisko? A może mylę z innym miejscem?

— Tak, z Loary — odparła Marie. — Może zboczy trochę z trasy księgozbierania i poszuka rodziny mamy?

Estelle pokręciła głową. — Musiałby się dosłownie o nich potknąć, żeby zauważyć, tak będzie oślepiony ogromem książek.

Wspólnie zachichotały. Ojciec miał w życiu dwie wielkie miłości: ich matkę i książki. Czasem podejrzewały, że książki kochał jednak odrobinę bardziej.

— Nie mogę mu tak całkiem mieć za złe, że pojechał — przyznała Estelle. — Wciąż jestem trochę zła, że mnie nie zabrał. Podróżowaliśmy kiedyś po całej Anglii na książkowych łowach.

Louise wzruszyła ramionami. — Mówił, że we Francji nie jest bezpiecznie.

— Tak, ale Napoleon jest na wygnaniu, czasy Terroru minęły! — zaprotestowała Estelle. — Byłabym bezpieczna u jego boku. A poza tym nasza mama była Francuzką, Mama nauczyła mnie też języka. Myślę, że nawet mogłabym uchodzić za Francuzkę, gdybym musiała! Na pewno lepiej niż Ojciec.

Pozostałe wzruszyły ramionami. Estelle ciągnęła dalej:
— W każdym razie, Matka była Francuzką i nic jej nie było.

— Wcale nie — odparła Marie. — Musiała uciekać z Francji, a prawie cała jej rodzina nie żyje. Trudno to nazwać bezpiecznym.

— Cieszę się, że uciekła — dodała Louise. — Gdyby nie to, nie poznałaby Ojca i żadnej z nas by tu nie było.

Usłyszały, jak otwierają się i zamykają tylne drzwi, gdy Bernadette cichutko zabrała klientkę na dziedziniec, by zrywać zioła.

Marie powiedziała: — Może jeśli znajdzie któregoś z kuzynów Mamy, zdobędzie miejscową wiedzę, która pomoże mu wynegocjować dobre ceny. Mogę sobie tylko wyobrażać, ile więcej Francuzi żądają, kiedy o coś pyta ktoś z angielskim akcentem.

Zabrzmiał dzwonek drzwi frontowych i nadeszła dostawa dla Louise. Z przejęciem przyjęła niewielką paczkę i podziękowała mężczyźnie. Potem poszła na górę do kuchni. Niedługo później do nozdrzy Estelle i Marie dotarły gryzące, ostre zapachy.

Estelle wstała i zawołała: — Louise! Musisz zamykać drzwi, kiedy robisz klej, śmierdzi nim w całym sklepie!

— Przepraszam! — odkrzyknęła Louise. — Zapomniałam, a nie mogę odejść, bo muszę cały czas mieszać.

Estelle pobiegła na górę i otworzyła okno na półpiętrze, licząc, że schody zadziałają jak komin i wyciągną zapachy w górę, na zewnątrz budynku.

Stamtąd dostrzegła Bernadette i młodą kobietę zbierające zioła. Młoda wyglądała na nieszczęśliwą i miała odruch wymiotny. Biedaczka.

— Przepraszamy za ten smród — powiedziała Estelle — Louise znowu robi klej.

Wracając na dół, Estelle mocno zamknęła drzwi u podnóża schodów i zatkała nos, by jakoś znieść zapach. Był okropny. Pozostawało tylko zablokować klinem drzwi sklepu na ulicę.

Cóż, kot już uciekł, więc szkody i tak były poczynione.

To tylko przypomniało Estelle, jak bardzo jest zła na Felixa Yatesa za udawanie, że biorą ślub, i za wypuszczenie kota.

I trudno było powiedzieć, który z tych dwóch tematów drażnił ją bardziej.

Felix i kot

Gdy panna Baxter zamknęła za nim drzwi księgarni — niemal przytrzasnęła mu piętę — Felix wypuścił z piersi potężne westchnienie.

— Kompletnie to partaczę — powiedział do nikogo w szczególności, po czym odwrócił się i rozejrzał w górę i w dół ulicy, próżno wypatrując wielkiego czarnego kota. Był niemal pewien, że się z kotem zaprzyjaźnił. Miauczała na tyle głośno, a futrem obkleiła mu nogawkę! Zerknąwszy przez ramię na drzwi, na moment spotkał wzrok Estelle przez szybę, po czym ona zmarszczyła brwi i odwróciła się plecami.

— Taka śliczna, nawet gdy się gniewa — mruknął Felix z tęsknotą.

Nie powinien mieć tyle frajdy z droczenia się z nią. To oczywiście nie było w porządku. Dziadek zaczął całą tę komedię, a on teraz nie potrafił się powstrzymać.

No dobrze, powinien.

Powinien być uprzejmy. Powinien pomóc. Naprawdę pomóc, a nie tylko pytać, czy mógłby.

Postanowił, że *pomoże*. Zacznie od sprowadzenia kota z powrotem.

Od czego w ogóle zacząć poszukiwania? Pociągnął nosem, kiwając z namysłem głową, gdy dotarł do niego zapach pieczonej wołowiny. Jaki wybredny kot nie chciałby zbadać takiego przysmaku? Jego żołądek znów zawarczał i decyzja zapadła. Upiecze dwie pieczenie na jednym ogniu: znajdzie tego przeklętego kota i coś, czym wypełni żołądek!

Kuszący zapach dochodził z Red Lion, gdzie z żalem poinformowano go, że południowego posiłku jeszcze nie podano, ale jeśli mu odpowiada, może dostać kawałek zimnego pasztetu z dziczyzny i kufel lekkiego piwa.

W tamtej chwili Felix zjadłby i czerstwy chleb, i napił się wody z bagna, więc grzecznie podziękował karczmarzowi i zabrał się do późnego śniadania, mając nadzieję, że nie wygląda zbyt nieokrzesanie, gdy siedząc w kącie jadalni, pchał sobie pasztet do ust tak szybko, jak zdołał go przełknąć.

— Czy przypadkiem nie przewinął się dziś rano tędy duży czarny kot? — zapytał służącą, która przyniosła mu piwo.

Dziewczyna wlepiła w niego wzrok, po czym pokręciła głową. — Pan Haye nie znosi kotów w Red Lion, proszę pana. Kichają go. Musimy je przeganiać, jak tylko je zobaczymy.

— Hm. — Felix podał dziewczynie sześciopensówkę i odchylił się na krześle, by napić się piwa. Księgarniany kot — Sprytka, jak mu się zdawało, że Estelle ją nazwała —

zapewne była na tyle rozumna, by wiedzieć, gdzie nie jest mile widziana. Lepiej poszukać gdzie indziej. Z żalem zerkając na marne okruszki po cieście na talerzu, wychylił kufel do dna i odstawił go na stół.

Im prędzej znajdzie kota, tym prędzej będzie mógł wrócić do Estelle i zacząć być naprawdę użyteczny.

Pięć godzin później Felix był rozgrzany, zmęczony, znowu głodny i do żywego sfrustrowany. Kotów w Hatfield było pod dostatkiem, a niemało z nich było czarnych, lecz żadnego z nich nie stanowiło to wielkie, lśniące stworzenie, które głaskał w księgarni. Miejscowi, z którymi rozmawiał, byli całkiem pomocni, kierując go w stronę ostatnio widzianych czarnych kotów, ale skutkowało to jedynie tym, że przemierzył miasto wszerz i wzdłuż, krążąc w pogoni za nieuchwytną kocicą.

Hatfield było o wiele większe, niż zapamiętał, choć od ostatniej wizyty minęło już parę lat. Przecięte Wielką Północną Drogą, tętniło życiem nie tylko wtedy, gdy przejeżdżały dyliżanse pocztowe. Na placu na zachód od traktu znalazł gwarny targ chętnie odwiedzany przez miejscowych. Zobaczył pręgowanego rudzielca siedzącego mężczyźnie na ramieniu. Dalej, przy stoisku z kurami, dostrzegł ciemny kształt i podskoczyła mu nadzieja, lecz okazał się tylko cieniem. Zatrzymał się, by kupić u ogrodnika kilka jabłek — pomyślał, że zaniósłby je Estelle jako ofiarę zgody. Szwendając się ulicą i chrupiąc jedno z jabłek, znieruchomiał, gdy para jaskrawozielonych oczu w okrągłej, ciemnej mordce uniosła się ku niemu.

Kot zapytał przeciągle: — Miau?

— Ty! — Felix upuścił ogryzek i rzucił się w pogoń; kot wyślizgnął się z jego chwytających palców i dał drapaka. Felix popędził za nim, jabłka wysypywały mu się z kieszeni płaszcza, gdy biegł. — Och, nie ma mowy!

Wreszcie zagnał kota w zaułek, którego ściany były zbyt wysokie, by bestia mogła je przeskoczyć; widocznie uznawszy, że gra skończona, przeklęte stworzenie usiadło i z bezczelną swadą zaczęło myć ogon.

— Wstrętne bydlę. — Chwyciwszy kota, wsunął go pod ramię i ruszył raźno ku księgarni. — Ale mnie wyprowadziłaś w pole.

Kot zamruczał, zupełnie nieprzejęty irytacją Feliksa. Felix uśmiechnął się do kota i podrapał go pod brodą. Mruczał, choć brzmiało to nieco inaczej. Aha, to dlatego, że byli na zewnątrz, a nie w księgarni, gdzie dźwięki są bardziej stłumione.

— I porozrzucałem jabłka! — Ach, ale jedno wciąż miał w kieszeni — uświadomił sobie, gdy obijało mu się o biodro po przeciwnej stronie niż kot. Przynajmniej to mógł dać Estelle. Marna ofiara zgody, ale od czegoś trzeba zacząć.

Drzwi księgarni stały szeroko otwarte — może po to, by Sprytka mogła wrócić bez przeszkód? Uważając, by znowu nie wypuścić kota, kopnął klin podtrzymujący drzwi, a dzwonek nad drzwiami zadźwięczał wesoło, gdy się zamknęły.

Miał kota i zamknął drzwi. Z szerokim uśmiechem podszedł do kontuarku. Ku jego uciesze przy ladzie stała tylko Estelle z sióstr Baxter. Spojrzała na niego wyczekująco, a jej czarujące oczy błysnęły. Zrobiło mu się od tego ciepło aż po sam rdzeń i bardzo mu się spodobała myśl, by częściej wywoływać jej uśmiech.

Zbyt prędko jednak brwi zaczęły jej się marszczyć w grymas.

Powinna się uśmiechać, przecież wrócił w chwale!

— Mam kota! — wypalił Felix, stawiając go na kontuarze, zanim Estelle zdążyłaby go znowu strofować. — I jabłko. Ofiara zgody. Miałem więcej, ale pogubiłem, goniąc kota — dodał z żalem.

Dobrze, jabłka na ofiarę zgody nie szły najlepiej, ale za to miał kota!

Estelle spojrzała na lśniące czerwone jabłko położone obok kota, potem na kota, na Feliksa i z powrotem na kota.

To nie było wdzięczne powitanie, jakiego się spodziewał. Może miała trudny dzień z zrzędliwymi klientami. Jeśli tak, to rozweseli ją, kupując całe mrowie książek. Byle znów zobaczyć jej uśmiech.

Nadmuchnęła policzki i wyglądało, jakby usiłowała znaleźć jakieś słowa.

— Trochę źle zaczęliśmy — zaczął Felix — i chciałbym przeprosić za żarty twoim kosztem. To było nie w po...

Estelle mu przerwała: — Obawiam się, że to nie jest nasz kot, panie Yates.

— Ja... co? — Felix spojrzał w dół na kota, a ten uniósł na niego jaskrawozielone oczy i znów zamiauczał. Dokładnie tak samo, jak wtedy, gdy omal nie nadepnął mu na ogon — dałby głowę!

— Jeśli się nie mylę... — Estelle wyciągnęła ręce,

podniosła kota i odwróciła, zerkając pod ogon, po czym kiwnęła, jakby usatysfakcjonowana. — Tak. Jak przypuszczałam. To Charles, jeden z synów Sprytki. *Kocur*, panie Yates. A Sprytka jest kotką, co, jak mniemam, powinno było być dla pana oczywiste, kiedy wspomniałam, że jeśli jej pan nie znajdzie, będzie pan musiał pomóc nam szukać domów dla jej kociąt.

— Och.

Nawet nie przyszło mu do głowy, żeby zajrzeć pod przeklęty ogon.

Całkiem przygnębiony, osunął się na kontuar. — Skąd pani wiedziała, że to nie ten sam kot, jeszcze zanim zajrzała? Obydwoje są duzi, lśniący i czarni, i wydają te same odgłosy.

Ile właściwie było *czarnych* kotów w Hatfield?

Estelle westchnęła i rzekła: — Sprytka ma krótszy ogon niż ten tutaj. Koń nadepnął jej na koniec i straciła ze dwa cale. A ten jegomość ma też ucho z małym ubytkiem, widzi pan?

Mimo to podrapała Charlesa pod brodą, a ten wydał dźwięk bardzo inny od Sprytki.

— Teraz to słyszę. Brzmi jak flegmatyczny staruszek! Mruczenie Sprytki jest znacznie bardziej melodyjne.

Po czym Estelle zrobiła coś zupełnie niezwykłego. Posłała mu przepiękny uśmiech. Napełnił go taką werwą, że mógłby zarąbać smoka. W rzeczywistości musiał tylko znaleźć właściwego kota.

— Lepiej, żeby pan odwiózł Charlesa tam, skąd go pan wziął, panie Yates. I znalazł Sprytkę. Tym razem tę prawdziwą. — Estelle podniosła jabłko z kontuarku, wypolerowała je o spódnicę i uniosła. — Dziękuję jednak za jabłko —

powiedziała. — Byłam trochę głodna. — Ugryzła malutki, elegancki kęs.

Został odprawiony. Nic dziwnego — zawiódł. Przyniósł jej nie tego kota. Przynajmniej się uśmiechała, choćby miała sobie z niego pokpiwać. Bardzo chciał zobaczyć ten uśmiech znowu i chciałby być jego powodem. Miał tylko nadzieję, że nie jego kosztem następnym razem. Choć z drugiej strony, nawet jeśli tak, to sobie zasłużył. Przynieść jej kocura! Co za gamoń!

Westchnąwszy, Felix znów zgarnął potulnego Charlesa pod pachę i wyszedł z księgarni ze zwieszoną głową. Dzwonek przy drzwiach zadźwięczał, gdy je otwierał i domykał.

Zdawało się, że w niczym nie potrafi dobrze pomóc pannie Baxter.

Miał jednak nadzieję, że przynajmniej zdoła odstawić Charlesa tam, gdzie go znalazł, nie narażając się na zarzut kocio-porwania. I to w biały dzień. Kilka osób patrzyło na niego spode łba i miał świadomość, że wygląda dość komicznie, paraduje ulicą w surducie i cylindrze z głośno mruczącym czarnym kotem pod pachą. Ten zostawiał mu kłaczki na płaszczu. Dobrze chociaż, że zwierzęta nie wywoływały u niego kichania jak u karczmarza!

Przynajmniej Charles zachowywał się całkiem porządnie i nie darł mu ubrania pazurami. Felix odnalazł miejsce, gdzie po raz pierwszy zobaczył Charlesa, postawił kota na ziemi i podrapał go za uszami; kot przyjął pieszczoty przyjaznym mruczeniem, po czym przemknął w dół zaułka.

— Wracam do punktu wyjścia — mruknął Felix ponuro, rozglądając się i zastanawiając, gdzie teraz szukać

Sprytki. I jak miałby ją w ogóle rozpoznać, gdyby ją znalazł, poza tym, że tym razem miałby rozum zajrzeć pod ogon. Och tak, ogon był trochę krótszy niż zwykle. Ale jak długi jest zwykle ogon kota?

Stał przed apteką, a gdy rozglądał się z rezygnacją, drzwi się otworzyły i wyszła panna Bernadette Baxter z koszem na przedramieniu. Uśmiechnęła się na jego widok.

— Dzień dobry, panie Yates.

— Panno Bernadette! — Zdjął kapelusz i skłonił się grzecznie. Zamknęła drzwi sklepu i zeszła na ulicę, a kiedy to robiła, Felix nie mógł nie zauważyć, że nieco przechyla się na bok, wyraźnie kompensując ciężar kosza. — Doprawdy, panno Bernadette, ten kosz wygląda na okropnie ciężki. Pozwoli mi go pani ponieść?

Zawahała się tylko chwilę, po czym rzekła: — Byłoby to z pana strony bardzo miłe, panie Yates. Dziękuję.

Uwolnił ją od ciężaru i podał jej wolne ramię. Ku jego radości wsunęła dłoń w jego zgięcie z uśmiechem.

— Wraca pani do księgarni, czy ma pani jeszcze jakieś sprawunki? Chętnie posłużę pomocą — zaproponował Felix, myśląc, że skoro nie potrafił znaleźć ich kota, to choć drobna przysługa jednej z sióstr Baxter będzie z niego pożytek.

— Istotnie wracam do domu. To bardzo uprzejmie z pana strony, że pan proponuje. — Zerknęła na niego z ukosa, przygryzając dolną wargę, po czym łagodnie zapytała: — Jak idą poszukiwania Sprytki, panie Yates?

— Bardzo źle — przyznał ze smutkiem. — Byłem pewien, że ją mam, i w triumfie zaprezentowałem ją pani siostrze... tylko po to, by się dowiedzieć, że to był Charles. Nawet nie przyszło mi do głowy zajrzeć pod ogon!

Bernadette wybuchnęła śmiechem. Przyłożyła wolną dłoń do ust, by po damsku go stłumić, lecz chichoty i tak się z niej wydobywały, a Felix sam się rozpogodził, rozbawiony własną głupotą.

— Obawiam się, że panna Baxter ma mnie teraz za skończonego głupca — wyznał — a tak mi zależy, by dobrze o mnie myślała.

Bernadette przestała się śmiać, choć oczy wciąż miała roziskrzone wesołością. — A czemuż to, panie Yates?

— Słucham?

— Dlaczego tak ważne jest dla pana, żeby Estelle dobrze o panu myślała? Dokuczałyśmy jej trochę na pański temat, przyznaję, żeby ją rozrumienić, ale prawda jest taka, że nie jest pańską równą stanem. Nasz ojciec jest poza domem, a kuzyn Joshua nie obroniłby nas choćby przed pchłą, więc musimy same się o siebie troszczyć. Jeśli pańskim zamiarem jest igrać z uczuciami mojej siostry, muszę pana prosić, by pan przestał i odszedł daleko, daleko stąd.

Co za poważna osóbka! Z należnym szacunkiem traktując jej słowa serio, Felix przystanął i spojrzał Bernadette prosto w twarz.

— Choć panna Baxter mogła uznać, że mój dziadek żartuje, proponując ją na odpowiednią żonę dla mnie, lord Ferndale nie mówi nic, czego by naprawdę nie myślał. Jeśli uważa pannę Baxter za godną kandydatkę na moją małżonkę, to dla mnie wystarczająca rekomendacja... i prawdę mówiąc, najwyższy czas, bym się ustatkował. Zapewniam panią, że moje zamiary nie są błahe.

Bernadette spojrzała na niego osobliwie i Felix zastanowił się, czy spodziewała się innej odpowiedzi. Nic jednak nie powiedziała, tylko ruszyła dalej, więc i on musiał iść, bo inaczej by ją siłą zatrzymał.

— Kupił pan już sporo książek w księgarni, żeby przynajmniej wykazać zainteresowanie jej najukochańszą rzeczą na świecie? — zapytała Bernadette.

Książki! — Ojej, wciąż zapominam. Odłożyła mi kilka, ale tak nas rozproszyło moje zaprezentowanie niewłaściwego kota i konieczność odwiezieniaż tegoż, że nie dokończyłem zakupu.

Ojej, Felixie, naprawdę robisz z tego jeden wielki galimatias.

Bernadette pokręciła głową. — Kiedy wróci pan z właściwym kotem, niech pan koniecznie kupi jakieś książki. Będziecie mieli o czym rozmawiać.

— Dziękuję, tak zrobię. — Jej rada była prawdziwym darem.

Po czym dorzuciła jeszcze lepszą wskazówkę. — Sprytka ma na piersi białą łatkę w kształcie idealnego serduszka — powiedziała wreszcie, gdy stanęli przed drzwiami księgarni.

— Choć urodziła sporo kociąt, które są do niej bardzo podobne — jak pan odkrył na przykładzie Charlesa — o ile wiem, jest jedynym czarnym kotem w Hatfield z takim dokładnym znaczeniem.

Oczywiście! Dopiero teraz sobie uświadomił, że widział to właśnie znamię, gdy rano drapał kotkę pod brodą! Co za przygłup, że nie zapamiętał.

Bernadette rzekła: — A ogon ma trochę krótszy, ponieważ...

— ... Koń jej na niego nadepnął — dokończył.

— Ach, więc panu to wiadomo? Cóż, powodzenia w szukaniu tej właściwej tym razem. A jak pan wróci, proszę dopilnować, żeby drzwi za panem się domknęły.

Oddając pannie Bernadette kosz, Felix jeszcze raz zdjął kapelusz i ukłonił się jej.

— Dziękuję, panno Bernadette, bardzo cenię sobie pani wskazówki.

— Dziękuję, że poniósł pan mój kosz — odparła, po czym skinęła głową i otworzyła drzwi księgarni. — Do widzenia, panie Yates — rzuciła przez ramię.

Poza przygnębiającym zadaniem i brakiem szczęścia w odnalezieniu Sprytki, dzień był wprost cudowny. Felix przyjrzał się Hatfield znacznie uważniej niż dotąd i poczuł, że zaczyna lubić te budynki i to miejsce. Jeden budynek w szczególności.

Niestety, nie mógł do niego wrócić, póki nie znajdzie właściwego kota.

Żołądek mu zaburczał, przypominając, jak późno się zrobiło. Słońce było nisko, ale panowało wysokie lato i nie miało zajść jeszcze przez kolejną godzinę. Kawałek pasztetu z dziczyzny i jabłko to była marna strawka jak na to, co zwykle jadał w ciągu dnia.

— Gdybym był kotem, gdzie bym się podział? — zapytał sam siebie, idąc kolejnym zaułkiem i zerkając to w górę, to w dół.

Ciężko westchnął z rezygnacją i kopnął w ziemię. Kamień podskoczył i trzasnął w stare drzwi leżące na boku.

Spod drzwi wybiegły trzy koty. Były częściowo czarne,

ale miały duże białe plamy w różnych miejscach. Nawet on z tej odległości widział, że to nie te.

Ostre cienie kładły się przez zaułek od zachodzącego słońca. Dzień go pokonał. Wrócił do Red Lion z postanowieniem: zje szybki posiłek, a potem weźmie pokój na noc, żeby wstać o świcie i dalej tropić Sprytkę.

Gdy wszedł do Red Lion, uderzyła go ściana ludzkiego tłumu. Dyliżans właśnie przybył i miejsce pękało w szwach od podróżnych. Zmysły zaatakowały wonie utrudzonych drogą ludzi i zapachy kuchenne. Dojrzał służącą, z którą rozmawiał wcześniej. — Szansa na pokój na noc? — zapytał.

— Niestety nie. Dziś mamy pełne obłożenie aż po krokwie.

Naprawdę nie miał dziś szczęścia. — Czy w pobliżu jest jakieś miejsce, które może pani polecić?

— Najbliżej jest The Swan. Proszę skręcić w lewo w Salisbury Street. Nie da się nie trafić. — Potem pognała do stołu, zgarnęła puste kufle po piwie, po czym odwróciła się i pacnęła po ręce mężczyznę, który uszczypnął ją w pośladek. — Rączki przy sobie, kolego. To nie taki przybytek!

Kwadrans później, spragniony i z opuchniętymi od całodziennego chodzenia stopami, odnalazł The Swan i wynajął pokój. Nie było tam prawie ludzi i Felix pomyślał, że wreszcie karta się odwraca. Niestety, powód braku gości rychło sam się ujawnił. Usiadł przy długim stole z innymi biesiadnikami i zjadł najbardziej niestrawną strawę, jaką kiedykolwiek mu podano: tłustą polewkę z ziemniaków i mięsa, co do którego miał okropne podejrzenie, że nie było wołowiną, mimo zapewnień gospodarza, oraz chleb, który był czerstwy i twardy, bez choćby masła, by go zmiękczyć.

Nawet w najdrobniejszych greckich wioskach dawano lepszy posiłek. Nikt inny nie narzekał, ale może byli bardziej wstawieni niż on. Piwo nie było tak złe jak jedzenie, choć to niewielka pociecha. Pewnie powinien był spróbować posiłku w Red Lion, nawet jeśli nie mieli dla niego pokoju. Cóż. Teraz już wiedział. Jutro będzie nowy dzień.

Łyknął obficie z kufla i cieszył się przynajmniej, że to rozluźnia mu zmęczone mięśnie.

Czekało łóżko. Pozostawało mieć nadzieję, że będzie lepsze niż jadło.

Nie było, oczywiście, ale był zbyt zmęczony, by go to obeszło.

ROZDZIAŁ 7

Rachunki rosną

— Czy to był z tobą pan Yates? — zapytała Estelle z ciekawością, gdy Bernadette wróciła do sklepu i z westchnieniem wysiłku dźwignęła kosz na ladę. — Znalazł już Crafty?

— Myślę, że doskonale wiesz, iż gdyby tak było, wparowałby tu i przedstawił ci ją niczym pies z piłką, którą koniecznie chce, żebyś rzuciła — odparła Bernadette.

Obraz, jaki wywołały jej słowa, był tak zabawny, że Estelle parsknęła śmiechem. Pan Yates rzeczywiście przypominał dużego, poczciwego psa gończego: rozbrajająco entuzjastyczny, ale zdolny narobić szkód, jeśli spuścić go ze smyczy.

— Co on z tobą robił? — spytała, gdy wreszcie opanowała chichot.

— Niósł mój kosz, bardzo uprzejmie. — Bernadette zawahała się na moment, po czym przyznała: — Wypytałam go o jego zamiary wobec ciebie.

— Słucham?! — Estelle chwyciła się za gardło.

To przestawało być niewinnym żartem, skoro wtrącały się w to jej siostry.

— Ktoś musiał! — rzuciła Bernadette. — I chociaż najwyraźniej zaleca się do ciebie, żeby zadowolić dziadka, nie sądzę, by robił to dla żartu, Estelle. Powinnaś potraktować go poważnie i dać mu szansę. — Dźwignąwszy znów kosz, Bernadette skinęła głową, jakby właśnie postawiła kropkę nad i, i ruszyła na tył sklepu.

A niech to, rzeczywiście postawiła kropkę nad i, bo Estelle nie potrafiła wydusić z siebie ani słowa. Westchnęła, podnosząc stos książek, które pan Yates zostawił, mówiąc, że wróci, by za nie zapłacić. Oby! Podróże Chastellux'a *Podróże po Ameryce Północnej* w dwóch tomach wyceniono na jednego funta i pięć szylingów, do tego Lalande *Voyage en Italie* za szesnaście szylingów oraz kilka tańszych woluminów. Razem ponad trzy funty — jeśli faktycznie wróci, by uregulować rachunek.

Rozległy się kościelne dzwony wybijające godzinę i Estelle westchnęła. O czwartej zamykali sklep. Wstając z taboretu za ladą, podeszła do drzwi i otworzyła je, żeby rozejrzeć się w górę i w dół ulicy. Ani śladu pana Yatesa, ani innych potencjalnych klientów. Zamknęła drzwi, zasunęła rygiel i zaczęła odkładać książki na półki, wsuwając każdą na miejsce może odrobinę mocniej, niż było to konieczne.

Gdy przód sklepu lśnił porządkiem, Estelle zgasiła lampy i weszła na piętro, marszcząc nos, bo dobiegły ją słabe opary kleju, który Louise przygotowała wcześniej. Introligatorstwo Louise było niezbędne dla dalszej rentowności księgarni, ale to rzemiosło bywało brudne i śmierdzące.

— Kolacja prawie gotowa, panno Estelle. — Pani Poole,

ich gospodyni-towarzyszka, spojrzała znad krojonego przy kuchennym stole chleba i uśmiechnęła się życzliwie. — Może pani pójść się odświeżyć.

Ktoś znów napełnił dzban z wodą w jej pokoju, odkryła Estelle z wdzięcznością, gdy tam weszła. Wlała świeżą wodę do misy, zmoczyła ściereczkę i przetarła twarz oraz dłonie. Przez chwilę kusiło ją, by odpuścić kolację i runąć do łóżka. Porcje i tak będą małe. Jedna buzia mniej do wykarmienia — dla pozostałych będzie trochę więcej. Już miała zdejmować buty, gdy pani Poole zawołała ją na dół.

Byłoby niegrzecznie nie przyjść. Nałoży sobie ostatnia i dopilnuje, by najpierw starczyło dla innych. Może jutro namówi Felixa na wspólny obiad, żeby nadrobić niedostatki w spiżarni.

— Mało pani je, panno Estelle — zauważyła pani Poole.

— Chyba jestem zbyt zmęczona — odparła, czując się przytłoczona minionym dniem. — Wczoraj jadłam obfitą kolację z lordem Ferndale i chyba wciąż jestem syta po śniadaniu. — Nie była to całkiem nieprawda, rzeczywiście zjadła bardzo dobrze.

— A propos Ferndale — odezwała się Louise — jutro będę miała gotowe parę jego książek. Są teraz w imadle i klej do rana ładnie zwiąże.

Estelle uśmiechnęła się do siostry. — Może to ten zapach kleju ukradł mi apetyt. Doprawdy cuchnie.

Louise wzruszyła ramionami. — Już się przyzwyczaiłam.

Bernadette dodała: — Kiedy pan Yates wróci, może zabrać książki lorda Ferndale i od razu uregulować rachunek.

— A przy okazji kupi te, które zdjął z półek — zauważyła Marie.

— Och! Odłożyłam je na miejsce — powiedziała Estelle.

Małe pomieszczenie wypełniły okrzyki — dlaczego? — i — po co?

— Nie widziałam sensu trzymać ich na ladzie. Miał cały dzień, żeby je kupić, a nie zrobił tego. Uznałam, że ich nie chce.

Bernadette przewróciła oczami. — Z ciebie okropna sprzedawczyni.

— Gorsza niż ja — dodała Marie.

Auć! Marie świetnie radziła sobie z liczbami i muzyką, ale nie z ludźmi.

— Nie chcę dokładać do rodzinnych zmartwień — odezwała się nieśmiało pani Poole — ale rachunek u rzeźnika się już należy.

To dlatego dziś na stole nie było mięsa. Estelle ciężko westchnęła, skinęła siostrom i zrozumiała, że będzie musiała odłożyć na bok grzeczność i przycisnąć pana Yatesa do kupna kolejnych książek. Od tego zależały żołądki jej sióstr.

— A tak przy okazji, widział ktoś Crafty? Nie miauczała na mnie, kiedy szykowałam kolację — powiedziała pani Poole.

— Pan Yates wypuścił ją na High Street — odparła Estelle.

— Ojej — rzekła pani Poole. — W takim razie dołożyłabym mu jeszcze kilka książek do stosu i zażądała natychmiastowej zapłaty. Jak w banku, ta kotka dostarczy w swoim czasie kolejne kocięta.

— Dziwię się, że nie znalazłaś na to jakiegoś specyfiku, Bernadette — powiedziała Louise.

Najmłodsza z sióstr Baxter pokręciła głową. — Próbowałaś kiedyś wepchnąć zioła kotu? To jak Herkules siłujący się z lwem nemejskim!

Pokój wypełnił się tak potrzebnym śmiechem.

Dzień wstał jasny, a światło wpadało przez otwarte okno obok łóżka Estelle. Codzienny gwar z ulicy był jej budzikiem. Estelle wstała wcześnie i ubrała się do pracy. U stóp schodów sprawdziła worek z juty i zorientowała się, że nie został poszarpany, bo Crafty wciąż zaginiona. Na wszelki wypadek, gdyby kot wrócił, zajrzała za ladę, czy nie ma wypatroszonych myszy.

Brak trupów — to akurat dobrze, jedno sprzątanie mniej. Niestety był to kolejny dowód, że Crafty spędziła całą noc na wolności i nie wróciła przez okno sypialni Estelle.

Otworzyła drzwi frontowe i przebiegła wzrokiem całą ulicę. Stajennych prowadzili konie, zajechała dyliżansowa, wypchana ludźmi i pakunkami. Nigdzie kota, który by ich drażnił. Mieszane uczucia, westchnęła w duchu.

— A, jesteś — odezwała się za plecami Louise. — Widzisz gdzieś kota?

— Niestety — odparła Estelle z kolejnym westchnieniem.

— Oby wróciła prędko. W nocy słyszałam w suficie myszy.

Obie jednocześnie zadrżały.

Jakby myszy miały własną sieć plotek i roznosiły wieść za każdym razem, gdy Crafty brała sobie nieautoryzowane wolne.

— Idę do garbarza po nową skórę do książek lorda Ferndale — powiedziała Louise. — Nie sądzę chyba, żebym mogła od razu zapłacić?

— Może wystarczy — odrzekła Estelle, prowadząc siostrę z powrotem do sklepu i zamykając za nimi drzwi. Przeszukała małe puszki za ladą i przeliczyła monety. — Ile to może być? — Zapas pieniędzy już wyglądał mizernie. Przywiozła wprawdzie zapłatę lorda Ferndale za jego rzadką książkę, ale nie wzięła zaliczki na naprawy, które zlecił. Cóż, nie było potrzeby — zawsze płacił przy odbiorze.

Ale ostatnio pieniądze jakby dostawały skrzydeł i wylatywały drzwiami szybciej, niż wpływały. Westchnęła, zaczynając układać monety w stosiki, żeby uzbierać sumę, którą podała Louise.

— Garbarz jest hojny w kwestii terminów, mogę zapytać, czy mógłby poczekać, aż pan Yates zapłaci za tamte książki — zaproponowała Louise.

Jeszcze jeden powód, by poprosić Felixa o zakup większej liczby książek. Bycie natarczywą w sprzedaży nigdy jej nie leżało. Ojciec takich skrupułów nie miał. I czemu miałby mieć? Był mężczyzną prowadzącym interes. Siostry oczywiście zawsze pracowały w sklepie, ale to ojciec głównie zajmował się pieniędzmi.

— Nie, potrzebujesz więcej skóry. Nie ma skóry — nie ma oprawionych książek — nie ma wpływów. Proszę, trzymaj.

— Estelle? — Louise zamyśliła się, biorąc monety i wsuwając je do kieszeni.

— Tak?

— Dlaczego prowadzisz sklep, skoro nie cierpisz prosić ludzi o pieniądze?

— Naprawdę aż tak? — odparła pytaniem.

— Tak. I to bardzo. Bernadette, nawiasem mówiąc, nie ma z tym najmniejszego kłopotu. Za zioła z góry prosi o pieniądze lub zapłatę w naturze.

— Doprawdy? — O rany, jaka śmiała!

— I płacą jej, ci co mogą. Niedużo, ale jednak. Może poproś ją o pieniądze na inne pilne rachunki. Może coś odłożyła.

Louise poszła na górę, a Estelle stanęła pośrodku sklepu i wygłosiła sobie surową pogadankę. Musi być bardziej stanowcza w proszeniu o pieniądze, choćby czuła się z tym jak na rozżarzonych węglach. Reszta rodziny na niej polega! A Bernadette rzadko dostawała zapłatę w monecie, niezależnie od tego, co mówiła Louise. Estelle dobrze wiedziała, że co najmniej połowa produktów na ich stole pochodziła od ludzi, którzy nie mieli wolnej gotówki, ale mogli oddać parę ziemniaków albo rybę złowioną w rzece.

Cóż, zacznie od pana Yatesa. Tak, on będzie jej pierwszym triumfem. Odnalazła książki, które wczoraj odłożyła, i wybrała jeszcze kilka w podobnym guście. Potem zsumowała wszystko, zrobiła małą notatkę i obwiązała tomy sznurkiem, gotowe, by wręczyć je, gdy tylko wróci.

— Poczta dla pani, panna Baxter. — Pan Thomas, główny ordynans z Red Lion, wsunął głowę w drzwi.

— Paczki?

— Nie, tylko parę listów. — Pan Thomas położył je na ladzie i rozejrzał się. — A czy pani Poole jest dziś rano na miejscu? — spytał niby od niechcenia.

Estelle ukryła uśmiech za plikiem listów, gdy je podnosiła. Niespełniona adoracja pana Thomasa wobec pani Poole była u Baxterów stałym żarcikiem. Gospodyni znosiła ich delikatne droczenie się z dobrą miną, choć Estelle czasem się zastanawiała, czy gdyby pani Poole miała pełną swobodę, nie zachęciłaby stajennego do starań. Pan Thomas zarabiał więcej, niż można by sądzić — napiwki od zamożnych podróżnych zasilały jego kieszeń do tego stopnia, że miał własną chatkę kilka ulic dalej.

— Przykro mi, panie Thomas, wyszła wcześnie. Może zobaczy ją pan wracającą później.

— Może i tak — westchnął pan Thomas, nieco markotnie. — No dobrze. Miłego dnia, panno Baxter. Jak tylko zjawi się jakaś bogata szlachta, powiem, żeby wpadli kupić książki!

— Bardzo to doceniam, panie Thomas. — Estelle wpadła na myśl. — A może pan przekazać panu Yatesowi, żeby przyszedł i zapłacił za książki, które wybrał!

— Pan Yates?

— Ten wysoki, jasnowłosy dżentelmen, który pomagał wnosić książki, kiedy rozpadła się skrzynia, poprzedniego ranka.

— Aaa, ten. Nie widziałem go.

— Nie nocował w Red Lion zeszłej nocy?

— Nie, panno Baxter. — Thomas pokręcił głową, dotknął daszka czapki i oddalił się.

— Cóż. Pan Yates musiał wracać do Ferndale Hall po

ciemku — pokręciła głową Estelle. — Niemądry człowiek. — Wczoraj nie było widać zbyt wiele księżyca. Co innego jechać tą drogą po zmroku powozem obwieszonym lampami, a co innego samotnie, konno! — Oby nie skręcił sobie karku — mruknęła, znajdując nożyk do listów i zaczynając je otwierać. Wszystkie trzy były od stałych klientów, proszących, by wypatrywała dla nich określonych tytułów; Estelle skrzywiła się, czytając listy. Bardzo rzadkie i drogie książki — co byłoby świetne dla interesu. Niestety żadnej nie miała na stanie.

Prowadziły rejestr książek, których miały wypatrywać, i klientów, którzy ich szukali. Maczając pióro, Estelle starannie przepisała szczegóły z listów, posypała atrament piaskiem do wyschnięcia i odłożyła pióro.

Zadzwonił dzwonek u drzwi, a ona podniosła wzrok i uśmiechnęła się na widok znajomej twarzy. Młodziutka Ruth Millings, córka pastora — miła dziewczyna, która kochała czytać i często wpadała do księgarni. Jej ojciec był bardzo surowy i nie dawał jej żadnych kieszonkowych, więc Baxterowie już dawno zaczęli pozwalać Ruth czytać w sklepie, co tylko zechce, w zamian za pomoc przy drobnych pracach.

— Dzień dobry, panno Baxter — powiedziała Ruth radośnie, lecz cicho, zdejmując czepek. — W czym mogę pomóc?

— Może wytarłaby panna kurz i pozamiatała podłogę — odparła Estelle, myśląc, że to nie zajmie długo, a potem Ruth będzie mogła znaleźć cichy kącik i usiąść z dowolną książką.

— Mijałam po drodze drukarnię i pan Black prosił,

żebym to pani przekazała. — Ruth wręczyła kartkę papieru, złożoną i zalakowaną kroplą wosku.

Estelle w duchu skrzywiła się, biorąc kartkę, lecz na zewnątrz zachowała spokój i skinęła Ruth. — Bardzo dziękuję.

Ruth wyciągnęła z pod lady ściereczkę i zniknęła między regałami, podśpiewując cicho. Estelle zaczekała, aż zniknie jej z oczu, po czym przełamała lak i rozłożyła karteczkę od drukarza.

— Ojej — wymamrotała, wpatrując się w życzliwie sformułowaną notę i zatrważająco dużą sumę na dole — całkowitą kwotę, jaką Baxterowie byli winni drukarni.

Znaczna część dziennego dochodu Baxterów pochodziła ze sprzedaży miejscowych periodyków i broszur. Drukarz musiał być opłacony, inaczej księgarnia po prostu nie miałaby towaru na sprzedaż. Towaru, którego ludzie chcieli.

— Wyglądasz na zmartwioną. — Głos ją spłoszył i Estelle aż pisnęła, upuszczając kartkę. Przed ladą stała Marie, z uniesionymi brwiami. — Przepraszam, nie chciałam cię nastraszyć.

— Nic się nie stało. — Estelle podniosła notę i podała ją siostrze.

Marie podsunęła okulary na nos i przeczytała, marszcząc usta. — Rany. Dwadzieścia dwa funty. To kupa pieniędzy.

— A ja właśnie oddałam większość tego, co miałyśmy, Louise, żeby zapłaciła garbarzowi — odrzekła ponuro Estelle. — Nawet jeśli oprawi wszystkie książki, których chce lord Ferndale, i od razu je dostarczymy, zapłata i tak nie pokryje całego rachunku.

Marie zamruczała w zadumie, obeszła ladę i wyciągnęła księgę rachunkową ze stosu. — Ile dałaś Louise?

— Cztery funty i osiem szylingów — powiedziała Estelle, patrząc, jak Marie zanurza pióro i wpisuje kwotę.

— Gdyby tylko ojciec nie pożyczył aż tylu pieniędzy na wyjazd do Francji... — mruknęła Marie, a Estelle przytaknęła. Matthew Baxter miał ku temu powód; doskonale rozumiały, że przy obecnej niestabilności we Francji tylko gotówka wchodziła w grę. Zakup rzadkich książek, nie mówiąc o kosztach podróży, nie był tani. Ale pożyczka zostawiła jego córki w niepewnej sytuacji, zmuszone do stałego generowania dochodu, by opłacać nie tylko bieżące rachunki księgarni, ale i raty bankowe.

— Myślę, że teraz zdołamy zebrać około połowy — powiedziała wreszcie Marie, podnosząc głowę znad księgi. — Jeśli zgodziliby się przyjąć płatność częściową z obietnicą uregulowania reszty, gdy lord Ferndale zapłaci za swoje zamówienie.

— Jestem pewna, że się zgodzą — odetchnęła Estelle z ulgą. — Zawsze są bardzo uprzejmi, a my przecież kierujemy do nich tyle zleceń.

— Bez nas nie jestem pewna, czy w ogóle mieliby interes — odparła sucho Marie. — Zbiorę pieniądze i poproszę Bernadette, żeby je zanieść. Syn drukarza jest w niej po uszy zadurzony.

— On ma piętnaście lat! — parsknęła Estelle, rozbawiona.

— To nie przeszkadza, by oczy wychodziły mu na

wierzch, kiedy Bernadette się do niego uśmiecha. — Marie trzasnęła księgą rachunkową. Zadzwonił dzwonek i weszły dwie panie, które od razu podeszły do lady, pytając, czy dotarły najnowsze magazyny mody z Londynu. Estelle powstrzymała się, by nie zerwać się z miejsca.

— Ależ oczywiście, pani Pharell, panno Johnson! Tędy proszę.

<hr>

Dzień minął jak zwykle w księgarni — stały strumyk klientów wydających drobne kwoty. Bernadette poszła zanieść płatność drukarzowi i wróciła z dobrą nowiną, że drukarz chętnie zaczeka do końca miesiąca na resztę.

— Dziś jest dwudziesty drugi — powiedziała Estelle, szybko licząc na palcach. — A czerwiec ma tylko trzydzieści dni, więc... osiem dni.

— Do tego czasu pan Yates zapłaci za ten śliczny stos książek, a Louise skończy zlecenie dla lorda Ferndale — oznajmiła radośnie Bernadette. — Więc będziemy mieć pieniądze!

— Na *ten* rachunek — mruknęła ponuro Estelle, gdy Bernadette znów się oddaliła. Wysiliła się na blady uśmiech, gdy otworzyły się drzwi i weszła elegancka dama z dżentelmenem. Estelle oceniła wzrokiem jakość ich strojów jednym, szybkim spojrzeniem: pewnie krótka przerwa, podczas gdy podmieniają konie. Uśmiechnęła się milej.

— Dzień dobry, proszę pani, proszę pana! Witamy w Księgarni Baxterów. Czy mogę w czymś pomóc?

Okazało się, że para wyrusza w długą podróż do Szkocji

w odwiedziny do rodziny, a oboje wyjechali z Londynu bez odpowiedniego zapasu lektury. Estelle z przyjemnością pomogła damie wybrać kilka powieści Minerva Press, a dżentelmenowi — bogato oprawioną *Historia Rebellion and Civil Wars in Ireland* Warnera, choć sądząc po tym, jak mocno dżentelmen ingerował w wybór powieści żony, Estelle podejrzewała, że ta historia w podróży pozostanie nietknięta. Para zapłaciła nieco ponad cztery funty za cały pakiet bez targowania się i bez proszenia o zniżkę, a Estelle z uśmiechem zapakowała im książki i życzyła szczęśliwej drogi.

— No, to ładnie podreperowało dzień — mruknęła, jeszcze raz przeliczając monety i banknoty, po czym zanotowała sprzedaż w księdze. Spojrzała ze złością na duży stos książek wciąż leżących na ladzie, czekających na powrót pana Yatesa.

— Pewnie wcale już nie wróci — powiedziała głośno.

— Kto, panno Baxter?

Estelle o mało nie wyskoczyła ze skóry — zapomniała, że Ruth jest w sklepie. — Na litość, aż mnie przestraszyłaś! Nie wiedziałam, że wciąż tu jesteś. — Z dłonią na gwałtownie tłukącym sercu przyjrzała się młodszej dziewczynie. Ruth Millings miała ledwie czternaście lat, ale była chyba najśliczniejszym stworzeniem, jakie Estelle widziała: złociste jak zboże loczki, wielkie błękitne oczy i twarz w kształcie serca.

— Najmocniej przepraszam, panno Baxter. Czytałam. — Delikatny rumieniec spłynął na śliczną twarzyczkę Ruth. — Właśnie wybiła czwarta, muszę lecieć do domu.

— Oczywiście. Dziękuję za pomoc — powiedziała

Estelle, choć nie sądziła, by Ruth wiele zrobiła. Zapewne zaszyła się w spokojnym kącie z którąś z powieści z półki wypożyczeń. Biedna dziewczyna. Ojciec Ruth był tak surowy, że nie pozwalał jej nawet na abonament w ich małej biblioteczce, a kupował jej tylko od czasu do czasu książkę, którą uznawał za „wystarczająco kształcącą" dla umysłu córki. Zwykle były to śmiertelnie nudne kazania albo traktaty o tym, że kobiety z urodzenia mają być podporządkowane mężczyznom.

Estelle zamknęła na klucz drzwi księgarni po wyjściu Ruth, zgasiła lampę i weszła po schodach do sióstr. Dzisiejsza kolacja to była zupa jarzynowa — po zapachu sądząc, głównie ziemniaki i marchew z własnego ogródka, z jedną czy dwiema cebulami i garścią ziół, żeby przynajmniej nie była całkiem nijaka. Estelle musnęła palcami pieniądze w kieszeni — te od eleganckiej pary — i uznała, że przynajmniej zapłacą rzeźnikowi i jutro będą mieć mięso na kolację.

Już miała otworzyć usta, by opowiedzieć o sprzedaży, ale pierwsza zabrała głos pani Poole. — Przynajmniej jutro kolacja będzie lepsza, moje drogie.

Estelle mrugnęła zdezorientowana, widząc, jak siostry mądrze kiwają głowami.

— Słucham? — spytała.

— Assembly! — Bernadette zatrzymała łyżkę w pół drogi do ust i wbiła w Estelle wzrok. — Midsummer Assembly? To jutro wieczorem!

— Noc Kupały była wczoraj — zauważyła pedantycznie Marie — ale postanowili urządzić Assembly w piątkowy wieczór.

Midsummer Assembly było tradycją w Hatfield. Estelle opuściła dwie ostatnie edycje, będąc z ojcem na wyprawach po książki, a poprzednie, na których bywała, nie zrobiły na niej większego wrażenia. Bywało wesoło i były tańce, ale szanse na nawiązanie znajomości miała nikłe. Hatfield zwyczajnie nie miało tylu ludzi. Patrząc na pełne ekscytacji twarze sióstr, nie chciała gasić ich radości, ale... — Nie mamy odpowiednich sukien — powiedziała.

— Ależ mamy! — Bernadette aż się roześmiała. — Panna Yates przysłała nam swoje już całe tygodnie temu. Byłaś zbyt zajęta, ale jedną przerobiłyśmy dla ciebie.

Przebiegła sprytna staruszka! Estelle uznała, że panna Yates była aż nazbyt hojna, i nie wspominała rano o ubraniach, licząc, że sprawa się rozmyje. A tymczasem już je wysłała!

Nie było trudno uszyć jej suknię, bo ona i Marie były niemal identyczne wzrostem i figurą. Jakże to było miłe ze strony sióstr, że przygotowały dodatkową sukienkę.

Przyszła jej do głowy kolejna przeszkoda. — To kosztuje. Dwa szylingi od osoby, prawda? Naprawdę nas na to nie stać!

— Moja droga, to nie jest wybór — ku jej zaskoczeniu wtrąciła się pani Poole. — Zebrane środki idą na Hatfield Poor Society, a ja jestem w komitecie. Muszę iść i dziwnie by wyglądało, gdybym nie zabrała panien ze sobą. Zapłacę, jeśli macie aż tak krucho z funduszami...

— Absolutnie nie. — Estelle w żadnym razie nie mogła pozwolić, by pani Poole płaciła za nie. To one płaciły *jej*, nie odwrotnie. Och, gdyby tylko ojciec nie pożyczył aż tylu pieniędzy!

I gdyby tylko mógł regularniej przysyłać skrzynie z książkami!

Niechętnie sięgnęła do kieszeni, wyjęła dłoń i położyła na stole stosik monet i banknotów. — Przyszła dziś do księgarni pewna para i kupiła kilka książek. Sądzę, że możemy użyć odrobiny z tych pieniędzy, żeby pójść...

— Czy pani Yates tam będzie? — zapytała Bernadette.

Gorąco oblało twarz Estelle. Pan Yates wcale nie był „jej", ale gdyby to sprostowała, wywołałaby tylko nową falę przekomarzań. Udało jej się tylko: — Nie jestem pewna — i miała nadzieję, że temat rychło umrze.

Odezwała się pani Poole: — Panna Yates na pewno będzie. To ona zainicjowała komitet. A lord Ferndale jest patronem, więc też się zjawi. Jestem przekonana, że młody pan Yates również będzie obecny.

Oczy Bernadette zabłysły, gdy zwróciła się do Estelle. — Musisz zatańczyć z nim przynajmniej dwa razy. Będzie z tego przednia sensacja!

Czując przypływ przekory, Estelle rzekła: — Ciekawe, co by było, gdybym zatańczyła z nim cztery razy — miasto miałoby o czym gadać do końca świata i o jeden dzień dłużej!

ROZDZIAŁ 8

Felix się nie poddaje

P o żałosnej nocy spędzonej na niewygodnie twardym, wyboistym posłaniu, przez które przez całą noc ciągnęło, Felix uciekł z The Swan niedługo po świcie. Wrócił do Red Lion i przynajmniej udało mu się zjeść porządne śniadanie, choć jadalnia była żałośnie nabita gośćmi. Skończywszy jajka, kiełbasę i chleb, uregulował rachunek i zaczął się zastanawiać, co dalej. Przeczuwał, że czeka go kolejny bezowocny dzień szukania tej przeklętej kotki. Najpierw jednak powinien pojechać po świeże ubrania — miał w sakwach tylko jedną zmianę bielizny i przydałaby mu się kąpiel. Łóżko w The Swan do czystych nie należało.

Postanowiwszy, odsunął krzesło i wstał. Miał wrócić do Ferndale Hall, wykąpać się i przebrać, spakować więcej ubrań i w ciągu kilku godzin zjawić się z powrotem w Hatfield, by wznowić poszukiwania kotki Estelle.

Plany rozsypały się w proch, gdy dziadek nakrył go przy ubieraniu po porannej toalecie.

— A, jesteś, Felix! Brakowało cię wczoraj przy kolacji. Zabawiałeś się w Hatfield?

Wręcz przeciwnie. To Hatfield zabawiało się jego kosztem. — Dziadku, cudownie cię widzieć, ale nie mogę zostać. Jestem na misji!

— Wybornie! — staruszek zatarł dłonie z uciechą. — Przyjęła cię?

— Ach, jeszcze nie. Wyprzedzasz fakty. Najpierw muszę odzyskać kotkę.

Między nimi zawisła cisza, aż dziadek rzekł: — Nie kojarzę takiego powiedzenia. To jakaś nowa wersja „zabić smoka", by zdobyć serce pięknej panny?

Felix parsknął sucho. — Może i tak. Ich kotka, Crafty, przypadkiem wybiegła na High Street i zwiała. Panna Baxter powierzyła mi znalezienie jej i bezpieczne odprowadzenie do domu.

Staruszek się uśmiechnął z przekąsem. — „Powierzyła", „zażądała" — na jedno wychodzi.

Ramiona Felixa opadły. — „Zażądała" to chyba trafniejsze. Pominąłem jednak istotny fakt. To ja wypuściłem kotkę, więc muszę ją odprowadzić.

Dziadek roześmiał mu się prosto w twarz, i Felix zasłużył na tę drwinę.

— Słusznie. Rozumiem, że podjąłeś się tego zadania po tym, jak wykupiłeś pół księgarni, odkryłeś, ile was łączy, uklęknąłeś i poprosiłeś ją o rękę?

Felix zacisnął usta z frustracji.

Dziadek dźgnął go jeszcze mocniej. — Odpuściłeś? Nie po ferndalowemu!

— Nie odpuściłem. Rzymu nie zbudowano w jeden

dzień i tak dalej. Nie odpuściłem. Po prostu... — sam nie wiedział, co właściwie zrobił. Podrapał się po karku zamyślony. Wciąż nie kupił książek, co było karygodnym przeoczeniem.

No tak, tylko że nie sądził, że znalezienie tej cholernie cwanej kotki zajmie aż tyle czasu!

— Nie odpuściłeś, bo ledwie zacząłeś, dobrze słyszę? — podsumował dziadek.

Potrafił być dopiekająco przenikliwy.

— Wszystko będzie dobrze, gdy tylko ustalę, gdzie podziewa się Crafty. A potem zdobędę serce owej pięknej panny. — Wykonał przed dziadkiem przesadny ukłon.

Zamiast uśmiechu dostrzegł na jego twarzy zmarszczone brwi. — No i? Nie stój, nie prawić kazań! Pakuj się i do dzieła!

— Taki był plan, Dziadku. Jeśli pozwolisz.

— Czy to Felix? — dobiegł zza drzwi kobiecy głos. — Nawet nie waż się znowu go posyłać bez porządnego posiłku w brzuchu, braciszku! I chcę usłyszeć wszystko o tym, jak się posuwa twoje zaloty do panny Baxter!

— Szłyby o wiele lepiej, gdyby mnie nie poganiano na każdym kroku — mruknął Felix pod nosem, ale głośno zawołał: — Tak, ciociu Florence, oczywiście zostanę na obiad!

Po obiedzie będzie jeszcze dość jasno, by wrócić dziś wieczorem konno do Hatfield, pomyślał. Chociaż... może powinien był zarezerwować pokój w Red Lion, zanim wyjechał, olśniło go nagle. Na myśl o kolejnej nocy w The Swan aż się wzdrygnął.

— Zostanę na noc — zdecydował. — Wrócę rano.

Wezmę pokój w Red Lion na parę dni, dopóki nie znajdę kotki.

— Crafty może już sama wrócić do domu — zauważył dziadek.

Przez chwilę myśl ta go podniosła na duchu, lecz zaraz znów mu zwiotczały ramiona. Owszem, Estelle odzyskałaby kotkę, ale jeśli to nie Felix by dostarczył tę wymykającą się bestyjkę, nie spojrzałaby na niego łaskawszym okiem. Musiałby wymyślić inny sposób, by zyskać jej względy. Cóż, kupi skrzynię książek — to na pewno pomoże?

Nazajutrz Felix zjadł obfite śniadanie, spakował się i był gotów wracać do Hatfield. Dziadek odprowadził go do stajni. — Skoro już wróciłeś, dobrze by było, żebyś zapoznał się z obowiązkami baronii.

Jakby ktoś wylał na Felixa kubeł zimnej wody. — Nie jesteś chory, prawda? — spytał z nagłym przerażeniem.

— Co? — dziadek aż się roześmiał z wstrząsu. — Ani trochę. Ale powinieneś poznać, co i jak. Najwyższa pora zacząć.

— Czego mi nie mówisz? — Dziadek zawsze był stary, rzecz jasna, ale czy wyglądał na zmęczonego? Felix nie dostrzegł w nim oznak niemocy. Może po prostu nie zwracał uwagi?

— Nic mi nie dolega. Ale przyda mi się pomoc. Posiedzenia rady miejskiej potrafią dać w kość i mam wrażenie, że mnie osaczają. Chciałbym, żebyś poszedł ze mną na następne i zaczął przejmować część obowiązków, które kiedyś będą twoje.

Zaczęło to mieć dla Felixa sens; pewnie dlatego tak nagle rozgorzały rozmowy o małżeństwie. Dziadek musi ukrywać kiepskie zdrowie. — Będzie dla mnie zaszczytem pomóc w każdym zakresie, jaki uznasz za stosowny — odparł, nagle czując ciężar odpowiedzialności.

Felix dosiadł konia, a stajenny przypiął sakwę. Prośba dziadka wciąż dudniła mu w głowie, gdy Hatfield znów wyłoniło się w oddali. Nie zawiedzie rodziny.

A to znaczyło, że nie zawiedzie również panny Estelle Baxter.

Z wysokiego siodła widział więcej i wypatrywał pilnie czarnych kotów z krótszym ogonem i białą łatką w kształcie serca na piersi.

Tego ranka siodło go swędziało i wiercił się nieswojo, zastanawiając się, czy stajenny, który je czyścił wczoraj, nie użył jakiegoś nowego rodzaju oleju do skóry czy czegoś podobnego. Był przyzwyczajony spędzać w siodle długie godziny, a nawet dni, po tych wszystkich podróżach, lecz dziś nie mógł się doczekać, kiedy z niego zsiądzie. Dziwne uczucie. Może naprawdę zakochuje się w pannie Baxter? Może to niepokój wynikły z rodzącego się uczucia? Fascynujące!

Z ulgą zeskoczył w stajniach za Red Lion i oddał konia pod opiekę stajennym. Spróbował szczęścia z pokojem na noc i z radością usłyszał, że się znajdzie!

— Wezmę na tydzień — oznajmił i zapłacił z góry.

Pokój był na ostatnim piętrze, więc musiał wspiąć się po kilku kondygnacjach, ale sama myśl, że nieprędko wróci do

The Swan, napełniała go lekkością. To musiał być *Dobry Znak*, że wszystko układa się po jego myśli, zwłaszcza jeśli będzie musiał zostać w miasteczku, by dalej szukać Crafty.

Nie bez znaczenia była też bliskość Baxter's Fine Books. Okno lukarny wychodziło ponad dachami ku mieszkaniu panien Baxter.

Dał portierowi monetę, gdy ten wniósł torbę, po czym zabrał się za obmycie rąk i twarzy po jeździe. Przez dwa otwarte okna wiał chłodny powiew, niosąc do pokoju zapachy gospody. Chmiel, pieczone warzywa i wypieki. Było też coś świeżo ziemistego i... tak, z ulicy dochodził aromat końskich odchodów. Zamknął okna i odwrócił się ku łóżku, pomyślawszy, że może utnie sobie krótką drzemkę, zanim wznowi poszukiwania.

Czy wzrok go mylił? Na ciemnobrązowym narzucie leżała czarna, okrągła kulka. Kulka otworzyła zielone oczy i zamiauczała. Potem przeciągnęła się i wydała z siebie małe, wysilone piszczenie.

Felix wyciągnął do niej rękę. — Crafty?

Kotka miauknęła, jakby rozpoznała swoje imię.

Podrapał ją za uszami, a ona wtuliła się w dłoń, mrucząc przy tym. Brzmienie miała takie samo jak kotka ze sklepu. Pogładził ją po czole, po czym sprawdził przednią część piersi.

Serce podeszło mu do gardła. Była tam niezaprzeczalna biała łatka. Czy miała kształt serca? Trudno było ocenić, gdy kotka wciąż leżała.

Pogładził ją jeszcze wzdłuż grzbietu. Machnęła ogonem. Czy był krótszy niż zwykle? Tego wciąż nie potrafił rozstrzygnąć. Jak krótki jest „krótszy"?

Z sercem bijącym szybciej Felix podniósł ją i obejrzał w świetle okna. Na piersi istotnie widniała łatka w kształcie serca.

— Crafty! — zawołał. Przytulił kotkę mocno i spojrzał przez okno, ponad dachami, ku siedzibie sióstr Baxter.

Nie mógł się doczekać wyrazu twarzy Estelle, gdy wróci w glorii zwycięzcy.

Crafty nie wyglądała na szczególnie zadowoloną z przytulania ani z wynoszenia pod pachą po schodach i na zewnątrz. Przypomniał sobie służącą, która mówiła, że gospodarz ma alergię na koty, więc pilnował, by Mr Haye jej nie zobaczył.

— Jesteś o wiele mniej uległa niż twój syn — powiedział do kotki, odhaczając wyjątkowo ostry pazur z grzbietu dłoni. — Nic to, twoja pani ucieszy się na twój widok, a ja jestem jej najwierniejszym sługą, choć najwyraźniej mam chlustać krwią, by zasłużyć na ten zaszczyt. — Zdołał otworzyć drzwi księgarni i wejść do środka z Crafty wciśniętą pod ramię, choć ta wierciła się i próbowała wspiąć mu się po klapach, zawodząc głośno.

— Crafty! — krzyknęła Estelle z zachwytem, wychodząc zza lady.

Felix zamknął drzwi i oparł się o nie mocno, nim wypuścił kotkę, która zostawiła mu jeszcze jeden pazurzasty ślad na dłoni, po czym skoczyła na podłogę i pognała między regały.

— Proszę, niech mi panna powie, że to rzeczywiście państwa kotka — błagał Estelle — a nie porwałem kolejnego nieszczęsnego stworzenia?

— To na pewno była Crafty. — Estelle naprawdę się do

niego uśmiechnęła! Panie, zlituj się, była taka śliczna, gdy się uśmiechała, że Felix miał ochotę zemdleć u jej stóp. Zresztą mógł zemdleć i od pieczenia w dłoni, gdzie kotka puściła mu krew.

— Świetna robota, panie Yates; gdzie pan ją znalazł?

Jej głos był muzyką dla jego duszy. — Spała na moim łóżku.

Estelle mrugnęła i przechyliła głowę, wyraźnie zaintrygowana.

— Wziąłem pokój w Red Lion — doprecyzował Felix. — To musiał być po prostu szczęśliwy zbieg okoliczności, że Crafty akurat to łóżko sobie upodobała.

— Crafty nie ma wstępu do Red Lion; koty wywołują u pana Haye'a kichanie. Miał pan wielkie szczęście, że nikt jej nie przegonił, zanim pan ją znalazł, panie Yates. Niestety, skoro nie było jej dwa wieczory i wątpię, by cały ten czas spędziła w tym pokoju, niewątpliwie była, hm, *w odwiedzinach* u swoich adoratorów.

— Och. — Felix pojął, do czego Estelle zmierza. — Kocięta?

— Za jakieś dziewięć tygodni. Tak. Kocięta.

— Cóż. — Felix wyprostował się i przybrał najbardziej szczery i godny zaufania wyraz twarzy, na jaki było go stać. — Jestem człowiekiem honoru, panno Baxter; postąpię, jak należy, zwłaszcza że czuję się odpowiedzialny za tę sytuację. Postaram się znaleźć dla młodych dobre domy.

— Doceniam pańską dzielność — powiedziała, wciąż promiennie się uśmiechając.

Jej uśmiech napełnił go ciepłem od środka. Ale

pieczenie w dłoni, gdzie Crafty wyorała czerwoną rysę, wcale nie słabło.

Panna Baxter spojrzała na jego ranę i rzekła: — Wygląda, jakby zapłacił pan wysoką cenę. Proszę, pokażmy to.

Już miał powiedzieć: „To tylko draśnięcie", ale zacisnął usta, gdy tylko ujęła jego dłoń w swoje.

Dotyk jej rąk na jego obolałej skórze posłał jego serce w przestworza. Delikatne pieszczoty koiły mu duszę. Postanowił nic nie mówić, by nie spłoszyć czaru.

Panna Baxter cmoknęła z dezaprobatą i powoli pokręciła głową. — Przyniosę maść, żeby się nie pogorszyło. Wollstonecraft przecięła głęboko.

— Eee, Wollstonecraft?

— Tak. — Panna Baxter spojrzała mu prosto w oczy — wciąż trzymając jego dłonie — i zatrzepotała długimi rzęsami. — To jej pełne imię, ale wołamy tak na nią tylko, gdy była niegrzeczna. A była niesłychanie niegrzeczna, robiąc panu coś takiego. — Potem rozejrzała się po sklepie i dostrzegła winowajczynię na szczycie regału. — Prosto do łóżka, Wollstonecraft, bez kolacji. Słyszysz mnie?

Z sercem tłukącym o żebra Felix mógł tylko stać i mieć nadzieję, że żaden klient nie przerwie im tej chwili.

Szczęście mu sprzyjało, bo panna Baxter zawołała Marie, by przypilnowała sklepu, a oni mogli przejść do kuchni na piętrze, żeby opatrzyć mu dłoń. Podążył za nią wąskimi schodkami z tyłu sklepu do zaskakująco obszernej kuchni, skąpanej w świetle wpadającym przez wysokie okno. Po słabo oświetlonym lampami sklepie musiał kilka razy mrugnąć, by oczy przywykły do jasności.

— Siadać, siadać. — Estelle ponagliła go, by zajął miejsce przy stole, a Felix usiadł i pozwolił jej obmyć dłoń czystą szmatką i wodą, po czym posmarować drapiąco-pachnącą, żółtą maścią.

Jej ręce cały czas go pieściły, a on niemal przestał oddychać.

— Proszę. — Odlała odrobinę maści do małej fiolki, zakorkowała ją i podała mu. — Proszę wcierać odrobinę dwa razy dziennie, aż zadrapania całkiem się zagoją. Proszę do mnie wrócić, jeśli pojawi się choćby lekka gorączka.

Felix spojrzał na kredens przy wschodniej ścianie kuchni, gdy odstawiała słoik na półkę. Stały na niej rzędy słoików i butelek, wisiały pęczki suszonych ziół i nic nie wyglądało na typowe wyposażenie kuchni.

— Interesuje się panna ziołami? — spytał z zaciekawieniem, gdy Estelle stawiała czajnik na kuchni.

Estelle zawahała się na moment, zerknęła na niego. — Trochę — odparła nieco wymijająco. — Nauczyła mnie mama. To pasja Bernadette, ale wszystkie znamy podstawy.

— Bez wątpienia bardzo pożyteczna umiejętność — rzekł szczerze, zaintrygowany kolejną odsłoną jej osoby. Panna Baxter była kobietą o wielu talentach.

— Herbaty? — zaproponowała Estelle.

— Z przyjemnością. Z miodem, jeśli macie.

— Ma pan słabość do słodkiego, panie Yates? Zauważyłam, że oddał pan sprawiedliwość deserom w Ferndale Hall.

Przyznał, że owszem. Było cudownie móc po prostu oglądać ją, jak krzątając się po kuchni, sięga po dwie filiżanki i imbryk, wsypuje liście herbaty i stawia na stole słoik miodu. Otworzyła też słój z herbatnikami i podsunęła mu go, przepraszając, że nie ma ciasta.

— Ale pachną wybornie. Kminkowe? — Felix nadgryzł herbatnik i uznał go za znakomity: korzenny, maślany i kruchy. — Piekła je panna?

— Nie. Pani Poole, nasza gospodyni-towarzyszka — mieszka z nami, by dodawać nam powagi, gdy tata wyjeżdża. — Estelle wyglądała na lekko skrępowaną. — Właściwie nie powinnam z panem zostawać sama...

— Bo będziemy zmuszeni do małżeństwa? — Uśmiechnął się, by rozładować atmosferę. — Ja bym nie protestował.

— Powiedział panu ktoś kiedyś, że jest pan utrapieniem, panie Yates? — Słowa mogły brzmieć miażdżąco, lecz wypowiedziała je tak słodko, że serce mu spęczniało. Uśmiechała się przy tym, sięgając hakiem po czajnik z ognia i nalewając wrzątek do imbryka.

— O, często — odparł wesoło. — Ale mój urok zwykle zjednuje mnie ludziom.

Naprawdę się roześmiała, nim usiadła przy stole i sięgnęła po herbatnik dla siebie. Wypili po filiżance herbaty, pogadali chwilę o niczym, po czym Estelle stwierdziła, że powinna wracać na dół do sklepu.

Utrwalił tę scenę w pamięci, patrząc, jak popija herbatę i podgryza herbatnik. Sam pił swoją powoli, chcąc przedłużyć ich wspólny czas.

W końcu jednak herbata się skończyła, a ona nie zaproponowała dolewki.

Do tego usilnie starał się siedzieć spokojnie, ale siedzenie swędziało go i nie miał pojęcia, czy to wina krzesła, czy jego samego. Bał się sprawdzić i robił, co mógł, by to zignorować.

— Dziękuję, panno Baxter, za posiłek i za opiekę — Felix wstał grzecznie i ukłonił się. — A skoro wypełniłem misję i oddałem pani kotkę, mogę dokończyć zakup książek. Wciąż muszę znaleźć prezent na urodziny dziadka w przyszłym miesiącu; może coś pani podpowie?

Estelle wyglądała na szczerze uradowaną tymi słowami i odparła, że oczywiście chętnie pomoże. — Odłożyłam jeszcze kilka tytułów, które mogłyby pana zainteresować — powiedziała, gdy schodzili z powrotem na dół do sklepu. — Proszę się nie czuć zobowiązany...

— Książek nigdy za wiele, panno Baxter. O ile już ich nie mam, z pewnością mnie zainteresują.

Estelle pokazała mu całkiem spory stos na ladzie. Felix dostrzegł tylko jedną, którą już posiadał, i z żalem ją odłożył. — Interesujący wybór — mruknął, podnosząc *Travels Into Barbary* Shawa. — Ma pani coś jeszcze o Barbarze albo może o Egipcie?

— Bardzo dobry egzemplarz *Egypt and Nubia* Nordena, dwa tomy w jednym. Na papierze słoniowym! — Estelle zdjęła z pasa pęk kluczy i otworzyła witrynę z boku lady. — Jedna z najlepszych naszych książek. Mogłaby się nadać na prezent dla pańskiego dziadka, jeśli budżet na to pozwoli.

— Czy ja w ogóle śmiem zapytać o cenę? — Był to okazały, zachwycająco piękny tom, oprawiony w ręcznie tłoczoną, rosyjską cielęcą skórę.

— Trzynaście funtów.

Felix cicho zagwizdał, ale położył książkę na ladzie

i ostrożnie ją otworzył, przerzucając kilka grubych kart i podziwiając pięknie odbite plansze. — Warte, śmiem twierdzić. To rzadki egzemplarz, panno Baxter, i w znakomitym stanie. Dziwi mnie trochę, że mój dziadek jeszcze jej nie kupił.

— Jeszcze o niej nie wie — Estelle uśmiechnęła się figlarnie. — Przyjechała w skrzyni książek, które tata przysłał z Francji — tych, które pomagał pan wnieść kilka dni temu. Książka, którą zaniosłam lordowi Ferndale, była taką, której długo szukał. Tę jeszcze wtedy katalogowałyśmy. Miałam zamiar pokazać mu ją przy następnej wizycie.

— Cóż, już jej tu nie będzie. — Felix zamknął tom. — Proszę porządnie zapakować. To będzie wspaniała urodzinowa niespodzianka. — A przy okazji sprawiał Estelle radość, wydając dużo pieniędzy na książki, pomyślał, widząc, jak szeroko się uśmiecha. Sytuacja wygrana dla wszystkich.

Właściwie skoro już tu był, chciałby dodać coś jeszcze do rachunku, jeśli miałoby to przynieść więcej tych pięknych uśmiechów panny Baxter.

Wrócił do półki z relacjami z podróży, by poszperać dalej, kłaniając się grzecznie pannie Bernadette, gdy weszła do sklepu w towarzystwie innej kobiety. Panna Bernadette skinęła mu głową, ale nie kwapiła się z przedstawieniem towarzyszki, ba, pospiesznie przeprowadziła ją obok niego na tył sklepu.

— Proszę tu zaczekać. Zaraz to dla pani przyniosę — usłyszał, jak mówi Bernadette, po czym zadźwięczały kroki wspinające się po schodach.

Kobieta stała u podnóża schodów, ze spuszczoną głową,

nerwowo ściskając dłonie. Wyglądała na wieśniaczkę — nie kogoś, kogo spodziewałby się spotkać w księgarni — i w istocie wcale nie patrzyła na książki, co Felix mimowolnie odnotował.

Bernadette wróciła po schodach i wsunęła kobiecie w dłonie paczuszkę, mówiąc półgłosem: — Tu jest pięć porcji. Proszę zaparzać i pić rano i wieczorem. Na pewno jeszcze pani nie zaciążyła?

— O tak, panno Bernadette. Tylko tydzień po terminie — kobieta ścisnęła paczuszkę. — Nie mogę mieć kolejnego. I tak mamy za dużo gąb do karmienia.

Ach. Te zioła. Felix dyskretnie odwrócił wzrok, gdy Bernadette zapewniała kobietę, że robi słusznie, i odprowadzała ją do drzwi.

— Bernadette! — wyłowił czujnym uchem syk Estelle. — Musisz być ostrożniejsza! — Mówiła po francusku, co go nagle zaskoczyło. Felix biegle władał francuskim, odkąd dziadek od dziecka kazał mu pobierać nauki języków nowożytnych. Francuski Estelle brzmiał jednak może nawet lepiej niż jego własny, pomyślał, gdy mówiła dalej szybko i potocznie, z perfekcyjnym akcentem. Skąd młoda kobieta z Hertfordshire zna francuski na takim poziomie?

Zaintrygowany, podszedł do lady z dwiema kolejnymi książkami w dłoni. Bernadette uciekła na zaplecze, zaledwie zerkając na niego ukradkiem; posłał jej, jak miał nadzieję, uspokajający uśmiech. Bernadette zajmowała się sprawami kobiecymi, które absolutnie go nie dotyczyły, uznał.

— Mówi pani doskonałym francuskim — zauważył, gdy Estelle pakowała mu książki, starannie owijając je w brązowy papier. — Gdzie się pani uczyła, i to z tak świetnym akcentem?

— U kolan matki. — Estelle obwiązała pakunek szorstkim sznurkiem, mocno zawiązując supeł. — Mama była Francuzką, z Doliny Loary. Tata poznał ją tam w 1785 roku, przed wybuchem Rewolucji, i pobrali się, po czym wrócili do Anglii. I dobrze. Jej rodzice byli arystokratami. Nie mamy wieści od żadnego z jej bliskich, poza jednym dalekim kuzynem, od bardzo dawna.

— Bardzo mi przykro. Czy pani matka wciąż żyje?

Estelle pokręciła głową, a przez jej twarz przemknął cień smutku. — Odeszła pięć lat temu.

— Musi pani bardzo za nią tęsknić — powiedział łagodnie Felix. Czuł, że to on przywołał cień żałoby na jej śliczną twarz.

— Zawsze. — Zdobyła się na nikły uśmiech. — A pańscy rodzice? Wiem, że lord Ferndale mówił, iż jest pan jego spadkobiercą... pański ojciec?

— Zmarł, gdy byłem dość mały. Matka żyje; wyszła ponownie za mąż, gdy miałem jedenaście lat, i mieszka teraz w Irlandii. Jej mąż ma posiadłość w pobliżu Wexford, na południu.

Transakcja dobiegała końca, gdy podał jej pieniądze. Dłoń trzymała jeszcze pakiet, ale nogi nie chciały go wynieść z obecności Estelle.

— Okropne rzeczy dzieją się we Francji — rzucił, zaczynając nowy temat, byle zostać w sklepie choć chwilę dłużej.

Estelle skinęła i rzekła: — Teraz jest przynajmniej odrobinę bezpieczniej, skoro Korsykanin siedzi na Elbie.

— Musi się pani bardzo martwić o ojca?

Estelle westchnęła. — Pewnie nie zaznamy prawdziwego spokoju, póki nie wróci cały i zdrów.

— Chciałem tam jechać walczyć — powiedział. — Ale dziadek to ukrócił, bo jestem jedynym spadkobiercą Ferndale.

Obdarzyła go kolejnym uśmiechem, od którego serce mu zadrżało, i zapytała: — Zawsze robi pan to, o co prosi pana dziadek?

Wyłapał ukryty sens pytania i roześmiał się grzecznie. — W większości tak. Oczywiście potrafię sam podejmować decyzje. I popełniać błędy. Ale on jest rozsądny i ma wyjątkową głowę na karku.

Rozmowa była wyśmienita i Felix stwierdził, że ogromnie lubi towarzystwo Estelle. Powinni mieć ich więcej, postanowił. Będą się poznawać, rozmawiając o książkach, podróżach i językach.

Zadzwonił dzwonek i do sklepu weszli nowi klienci.

— Proszę mi wybaczyć, panie Yates — rzekła Estelle. — Dziękujemy za pańską hojność, przyszła w samą porę.

Ach tak. W księgarni często pojawiają się inni klienci. Nie mógł przecież stale monopolizować panny Baxter. — Oczywiście! — skinął i uniósł swoją pokaźną stertę książek. Potem dodał nieco głośniej, dla dobra nowych gości: — Dziękuję za te wspaniałe książki, w doskonałym stanie.

Wyszedł ze sklepu — uważając, by znów nie wypuścić kotki — i zmrużył oczy w świetle dnia. Dzwoneczek zadźwięczał, gdy drzwi zamknęły się za nim. Szybko wrócił do pokoju w Red Lion i odstawił książki na stolik. Przez moment podrapał się po ramieniu, rozważając krótką drzemkę i rozpoczęcie lektury. Z otwartego okna wraz z ciepłą letnią bryzą napłynął aromat świeżych wypieków. Może najpierw coś zje, a potem wróci i odda się rozkoszom czytania.

W izbie publicznej kilka osób już jadło. Skinął służącej, że poprosi o stolik. Kilka minut później siedział przy oknie i zajadał sycący gulasz ze świeżo wypieczonym chlebem i małym garnuszkiem sadła obok. Siedzenie spodni swędziało, ale był w gospodzie i to nie było miejsce na drapanie. Może jest uczulony na koty, jak gospodarz? Tylko że wtedy dłoń swędziałaby chyba bardziej, prawda? Nie był pewien, jak działają alergie, bo na szczęście dotąd go nie dotknęły.

Swędzenie dało się w większości zignorować, jeśli skupił się na jedzeniu. Tak, to bardzo pomagało. I piwo. W Red Lion smakowało lepiej niż w The Swan. Gdy służąca zabierała talerz, Felix zapytał o rezerwację stolika na wieczorny posiłek. Wpadł na świetny pomysł, by ugościć siostry Baxter, a jeśli zechce, i ich gospodynię, porządną, sycącą kolacją.

— Dziś wieczór? — parsknęła służąca, zabierając pusty kufel. — Dziś 'ssembly. Nikt tu na dole nie będzie jadł. Pół miasteczka będzie na górze. Tam będzie jedzenie.

— To już dziś wieczorem? — Musiał się pogubić w dniach. Nic dziwnego, skoro myślami był przy Estelle i poszukiwaniach jej kotki. — Zdążę wrócić do Ferndale House, żeby się stosownie ubrać?

— Niech pan się o to nie kłopocze, proszę pana. I tak będzie pan najlepiej ubrany!

Całe miasteczko, powiedziała? Felix uśmiechnął się na myśl, że będą tam siostry Baxter. Zwłaszcza jedna.

ROZDZIAŁ 9

Estelle czuje się piękna

Zatrzaskując drzwi na koniec dnia, Estelle westchnęła z zadowoleniem. Do Baxter's przez cały dzień płynął równy strumień klientów i dla niemal każdego znalazła odpowiednią książkę. Na jej twarzy rozlał się szeroki uśmiech, gdy razem z Marie liczyły dzisiejszy, hojny utarg. Gdyby tak każdy dzień był tak dobry. Albo choć co drugi. Estelle nie była chciwa.

— Cieszę się, że posłuchałaś mojej rady i stałaś się bardziej stanowcza w proszeniu o zapłatę — powiedziała Marie.

— Nie mogę sobie przypisać całej zasługi. Pan Yates zapłacił za książki bez ponaglania, a do tego kupił kilka kolejnych, w tym jedną drogą z zamykanej gabloty! — Z chwilą, gdy wspomniała pana Yatesa, wiedziała, że siostra o niego zapyta, więc mówiła dalej o innych klientach, licząc, że odwróci jej uwagę. — Jeszcze kilka takich dni i spłacimy wszystkie rachunki. Ciekawe, kiedy dotrze następna skrzynia z książkami?

— Niezła próba — powiedziała Marie, gdy wchodziły do kuchni. — Czy pan Yates przyjdzie dziś wieczorem na zabawę?

Pytanie sugerowało, że o tym rozmawiały, a przecież temat nie wrócił od czasu rozmowy w Ferndale Hall. — Dla niego to może być trochę deklasujące? — odparła Estelle, sama nie wiedząc, czy woli, żeby się pojawił, czy nie. Ten mężczyzna doprowadzał ją do takiej konfuzji, że wkrótce zacznie mylić lewo z prawym!

— Dlaczego tak mówisz? — Marie podała Pani Poole pieniądze, by mogła uregulować rachunki u rzeźnika i u sklepikarza. — Panna Yates przewodniczy komitetowi szpitalnemu, a Lord Ferndale nigdy by jej nie puścił samej. Jestem pewna, że pan Yates będzie tam, by ich wspierać. I to doskonała okazja, by Lord Ferndale pokazał miasteczku, że jego wnuk wrócił.

W kuchni Bernadette upinała włosy Louise, przypinając masę cienkich warkoczy w koronę.

— Wasze suknie są przepiękne! — zachwyciła się Estelle. — O rety. I uszyłyście je z sukien, które przysłała Panna Yates? — Nie potrafiła sobie wyobrazić Panny Yates w czymś tak modnym.

— W niektórych starych sukniach było po kilka jardów materiału — Marie zakręciła wąską spódnicą wokół kostek. — Prawie mogłabym z niej zrobić dwie!

— Poczekaj, aż zobaczysz swoją — powiedziała Louise.

— Przestań ruszać głową, Lou — rozkazała Bernadette.

Louise jednak mówiła dalej: — Dźwigasz ostatnio świat na swoich barkach, Estelle, należy ci się coś miłego.

— Och! — Estelle pokręciła głową. — Nie trzeba było. Jestem stanowczo za stara na takie zabawy.

Marie uśmiechnęła się filuternie. — Zmienisz zdanie, jak zobaczysz suknię.

Pani Poole i Marie wymieniły spiskowe spojrzenia i zdjęły coś z wieszaka za drzwiami.

Estelle opadła szczęka, gdy jej oczom ukazała się suknia: lśniąca zielona materia — czy to był *jedwab*? — przeszyta drobniutką, srebrną nicią. — To niesamowite!

— Podziękujesz Pannie Yates osobiście, gdy ją dziś zobaczysz — powiedziała Louise. — Będzie zachwycona, że nas zobaczy.

— Przestań ruszać głową! — zirytowała się Bernadette. — Marie, lepiej zabieraj się za włosy Estelle, bo wszystkie się spóźnimy!

Wkrótce cała piątka była gotowa. Estelle wyjęła z małej szkatułki na toaletce ametystowy krzyżyk po matce i zawiesiła go na liliowej wstążce na szyi, z zachwytem patrząc na swoje odbicie. Nie wyglądała jak pilna, pracowita panna Baxter z Baxter's Fine Books; wyglądała jak młoda dama z towarzystwa.

— Ani jednej myśli w głowie poza fraszkami i tańcem — mruknęła z rozbawieniem na własny, niedorzeczny obraz. Szczerze mówiąc, było mało prawdopodobne, by ktokolwiek poprosił ją do tańca, ale i tak zamierzała cieszyć się muzyką i może popatrzeć, jak jej siostry wezmą ze dwa obroty na parkiecie. Każdy kawaler bez wątpienia będzie chciał tańczyć z Bernadette.

Zamknęły księgarnię na noc i zostawiły Crafty'ego

w kuchni, żującego rybi łeb, który Bernadette kupiła na targu.

Wspięły się schodami Czerwonego Lwa do dużych sal na pierwszym piętrze, gdzie regularnie urządzano wesela, zabawy, dożynki i wszelkie wydarzenia w Hatfield, gdy dwadzieścia i więcej osób chciało zebrać się w jednym miejscu. Muzyka już grała, skoczna melodia na skrzypce i pianino, choć nie było jeszcze słychać tupotu tańczących stóp — tylko narastający gwar rozmów, im bliżej drzwi podchodziły.

Marie skrzywiła się i zwolniła, robiąc minę.

— Dasz radę? — zapytała Estelle ze współczuciem, zatrzymując się przy siostrze.

— Jest dość głośno — odparła Marie, ale zdobyła się na dzielny uśmiech. — Poradzę sobie, tak rzadko mam okazję tańczyć, a bardzo to lubię.

Estelle wplotła ramię pod ramię z Marie. — Chodź, wejdźmy razem.

Sala mieniła się feerią barw: damy w sukniach wszystkich odcieni tęczy, a niektórzy panowie w równie barwnych kamizelkach. Estelle nie mogła się nie uśmiechnąć na ten olśniewający widok. Otulił je szum radosnego człowieczeństwa, a także ciepła mieszanka perfum i pomad, bo wszyscy wystroili się na tę okazję.

— Myślisz, że zatańczysz z panem Yatesem? — zapytała Marie z figlarną nutą. Estelle potknęła się o krok i omal nie runęła jak długa, na szczęście siostra przytrzymała ją pod rękę.

— Jego tu nie będzie — odparła z niedowierzającym

śmiechem. — Mój Boże, taka zabawa? Zbyt pospolita dla kogoś takiego jak on.

Czemu wciąż muszą go wspominać? To, że był przystojny i zamożny oraz wnukiem jednego z najstarszych przyjaciół ich rodziny, nie znaczyło, że nadawał się na męża. Nie żeby Estelle w ogóle się nad tym zastanawiała. Zbytnio.

— Mam wrażenie, że po prostu nie chcesz, żeby tu był — zauważyła Marie. — Lord Ferndale i Panna Yates już są — dodała i pomachała im.

Estelle miała ochotę uciszyć siostrę, co mogłoby skończyć się sprzeczką, ale przerwało im nadejście kuzyna Joshuy, który przemaszerował i stanął przed nimi, mierząc je od stóp do głów z pogardliwym uśmieszkiem.

Och, ten człowiek! Estelle przygotowała się na kolejną utarczkę.

— Dobry wieczór, Kuzynie Joshua — powiedziała najgrzeczniej, jak potrafiła.

— Skąd macie te suknie? — warknął Joshua bez słowa powitania. — Niedorzeczne, żeby Matthew pozostawił dzieci na czele interesu, skoro wy roztrwaniacie wszystkie zyski...

— Nie jesteśmy dziećmi, Kuzynie Joshua — odparła Estelle ostrzej, uspokajając oddech. Serce już tłukło jej szybciej, ale postanowiła, że się nie da zastraszyć. — I, o ile mi wiadomo, finanse firmy nie są pańską sprawą.

Marie aż wciągnęła powietrze z szoku. Szczerze mówiąc, sama Estelle zdziwiła się własną śmiałością. Twarz Joshuy poczerwieniała jak burak, ale Estelle nie ustąpiła ani o krok. Miała serdecznie dość krytykowania i gromienia jej i sióstr przez Kuzyna Joshuę; jego bezczelne kłamstwo sprzed kilku dni o śmierci ich ojca było kroplą, która przelała czarę. Nie mogła się doczekać kolejnej skrzyni z książkami. Z triumfem zamacha wtedy przed jego nosem następnym listem od ojca.

— Finanse *są* moją sprawą — odciął się Joshua. — Warunki dziedziczenia stanowią, że w tym budynku musi działać przedsiębiorstwo, inaczej przepada. Trudno mówić o prowadzeniu interesu, skoro nie ma zysku.

Co za łajdak, że to poruszył! Nie było sposobu ciągnąć tej rozmowy dalej, by nie przerodziła się w skandal. Podnosić to na publicznej zabawie — doprawdy oburzające. Już miała dać mu odprawę, gdy przerwała im pomoc nie dość, że nagła, to idealnie w porę.

— Panno Baxter! — zawołał z zachwytem jakiś głos. Estelle aż sapnęła, gdy pan Yates przeciskał się przez tłum wprost ku niej, wpatrzony tak, jakby poza nią nie było w sali nikogo. — Cóż za przyjemność panią tu widzieć! Panno Marie. — Skinął Marie krótki ukłon, choć zaraz znów spojrzał Estelle w twarz. — Panno Baxter, proszę powiedzieć, że ma pani dla mnie wolny taniec? Byłbym zdruzgotany, gdyby wszystkie były już przyrzeczone!

Jego pojawienie się faktycznie było zbawienne, bo Joshua Baxter stanął jak wryty, niepewny, czy coś powiedzieć, czy się oddalić.

Czy czekał na przedstawienie? Estelle o mało nie parsknęła na myśl, że Felix przypuszczałby, iż będzie tak rozchwytywana, że nie zostanie jej ani jeden taniec. Dopiero co przyszła; jak niby wszystkie tańce miałyby być przyrzeczone, skoro jeszcze z nikim nie rozmawiała?

— Jest pan zbyt uprzejmy, panie Yates — odparła, doceniając jego wejście w samą porę. — Z przyjemnością z panem zatańczę. — A przy okazji ucieknie przed Kuzynem Joshuą. I może go to rozzłości, gdy zobaczy, jak się świetnie bawi.

— Znakomicie! A ponieważ nie mam wątpliwości, że jest pani zbyt dobra, by tańczyć ze mną więcej niż jeden czy dwa kadryle, Panno Baxter, byłoby mi miło zatańczyć także z pani siostrami — panno Marie, zachowa pani dla mnie jeden? —

— Będzie mi bardzo miło, panie Yates. — Marie wyglądała na wybornie rozbawioną, gdy pan Yates skłonił się jej raz jeszcze, po czym porwał Estelle za dłoń, wsunął ją sobie pod ramię i poprowadził na parkiet do innych par ustawiających się do pierwszego tańca, zostawiając Kuzyna Joshuę z oburzonym wyrazem twarzy.

— Wygląda pani absolutnie przepięknie — powiedział pan Yates z podziwem, gdy stanęli naprzeciw siebie, czekając na rozpoczęcie muzyki.

Estelle nie zdołała powstrzymać rumieńca. — Dziękuję — szepnęła.

— Nie żeby nie była pani wyjątkowo śliczna zawsze, ale ten kolor jest na pani olśniewający. Podbija zieleń oczu. Jestem oczarowany!

Był niedorzeczny, ale brzmiał tak szczerze, że Estelle odwzajemniła mu prawdziwy uśmiech. On odwdzięczył się szerokim, a ona z lekkim sercem poskakała wzdłuż linii par, dostrzegając po drodze Lorda Ferndale i Pannę Yates, którzy patrzyli z pobłażliwymi uśmiechami.

Taniec był wiejski, więc jako para wracali do siebie tylko na moment co pewien czas, lecz Estelle i tak bawiła się przednio. Dawno nie tańczyła, a kroki wróciły do niej jak miłe wspomnienie.

Gdy muzyka ucichła, pan Yates z gracją się ukłonił, a ona dygnęła.

Odwróciła się, by zejść z parkietu, i stanęła naprzeciw muru kwaśnych, potępiających twarzy. Kuzynów Joshuy i Phoebe, kilku poplteczniczek Phoebe, które uważały, że w Hatfield nic nie powinno się dziać bez ich zgody, oraz pastora Millingsa, wikarego św. Jana.

Estelle nigdy nie pojmowała, po co w ogóle wikary przychodzi na zabawy i tym podobne. Był z tych, co każdą rozrywkę uważają za drogę na skróty do Piekła, i nigdy nie zapominał o tym wspomnieć w niedzielnych kazaniach. Patrzył teraz na nią z dezaprobatą, ale jako że przywykła do takiej miny z jego strony, już nie bolała tak jak dawniej. Prawie mogła ją zignorować — to był jego domyślny wyraz twarzy.

Kuzynki Phoebe jednak zignorować było trudniej, zwłaszcza że złapała Estelle za łokieć i uszczypnęła. Estelle podejrzewała, że jutro będzie tam miała siniec, więc szarpnęła ręką.

— Skąd znasz wnuka Lorda Ferndale'a? — wysyczała Phoebe i nie czekając na odpowiedź, ciągnęła dalej: — i jak śmiesz go nam nie przedstawić, natychmiast musisz nas zapoznać!

Estelle miała już zapytać, czemu Panna Yates jeszcze ich nie przedstawiła, skoro Phoebe stała już obok Ferndale'ów, a przecież wiedziała, kim jest Felix. Hałas wieczoru zagłuszał trzeźwe myśli, ale i tak kazała sobie nieco poczekać. Skinęła powoli Phoebe, że prośbę usłyszała, po czym równie wolno rozejrzała się po sali, szukając wzrokiem pana Yatesa.

Nie był przy dziadku ani przy ciotce, co ją zdziwiło. Ach, jest, przy stole z lemoniadą.

Phoebe szarpnęła ją mocno za łokieć i popchnęła obie do przodu. — O, jest tam, chodź!

W głosie kuzynki zabrzmiała nuta desperacji, która ostrzegła Estelle, że wieczór może się stać o wiele gorszy, jeśli nie ulegnie. Byłaby zdolna urządzić publiczną histerię i straszliwą awanturę, w której to Estelle wyszłaby na czarny charakter.

Gdy zbliżyły się do pana Yatesa, Phoebe wydała z siebie nagły, teatralny śmiech. — Kuzynko Estelle, jakże ty umiesz żartować!

Estelle nie powiedziała ani słowa — Phoebe po prostu chciała zwrócić na siebie uwagę. Skutek osiągnęła: pan Yates odwrócił się. Uśmiechnął się do Estelle rozbrajająco, a gdy dostrzegł kobietę obok niej, zmarszczył lekko brwi.

Był wprost cudowny w rozpoznaniu taktyk Kuzynki Phoebe i zaserwował znakomitą odprawę: — Nie sądzę, byśmy się poznali?

Phoebe udała, że to rubaszny żart, i roześmiała się z przesadą.

Estelle wtrąciła: — Panie Yates, pozwoli pan, że przedstawię moją powinowatą, Panią Baxter.

Phoebe rzuciła jej ostre spojrzenie, a Estelle sama nie wiedziała, czemu dodała to doprecyzowanie.

— Pani Baxter, cieszę się, że mogę poznać kolejną z szacownych pań Baxter z Hatfield. To miasto jest doprawdy błogosławione ich obecnością.

Phoebe tak się ustawiła, że zdołała odepchnąć Estelle na bok. Potem wręcz wczepiła się dłonią w jego ramię. — Jestem pani Joshua Baxter; mój mąż jest najwyżej cenionym sędzią pokoju w Hatfield.

Mówiąc to, zdołała odprowadzić pana Yatesa od stołu z lemoniadą i od Estelle, co było jej celem od początku. Wkrótce zniknęli w tłumie, zostawiając Estelle samą. Przeszedł ją lekki niepokój, ale uznała, że pan Yates poradzi sobie z Phoebe.

Lemoniada będzie w sam raz, więc sięgnęła po szklankę. Potem zobaczyła Pannę Yates niedaleko i podała jej drugą.

— Panno Baxter, jest pani kochana! — powiedziała Panna Yates, przyjmując napój. — Ten kolor jest pani w sam raz!

— Nie wiem, jak dziękować, Panno Yates, za pani hojność. Moje siostry były przeszczęśliwe, że miały materiał na tyle nowych sukien.

— Ogromnie się cieszę, że ubrania poszły w tak dobry użytek. A pani w tej zieleni wygląda olśniewająco, to także mój ulubiony kolor.

— Raz jeszcze dziękuję. — Prawdę mówiąc, gdyby Estelle cały wieczór dziękowała Pannie Yates, i tak byłoby za mało. Ta dobra pani była tak szczodra, niemal do przesady.

— Proszę mi powiedzieć, droga moja, co Pani Baxter robi z naszym Felixem?

Estelle przemieliła w głowie imię Felix i stwierdziła, że całkiem je lubi. Bo musiała przyznać, że coraz bardziej lubiła i jego. Nie tylko za urodę, lecz za to, jak wybawił ją z opresji przy Joshu, a z Phoebe był ostrożny, lecz uprzejmy — to bardzo podniosło go w jej oczach.

— Pani Baxter chciała, by ją przedstawić, a teraz ona, kuzyn Joshua i pastor Millings próbują mu zawracać głowę. Zaryzykowałabym, że rozprawiają o tym, jak bardzo takie zabawy są nie na miejscu.

— Niby nie na tyle, by na nie nie przychodzić — wtrąciła kąśliwie Panna Yates.

Estelle zachichotała w dłoń. — Pewnie muszą być obecni, by dać świadectwo wszelkiej rozwiązłości. W niedzielę dostaniemy surowe kazanie, jestem tego pewna.

Teraz Panna Yates zachichotała. — Bardzo lubię pani towarzystwo i umysł, Panno Baxter, odmładza mnie pani. A jak się pani i Felixowi dziś wiedzie? Widziałam, że tańczyliście. Dobrze, że posłuchał mojej rady. Mam nadzieję, że nie zgniótł pani palców?

Ależ skąd, tańczył jak marzenie — i aż się zarumieniła na to wspomnienie. — To świetny tancerz, Panno Yates, i oszczędził moim palcom.

Panna Yates odstawiła pustą szklankę na pobliski stolik.

Z drugiego końca sali Felix spojrzał znów w stronę Estelle i wyglądało na to, że porusza ustami, wypowiadając — ratunku.

Estelle powiedziała: — Zdaje się, że potrzebuje ewakuacji. Pomożemy?

— Phi, skoro przetrwał żeglugę po Morzu Śródziemnym, to przetrwa i kilka minut z pani kuzynką. Jestem pewna, że to buduje charakter.

Ścisk w żołądku podpowiedział Estelle, że powinna jednak ruszyć mu na pomoc. On ruszył na ratunek jej, ona powinna się odwdzięczyć. Może któraś z sióstr chciałaby zatańczyć? Wspominał, że z radością je zabawi. Najlepiej

Marie; wolałaby zatańczyć wcześniej, nim hałas — jak zwykle z czasem — wzrośnie.

Ale nie. Z ich miejsca wyglądało na to, że Kuzynka Phoebe przedstawia Feliksa swojej serdecznej przyjaciółce Pani Grey, która miała trzy córki do wydania; najstarsza, Panna Grey, mizdrzyła się do Feliksa, gdy on grzecznie skłonił się nad jej dłonią. Phoebe i Pani Grey bardzo wyraźnie sugerowały, że Felix powinien poprosić Pannę Grey do tańca. Odmówić byłoby wielce niegrzecznie. Chwilę później Felix i Panna Grey — Estelle surowo skorygowała się w myślach i nazwała go panem Yatesem — dołączyli do kolejnego ustawiającego się tańca.

Estelle odwróciła się, czując mdłości. Po prostu nie mogła patrzeć. Nie powinno mieć znaczenia, że pan Yates tańczy z ładną, jasnowłosą, modnie ubraną Panną Grey. Naprawdę nie powinno.

Ale miało — i to bardzo — a Estelle nie podobało się to wijące, szczypiące uczucie w żołądku, ten gorący gniew palący gardło.

Jestem zazdrosna — uświadomiła sobie i poczuła do siebie szczerą niechęć.

— Te wyglądają pysznie, moja droga — powiedziała Panna Yates, chyba chcąc odciągnąć uwagę Estelle, gdy służąca postawiła na stoliku półmisek z pasztecikami i kanapkami. — Czemu nie skusi się pani na przekąskę?

Estelle zdobyła się na uśmiech. — Wyglądają smakowicie. Mogę przygotować talerzyk także dla pani, Panno Yates? Usiądziemy tuż tutaj.

Usiadły i jadły po troszku. Wkrótce dołączyła do nich Pani Poole, szczebiocząc z radością do Panny Yates o Hatfield Poor Society i o tym, na co pójdą datki z zabawy. Obie drogie panie działały w kilku miejskich komitetach, w tym w komitecie szpitalnym. W Hatfield szpitala jeszcze nie było, dlatego potrzebny był komitet, by dopilnować, że kiedyś powstanie. Słuchanie pogawędki Pani Poole i Panny Yates było lekko zajmujące, a trafiła się perełka, która wywołała u Estelle zadowolony uśmiech. Pani

Phoebe Baxter bardzo starała się dostać do tych komitetów, ale jakoś zawsze mijała się z terminami spotkań.

Nie trzeba było geniusza, by zgadnąć, że to Panna Yates i Pani Poole ustalały te terminy i zupełnym przypadkiem robiły to wtedy, gdy Pani Baxter była już czymś zajęta.

Estelle siedziała i patrzyła na tańczących, a wzrok znów i znów przyciągał ją do Feliksa. Bawił się w najlepsze, partnerując Pannie Grey. Potem spojrzała tam, gdzie Phoebe i Pani Grey śledziły bieg wydarzeń z zapartym tchem.

Było w Phoebe Baxter coś, co potrafiło wyssać z wieczoru całą radość, i Estelle nagle poczuła się potwornie zmęczona.

— Proszę się nie martwić, droga — pochyliła się Panna Yates — z *tego* nic nie będzie — mruknęła, wskazując Pannę Grey.

Nie powinno mieć znaczenia, z kim jeszcze Felix — pan Yates — tańczył. W końcu zaczynała wieczór z pół życzeniem, by wcale go tu nie było. Już miała jeden taniec, a więcej niż dwa z tym samym dżentelmenem wzbudziłoby szepty. Zatem pan Yates musiał tańczyć z innymi damami z czystej grzeczności i gościnności.

— Może Marie chciałaby wrócić do domu — zamyśliła się, ale nie; Marie nie była tam, gdzie Estelle się spodziewała.

Siostra tańczyła z krępym młodzieńcem, którego z daleka kojarzyła jako dzierżawcę z dóbr Ferndale'ów. Westchnąwszy, Estelle pociągnęła łyk lemoniady i dała się wciągnąć w rozmowę Panny Yates z Panią Poole. Ich pomysły były całkiem interesujące, zwłaszcza potrzeba szpitala w Hatfield i jego możliwa lokalizacja. Wkrótce zapomniała o irytującym panu Yatesie i Pannie Grey i całkiem wsiąkła w temat.

Tak się zasłuchała, że nie usłyszała, kiedy skończyła się muzyka.

— Obiecała mi pani drugi taniec, prawda, Panno Baxter? — Głęboki głos tuż przy uchu sprawił, że aż podskoczyła — a obok stał pan Yates, pochylony, żeby do niej mówić.

Wyglądał na wielce z siebie zadowolonego, co od razu ją na niego rozgniewało. — Wydawało mi się, że bawi się pan zbyt dobrze, by robić cokolwiek podobnego — wypaliła i natychmiast chciała cofnąć tę uszczypliwość. Co z nią dziś było nie tak?

On odchrząknął, lecz szybko odzyskał fason i znów pojawił się ten jego ujmujący uśmiech. — Nie mógłbym się bawić lepiej, niż tańcząc z panią po raz kolejny. Pani kuzynka, Pani Baxter, zdaje się zdeterminowana, by przedstawić mi każdą pannę na wydaniu w Hatfield, a ja wolałbym zarezerwować sobie jeszcze taniec z panią, nim wszystkie moje zostaną rozdysponowane — rzucił spojrzenie niby to ścigane przez czyhające ciotki, po czym zwrócił się do niej znów: — Proszę?

To jedno słowo stopiło jej opór i pojęła, że potrzebował ratunku. — Z największą przyjemnością z panem zatańczę — przyznała Estelle — a i wspominał pan wcześniej, że chce pan zatańczyć z moimi siostrami. Choć nie będę panu kazała dotrzymywać obietnicy, mógłby się pan nią zasłonić, by nie prosić do tańca każdej panny, którą moja kuzynka panu podsunie.

Pan Yates rozpromienił się na tę sugestię. — Jest pani tak błyskotliwa, jak piękna, Panno Baxter — pochwalił.

Poczucie winy i lekkie mdłości w żołądku Estelle zelżały. Miał w sobie coś, jakby odkrył sekret sprawiania, że każdy przy nim czuł się czarujący.

Znów tańczyli, przemycając urwane słowa rozmowy: on komplementował jej suknię, ona w zamian chwaliła jego taneczną biegłość. Trzymali się jak najdalej od Phoebe, ale bywały momenty, gdy kroki wymagały, by przedefilować obok jej kółka. Wtedy on mówił o Estelle coś pochlebnego, od czego rumieniła się po uszy — i zawsze na tyle głośno, by wszyscy w pobliżu usłyszeli.

Po kilku krokach oddalali się znów od grupki Phoebe. On sprawiał wrażenie niemal nieśmiałego, drapał się po karku. Czyżby był zdenerwowany? Może. Zwykle rozmawiali w ciszy księgarni. Może był trochę jak Marie, że przy głośnej muzyce trudniej mu się skupić. Nawet gdy ją strofowała za zwrócenie nie tego kota, nie wydawał się tak nerwowy czy nieśmiały — i znów to zrobił, pocierając kark, nim ujął jej dłoń do obrotu.

Gdy się poruszył, przysięgłaby, że dostrzegła czerwonawy ślad nad kołnierzykiem. Właśnie tam, gdzie się podrapał. Może użył wód kolońskich i dostał uczulenia? Uśmiechnęła się do niego, po czym rozejrzała się, czy gdzieś jest Bernadette. Najmłodsza siostra mogłaby mieć maść na taką przypadłość, ale Estelle nigdzie jej nie widziała.

Tańczyli dalej, wymieniając słowa, gdy kroki znów ich do siebie zbliżały.

— Ogromnie doceniam, jak wiele znaczy dla pani moja cioteczna — powiedział. — Bardzo panią ceni — i pani siostry także.

To było proste. — Panna Yates to droga przyjaciółka i ukochana członkini naszej społeczności.

Znów jakby nerwowo potarł wewnętrzną stroną przedramienia o szyję, jakby coś go drażniło. Następnym razem, gdy się zeszli i ujęli za dłonie, sprytnie podsunęła mu nieco wyżej rękaw. Trzy wypukłe krostki w linii. Błyskawicznie opuściła rękaw i wstrzymała oddech. Była pewna, że nikt nie zauważył, i tańczyła oraz rozmawiała dalej, jakby nigdy nic. Zaczęła mówić o pogodzie, byle mówić. — Tak, mamy dziś cudny, łagodny wieczór. Szczęście, że nie jest zbyt gorąco ani nie pada.

Wreszcie muzyka ustała i szepnęła ostrożnie, że powinni ulotnić się tak, by nikt ich nie zauważył.

Pan Yates rozpromienił się, lecz ona zmarszczyła brwi. Najwyraźniej dała mu zły sygnał i będzie musiała go delikatnie sprowadzić na ziemię.

Gdy nie było już nikogo w zasięgu słuchu, zadała cios: — Panie Yates, nie chciałabym robić sceny, ale obawiam się, że ma pan oznaki pluskiew. Proszę spotkać się ze mną w przejściu obok księgarni za pięć minut.

Jego twarz spoważniała i natychmiast zrobiło jej się go żal. Nie umawiała się na schadzki przy świetle księżyca — chciała go ochronić, a przez to i rodzinę Ferndale, przed towarzyską kompromitacją.

ROZDZIAŁ 10

Drapanie swędzenia

Dwie minuty później Estelle była już na małym dziedzińcu za księgarnią, zrywając zioła w ciemności. Delikatne pocieranie liści uwalniało aromaty, które mówiły jej, że zerwała właściwe, cytrynowo pachnące pelargonie. Po kolejnej minucie wróciła pod arkadę obok Red Lion, gdzie czekał cień o kształcie pana Yatesa, gotowy na ich schadzkę.

— To wszystko jest dość dziwaczne — powiedział, pocierając rękaw.

— Być może kiedyś będziemy się z tego śmiać, ale teraz proszę wepchnąć te zioła w rękawy i... e... do spodni. — Była niewypowiedzianie wdzięczna za ciemność, by nie zobaczył jej płomiennych rumieńców. — A teraz proszę włożyć ten płaszcz i mocno go zapiąć, będzie Pan szedł za mną przez księgarnię. Proszę przejść szybko i płynnie, żeby pluskwy nie spadły w sklepie i nie pożarły książek.

pluskwy w księgarni oznaczałyby finansową i towarzyską ruinę. To była katastrofa.

Po pół minuty znaleźli się na dziedzińcu, gdzie zabrała małą lampę sztormową. Stała tam duża beczka, do której spływała woda z dachu. Bernadette używała jej do podlewania roślin, jeśli przez kilka dni nie padało.

— Proszę, do środka — wskazała beczkę.

Pan Yates zdjął płaszcz i rozejrzał się, szukając najlepszego miejsca, by go powiesić..

— Proszę zostawić go na ziemi. On też będzie musiał trafić do beczki. Jeśli poda mi Pan buty, nasypię do nich pelargonii i owinę je ceratą.

Pan Yates uniósł nieco połę koszuli i odsłonił w świetle lampy sztormowej gładki brzuch. Tam też miał na skórze wypukłe kropeczki.

Jęknął. — Tylko nie znowu!

— Miał Pan już kiedyś pluskwy, Panie Yates?

— Na statku w drodze z Grecji — potwierdził. — Okropne stworzenia. Niech to diabli, powinienem był wcześniej się domyślić, czym to jest. — Wgramolił się do beczki i krzyknął na dotkliwe zimno. Woda brysnęła hojnie na boki i Estelle musiała się cofnąć. Starał się zanurzyć jak najgłębiej, ale beczka nie była szczególnie duża.

— Nie wiem, co gorsze — powiedział — zimna woda czy drzazgi, które zarobię od beczki.

W świetle lampy sztormowej Estelle widziała przez mokrą koszulę zdecydowanie zbyt wiele szczegółów jego torsu.

— Muszę przynieść wiadro wody i trochę ługu — oznajmiła.

W kuchni Estelle najpierw wypiła łyk zimnej wody, a potem wróciła na dziedziniec z wazówką do zupy. Zaczynało ją już swędzieć, ale to mógł być tylko sam *pomysł* pluskiew, nie faktyczne stworzenia. Nie tańczyła z panem Yatesem aż tak blisko.

Dzięki Bogu, że to nie był walc — nie żeby tak skandaliczny taniec miał kiedykolwiek zabrzmieć w Hatfield Assembly!

Podała mu wazówkę i powiedziała: — Będzie Pan musiał zmoczyć głowę i zacząć się myć. A kiedy będzie Pan gotów wyjść, niech Pan zostawi mokre ubranie w beczce, żeby robactwo w nim zostało i się utopiło.

Odwróciła się, żeby zostawić go z tym wszystkim, lecz on zawołał za nią: — Nie zamierza Pani zostawić mnie w zimnej beczce z wodą, prawda?

— E, właściwie... właśnie miałam postawić czajnik na kuchni.

— Żeby podgrzać mi kąpiel? — zabrzmiał z nadzieją.

— Żeby zrobić nam herbatę. — Będzie jej potrzebna dodatkowa łyżka miodu na ukojenie nerwów, gdy to wszystko się skończy.

Felix stanął, a przemoczona koszula przylgnęła do niego, gdy ściągał ją z ciała.

Estelle mogłaby niemal podpalić księgarnię żarem bijącym z jej twarzy i szyi. Nie po raz pierwszy była wdzięczna ciemności.

— Proszę opowiedzieć mi o Grecji — tylko tyle zdołała wydusić. Niezłe, biorąc pod uwagę, że jej mózg zmienił się w zimną owsiankę.

— Grecja jest piękna. I ciepła. I pod tyloma względami zupełnie inna. To kraj o starej duszy, a jednocześnie tętniący młodym duchem.

Przeszyły Estelle ukłucia tęsknoty. Podróże muszą być rozkoszne, ale były dla niej tak niedostępne, jakby miała nadzieję na wyprawę na księżyc.

— Pani by się tam zakochała — dodał.

— Jestem pewna, że się zakocham. To znaczy, że... bym się zakochała. To znaczy... sama nie wiem, co mam na myśli. Brzmi cudownie. — Przygryzła wargę, by powstrzymać paplaninę. Potem odezwała się praktyczność. — Muszę znaleźć dla Pana suche ubranie.

Dało jej to pretekst, by się wymknąć i pozwolić sercu przestać tak szaleńczo walić. Płonęła wstydem na myśl o położeniu, w jakim oboje się znaleźli. Dzięki Bogu, że wyprowadziła go z sali balowej, kiedy tylko mogła, choć niewątpliwie kilka osób, w tym Phoebe, zauważy ich nieobecność. Będzie musiała wymyślić odpowiednie kłamstwo, gdy kuzynostwo znów wpadnie i zacznie żądać wyjaśnień.

Gdy przeglądała rzeczy ojca, wróciła myślami do wieczoru. Czy ktoś zbliżył się do pana Yatesa na zgromadzeniu? O, mój Boże, kuzynka Phoebe oparła dłoń na jego ramieniu! Modliła się, by robactwo pozostało na panu Yatesie i nie powędrowało w nowe rejony. Jak bardzo by nie nie lubiła kuzynek, nie życzyła im zarazy.

Kilka chwil później miała dla pana Yatesa świeżą koszulę i parę ojcowskich spodni.

— To nie tak szlachetna tkanina, do jakiej jest Pan przyzwyczajony — powiedziała, wracając na dziedziniec. Stał w balii, a jego mokra skóra lśniła złotawo w blasku lampy sztormowej, gdy wylewał sobie na głowę chochelkę wody. Spływała po jego ciele, przypominając jej rzeźbę klasyczną.

Chyba jej nie usłyszał, bo nie drgnął nawet, by odwrócić się z zaskoczeniem lub cokolwiek zasłonić.

Estelle głośno odchrząknęła i powiedziała: — Zostawię to tutaj, dla Pana, kiedy będzie Pan gotów. Zrobię tę herbatę.

Felix zesztywniał, słysząc ostatnie słowa panny Baxter, nim wróciła do księgarni. Jak długo tam była? Musiała wziąć go za rozpustnika, ale on był święcie przekonany, że jest całkiem sam. Jakże inaczej miał zdjąć zainfekowane ubranie, nie wstając w beczce? Przynajmniej wciąż miał na sobie spodnie! Musiał będzie wyjść i je zdjąć. Zanim to zrobił, zdmuchnął lampę sztormową, by mrok dał mu odrobinę przyzwoitości.

Wciskanie czystych ubrań na wilgotną skórę nie było najprzyjemniejszym doświadczeniem, ale wkrótce był już ubrany. Zostawiwszy przesycone pluskwami eleganckie rzeczy do moczenia w beczce, boso, przy bladym świetle księżyca, po omacku wrócił do środka.

— Au — mruknął Felix, uderzając palcem u nogi na schodach. — Och, au, au!

— Nic Panu nie jest, Panie Yates? — Estelle pojawiła się przed nim z latarnią w dłoni, a na jej pięknej, pełnej wyrazu twarzy malowała się troska.

— Chyba mam drzazgę w palcu! — Podskakując na jednej nodze, podszedł do stołu, niezgrabnie usiadł i położył stopę na drugim kolanie, próbując dojrzeć czubek palca.

— Proszę pozwolić.

Usłyszał śmiech w głosie panny Baxter i przymknął oczy w niemej udręce, gdy ona z gracją uklękła, stawiając latarnię na stole. *Nieustannie się przed tą niezwykłą kobietą kompromituję. Musi mnie brać za skończonego durnia.*

— Momencik. — Estelle podniosła się i podeszła do kredensu, który Felix w duchu nazywał „kredensem aptekarskim". Otworzyła szufladę i wróciła z małym mosiężnym przyrządem w dłoni.

— Co to takiego? — zapytał Felix niespokojnie. Wyglądało na dość ostre.

— Pęseta. — Podała mu przyrząd i zobaczył, że to właściwie cienka blaszka z mosiądzu złożona w środku, a oba końce łączyły się w ostry czubek. — Drzazga jest zbyt mała, żebym ujęła ją palcami, ale myślę, że tym dam radę. Jest pod Pana paznokciem; obawiam się, że wyciąganie będzie trochę bolało.

Palec już pulsował całkiem zacnie, więc Felix wzruszył ramionami. — Lepiej na zewnątrz niż w środku!

— Proszę się nie ruszać. — Delikatnie badała jego palec.

Dotykała jego skóry i wysyłała w jego żyły błyski czegoś nader rozkosznego.

Felix syknął, gdy Estelle łagodnie wysunęła drzazgę, ale pulsowanie natychmiast osłabło i westchnął z ulgą.

— Proszę zaczekać. — Wróciła do kredensu i przyniosła słoiczek maści, ostrożnie smarując czubek jego palca. — Poszukam dla Pana pończoch; muszę nasypać ziół do Pana butów na noc, a obawiam się, że stopy mojego ojca są sporo mniejsze od Pana, więc zapasowe obuwie nie będzie pasować.

— To nieistotne. Wrócę do mojego pokoju w Red Lion...

— Ależ skąd! Ten pokój trzeba oczyścić i... och, Marie.

Druga panna Baxter właśnie weszła do kuchni i wpatrywała się w Felixa siedzącego przy stole jedynie w wilgotnej koszuli i spodniach, z rozdziawionymi ustami.

Estelle pospiesznie podeszła do siostry i ujęła ją pod łokieć, wciągając z powrotem w klatkę schodową. Felix nie słyszał ich rozmowy. Estelle wróciła do kuchni na jej końcówkę.

— Wysłałam Marie, żeby przyniosła Pana rzeczy. Trzeba oczyścić wszystko: ubrania i pościel w Red Lion. Jeśli to się rozprzestrzeni... — Estelle pokręciła głową. — Pan Haye będzie wściekły.

— Przecież nawet tam nie spałem! — zaprotestował Felix.

— Spędził Pan dwie noce w The Swan? — Estelle zabrzmiała z niedowierzaniem.

— Cóż, nie, zdołałem znieść tylko jedną, więc pojechałem do domu, do Ferndale Hall...

Estelle uniosła ręce w przerażeniu. — Zaniósł Pan pluskwy do Ferndale Hall! O, mój Boże. Muszę powiadomić pannę Yates.

Felix spuścił nieszczęśliwie głowę. — Co za okropny galimatias z tego robię — mruknął.

— Och, Panie Yates. — Usłyszał w głosie Estelle współczucie, a chwilę później przemknęła obok i podeszła do pieca. — Zaparzę herbatę i znajdę coś do jedzenia — czy udało się Panu w ogóle spróbować czegokolwiek na zgromadzeniu?

— Ani kęsa — odparł żałośnie, uświadamiając sobie, że żołądek zaczyna mu burczeć.

Estelle odparła z nutą śmiechu: — Już wiem, że Pański apetyt wymaga regularnego zaspokajania. — Postawiła na stole pół bochenka chleba i słoik miodu, po czym jabłko i miseczkę malin. — Proszę. Najlepsze, co mogę zaoferować o tej porze nocy.

— Uczta! — rozpromienił się Felix, chwytając podany nóż i odkrawając gruby kawałek chleba. — A dla Pani, panno Baxter?

— Może odrobinkę. — Postawiła filiżanki na stole i usiadła naprzeciwko niego, przyjmując kromkę, którą jej odkroił, i skrapiając ją miodem.

— Chleb, miód i owoce — powiedział Felix z nutą wspomnień. — Mógłbym niemal być z powrotem w Grecji, choć tam byłyby figi i pomarańcze zamiast jabłek i malin.

— Chciałabym usłyszeć więcej o Grecji — rzekła Estelle, a on usłyszał w jej głosie tęskne pragnienie. — Jak długo Pan tam był? Czy widział Pan Partenon i Akropol?

— Oczywiście, że tak! — To przynajmniej mógł zrobić; mógł zabawiać ją opowieściami o swoich podróżach.

Byli tak pogrążeni w rozmowie, że ledwie zauważył wejście Marie; zatrzymała się, by powiedzieć Estelle, że wszystkie jego ubrania trafiły do beczki, po czym po cichu się pożegnała i poszła do swojego pokoju.

Rozmawiali nadal godzinę później, gdy muzyka za ścianą ucichła i weszła Mrs Poole z młodszymi Baxterami. Cała trójka zatrzymała się w progu, gapiąc się na niego.

Estelle gwałtownie zerwała się na równe nogi. — Lord Ferndale i panna Yates już wyszli? — wykrzyknęła.

— Tak, jakieś pół godziny temu — odparła Mrs Poole, wyraźnie zaintrygowana. — Panie Yates...

— Nie powiedziałam im o pluskwach!

Słowo *pluskwy* wywołało zrozumienie na wszystkich trzech twarzach i Felix odetchnął, bo najwyraźniej uznali za rzecz oczywistą, że Estelle rzuciła wszystko, by zająć się jego kłopotem.

— Zatem dziś w nocy w pokoju pana Baxtera? — spytała Mrs Poole z mądrą miną. — Zaraz Panu pościelę, Panie Yates.

— Najmocniej dziękuję, pani Poole.

— Wydaje się Pan dość zażyły z panią Poole — zagadnęła Estelle z ciekawością, gdy Mrs Poole i dwie najmłodsze siostry wyszły z kuchni.

— Pani Poole od lat i lat działała w komitetach z moją praciotką. Zawsze miała w kieszeni cukierek dla głodnego chłopca. — Uśmiechnął się czule. — Jej sytuacja pogorszyła się po owdowieniu, prawda? Wtedy zamieszkała z Panimi?

— Pan Poole i moja matka zmarli podczas tej samej epidemii grypy — przytaknęła Estelle.

— Tragiczna strata. — Felix skinął ze współczuciem. — Utrata rodzica jest straszna.

— Jak odszedł Pański ojciec, jeśli mogę zapytać? Musiał być całkiem młody.

— Jeszcze przed trzydziestką. — Felix zjadł ostatnią malinę i pokręcił głową. — Byłem tylko chłopcem; niewiele go pamiętam. Zresztą i tak mało się mną interesował. — Nie powinien mówić o swoim nędznym dzieciństwie, skoro w istocie wychowywał się we wszystkich materialnych wygodach, jakie daje pieniądz.

Estelle oniemiała. — Dlaczegoż to?

— Ojciec nie interesował się w życiu niczym poza tym, co służyło wyłącznie jego uciechom i przyjemnościom. Mówiąc wprost, był lekkoduchem i wielkim rozczarowaniem dla dziadka. Robię wszystko, by być do niego jak najmniej podobny.

Estelle patrzyła na Felixa z szokiem. Co za okropny sposób myślenia o własnym rodzicu! — To dziadek opowiedział Panu te rzeczy o ojcu?

— Nie tylko dziadek. Wszyscy, którzy go znali, tak mówili, panno Baxter. — Felix z żalem pokręcił głową. — Proszę nie myśleć, że to tylko rozczarowanie dziadka mówi przeze mnie. Jedyną pożyteczną rzeczą, jaką mój ojciec kiedykolwiek zrobił, było poślubienie mojej matki — wybranej mu przez dziadka, nader rozumnej kobiety — i spłodzenie z nią dziedzica. Nie znosili się. Zginął, spadając ślepo pijany z konia, wracając od swojej metresy.

— O mój Boże. — Estelle zakryła usta dłonią. — To straszne!

— Niewielu po nim rozpaczało, na pewno nie moja matka. A chociaż była przywiązana do Dziadka i Cioteczki Florence, kiedy w Londynie poznała stosownego dżentelmena, który jej się oświadczył, z radością pobłogosławili jej powtórne małżeństwo.

— Ale wyjechała do Irlandii i zostawiła Pana? — zapytała Estelle, odczuwając ogrom litości dla chłopca, którym musiał być Felix. Bez ojca, a potem w praktyce porzucony także przez matkę!

— Cóż, musiałem jechać do Eton, a to za daleko na świąteczne podróże. I jestem dziedzicem Ferndale.

Felix uśmiechnął się czule. — Dziadek uczy mnie o majątku, odkąd byłem mały. Poprosił, żebym uczestniczył w najbliższym posiedzeniu rady miejskiej, żebym nauczył się, jak ją prowadzić. Jestem zdeterminowany, by być godnym następcą.

— Nie wątpię, że Pan będzie — odparła szczerze Estelle.

— Naprawdę? — W jego niebieskich oczach pojawiło się zdumienie, gdy spotkał jej spojrzenie. — Nie uważa Pani, że jestem...

— Czym? — spytała zaintrygowana.

— Cóż... trochę półgłówkiem. Zdaje się, że bez przerwy się przy Pani kompromituję. — Bezradnie wskazał na siebie, na wilgotną, niedopasowaną koszulę, jakby chciał nią objąć całe to pluskwie zamieszanie.

— Pluskwy mogą przytrafić się każdej biednej duszy, Panie Yates. Tak samo jak uderzenie się w palec u nogi czy wypuszczenie kotki w rui, która za nic nie chce dać się zatrzymać. Liczy się to, że jest Pan gotów i potrafi zażegnać problem oraz słuchać rad tych, którzy chcą pomóc.

— Mówi Pani to serio — rzekł cicho. — Nie uważa mnie Pani za głupca.

— Nie, wcale nie uważam Pana za głupca.

Wpatrywali się w siebie w milczeniu; krąg ciepłego światła lampy sprawiał, że atmosfera była bardzo bliska i intymna, jakby byli jedynymi osobami w domu, a może i w całej Anglii.

Bardzo powoli, jakby dając jej czas na odsuniecie się, gdyby zechciała, Felix wyciągnął rękę i położył dłoń na dłoni Estelle spoczywającej na stole.

Jego dłoń była bardzo ciepła.

Nie poruszyła się.

— Estelle — powiedział cicho, a użycie jej imienia przesłało dreszcz wzdłuż jej kręgosłupa. Oczy rozszerzyły jej się ze zdumienia.

— Felix — prawie wyszeptała w odpowiedzi.

— Cieszę się, że nie ma mnie Pani za półgłówka. Mogę się czasem wydawać niemądry, ale przyrzekam, jestem człowiekiem poważnym, poważnie traktuję obowiązki — i mówię serio, kiedy twierdzę, że jest Pani jedyną kobietą, o której kiedykolwiek naprawdę myślałem w kategoriach zalotów.

— Wierzę Panu — wyszeptała w napiętej ciszy, jaka zapadła po jego słowach.

— A skoro nie odrzuca mnie Pani z góry, czy mogę uznać to za drobną zachętę? — Uśmiechnął się, po czym powoli wstał i obszedł stół, nie odrywając od niej wzroku.

Estelle siedziała zupełnie nieruchomo.

— Pójdę teraz do pokoju Pańskiego ojca. Dobranoc... Estelle.

— Dobranoc — powiedziała, a Felix pochylił się i musnął jej usta swoimi.

Pocałunek był miękki i nieśmiały, muśnięcie ciepła, które puściło iskry po jej skórze, rozpalając upajające, przerażające uczucia. Serce Estelle przyspieszyło, gdy usta Felixa trwały przy jej wargach słodkie i delikatne. Miała wrażenie, że świat wokół rozpływa się w nicość; żadnych zmartwień o pluskwy czy obowiązki — tylko ich dwoje w bańce wspólnego odkrywania.

Jego dotyk był ostrożny, jakby bał się rozbić tę chwilę, a w jej głowie kłębiły się myśli, których nigdy dotąd w pełni nie dopuszczała.

Czy naprawdę odważy się przyjąć tę rodzącą się więź? Lecz gdy się odsunął, a po jego twarzy przemknęło krótkie wahnięcie, uświadomiła sobie, że to otwierające się drzwi — i nie chce pozwolić, by się zamknęły.

— Felix... — zaczęła miękko, niepewna, jak ubrać w słowa wir emocji w jej wnętrzu.

— Przepraszam, nie powinienem był... — zaczął, cofając się nieco. — Nie miałem zamiaru się posuwać za daleko...

— Nie — przerwała mu, z bijącym sercem. — Nie, chciałam powiedzieć... — lecz słowa rozwiały się w ciszy, ciężar chwili przygwoździł jej język. Brakowało jej słów, by wyrazić to, co czuła.

Na jego ustach pojawił się półuśmiech i musnął delikatnie jej policzek, nim się cofnął. — Dobranoc — powiedział cicho. — Śpij dobrze.

Estelle patrzyła, jak przechodzi przez kuchnię i znika korytarzem do pokoju jej ojca, a ciepło w piersi rozkwitało jeszcze jaśniej. Bo nie naciskał; dostrzegł jej wahanie i zamęt, cofnął się i dał jej czas oraz przestrzeń, których potrzebowała, by uporządkować własne uczucia.

Śpij dobrze. O mało nie roześmiała się na wspomnienie jego ostatnich słów. Przy tylu myślach goniących się w jej głowie jak miotająca się gromadka kociąt Crafty z kłębkiem wełny, będzie miała szczęście, jeśli zmruży choć odrobinę oka!

ROZDZIAŁ 11

Bańka szczęścia

Jak przewidziała, Estelle spała kiepsko. Myśli miała pełne niebieskookiego mężczyzny o złotych lokach, jego ust na swoich. Wstała z łóżka o świcie, z piaskiem pod powiekami, i zeszła na dół. Musiała dokończyć wczorajszą robotę i dopilnować, żeby pluskwy poszły w diabły. Ku ponurej satysfakcji zobaczyła drobne owady unoszące się na powierzchni wody. Wyciągnęła ubrania Felixa i strzepywała je energicznie w powietrzu, by pozbyć się resztek robactwa. Potem jak najdokładniej je wykręciła i powiesiła na hakach przy krzakach lawendy, żeby schły w słońcu. Gdy była w połowie pracy, wyszła do niej Marie, by pomóc. Razem przewróciły beczkę, wypłukały ją świeżą wodą ze studziennej pompy i zostawiły do ocieknięcia i wyschnięcia.

— Uff. — Estelle otarła pot z czoła. Poranek już był ciepły, idealny na suszenie prania. — Dziękuję ci za pomoc.

Marie skinęła głową, po czym zawahała się i powoli wyjęła coś z kieszeni. — To przyszło wczoraj. Nie chciałam cię martwić przed akademią.

— Och. — Estelle spojrzała na złożony papier, który podawała jej siostra, jakby patrzyła na jadowitego węża. W końcu zdjęła fartuch, wytarła weń ręce i dopiero wtedy wzięła kartkę od Marie. — Dziękuję — mruknęła, a Marie skinęła głową i bez słowa odeszła.

A więc źle.

Westchnąwszy, Estelle weszła do księgarni i usiadła na stołku za ladą, wdzięczna, że był sobotni dzień i nie musiała otwierać sklepu.

Rozłożyła kartkę i przez chwilę tylko się w nią wpatrywała.

Ze strony spoglądała na nią niebywale wysoka suma.

— Osiemdziesiąt funtów — szepnęła, po czym oparła głowę na dłoniach, łokcie stawiając po obu stronach papieru. — *Osiemdziesiąt funtów.* Dobry Boże.

To był list z banku, w którym ich ojciec zaciągnął pożyczkę przed wyjazdem do Francji. Napisano w nim bez ogródek, że dotarły do nich wieści o śmierci Matthew Baxtera, i w związku z tym żądają wcześniejszych i wyższych spłat zadłużenia.

Kuzyn Joshua — pomyślała ponuro Estelle. Serce zaczęło jej walić w piersi od niewypowiedzianej złości. To było na wskroś w jego stylu.

Myślała, że dały mu odpór, a on już był o krok przed nimi. O ile siostry zdołały podważyć kłamstwo kuzyna listem Matthew, wystarczyła krótka notatka do banku o możliwości, że ojciec nigdy nie wróci, i ostrożni bankierzy wpadli w panikę.

Kuzyn Joshua pewnie najpierw zawiadomił bank,

zanim tego dnia ich odwiedził, tak mimochodem mierząc okna pod zasłony.

A teraz Estelle musiała skądś wytrzasnąć ratę cztery razy wyższą, niż się spodziewała. Nawet wczorajszy ogromny zakup Felixa nie wystarczyłby na pokrycie tej kwoty, nie wspominając o innych długach, na które już w myślach przeznaczyła tamte pieniądze.

Zaskrzypiała podłogowa deska i Estelle podniosła wzrok. Przez księgarnię od schodów szedł ku niej Felix. W przytłumionym świetle sklepu nie dostrzegała błysku w jego oczach, ale pamięć i tak miała go wyryty. Nosił ubrania jej ojca, koszulę za obszerną, ale o przykrótkich rękawach. Stopa w pończosze stawiała ciche kroki, lecz wiek budynku sprawiał, że w kilku miejscach drewniana podłoga się uginała.

Felix stanął jak wryty, gdy ją zobaczył, a Estelle uświadomiła sobie, że jej popłoch i rozpacz po lekturze listu z banku muszą malować się na twarzy. Policzki miała mokre i szybko starła łzy, próbując się pozbierać.

— Dobrze, że dziś nie otwieramy — powiedziała lekkim tonem — bo każdy, kto by teraz wszedł do księgarni, zrozumiałby, że spędziłeś tu noc. Byłby dopiero skandal.

— Estelle — odezwał się cicho, odrzucając podchwycenie jej żartu. — Co się stało? Co się dzieje?

Zawahała się, patrząc na jego przystojną twarz, na troskę wypisaną w każdym rysie. *To dobry człowiek. Może po prostu... powinnam wyjść za niego. Żeby ocalić księgarnię, siostry. Rozwiązanie stoi przede mną, podane na tacy.*

— Proszę, pozwól mi pomóc. — Sięgnął przez ladę i położył dłoń na jej ręce. — Cokolwiek to jest. Pozwól mi pomóc.

Była tak blisko, by ustąpić. Znów toczyła z sobą wojnę i nie rozumiała, czemu tak się przed tym broni. Czego się tak boi? Życia w dostatku, przystojnego męża i braku długów sióstr? Powinna chwycić to obiema rękami. — Naprawdę mówiłeś serio? — zapytała. — Że chcesz się ze mną ożenić?

Felix nie zawahał się ani chwili. — Tak. Mówiłem serio. Nadal mówię.

To ona się zawahała, a on przyjrzał jej się uważnie, po czym zabrał rękę z jej dłoni. Od razu poczuła brak jego dotyku i przemknęło jej przez myśl, czy się nie wycofuje. Nie, zbliżał się, obchodząc ladę, by stanąć tuż obok niej.

— Chcę się z tobą ożenić, Estelle — powiedział cicho, gdy spojrzała na niego. — Ale chcę, żebyś powiedziała „tak", bo *chcesz* zostać moją żoną, a nie dlatego, że mogę rozwiązać twój problem. Pomogę ci nawet, jeśli nie będziesz chciała za mnie wyjść, bo bardzo cię podziwiam, a mój dziadek i cioteczna babka są ogromnie przychylni tobie i twoim siostrom. Nie musisz wychodzić za mnie po to, żeby otrzymać moją pomoc.

Wtedy łzy popłynęły jej już na dobre, a Felix jęknął, jakby go zabolało.

— Estelle, najdroższa, proszę, nie płacz! Zniosę wszystko, tylko nie to. — Pochylił się, jakby chciał ją pocałować, zrobił jeszcze krok, by się wystarczająco zbliżyć... Estelle zamknęła oczy, czekając na tę cudowną rozkosz ciepłych ust na swoich.

Rozległo się osobliwe, miękkie, chrzęstliwe mlaśnięcie i usta Felixa nie dotarły do jej ust.

— Uch — powiedział zamiast tego.

Oczy Estelle otworzyły się szeroko.

Felix patrzył na swoje stopy z dziwnie zbielałą z niesmaku miną.

Estelle też spojrzała w dół.

— O nie. Crafty!

— Co to *jest*? — Felix ostrożnie cofnął się o krok, z przerażeniem zerkając na maź na pończosze.

Estelle nie wiedziała, czy śmiać się, czy płakać na ten widok. — Obawiam się, że wygląda to na wypatroszoną mysz. Powiedz, proszę, że masz mocny żołądek?

— W miarę. — Wciąż był nieco zieleniejący na twarzy, czemu Estelle trudno się dziwić.

— Nie ruszaj się — przestrzegła, by nie roznieść paskudztwa po podłodze. — Pobiegnę na górę po czyste pończochy.

— Dziękuję — zgodził się Felix, ostrożnie siadając na stołku, gdy tylko go zwolniła, a Estelle popędziła po schodach, w duchu skazując Crafty na piekielne męki za tę niefortunną przerwę. — I jeszcze byłabyś tam całkiem zadowolona. Sługi Lucyfera na każde skinienie — mruknęła, mijając Crafty, która na szczycie jednego z regałów starannie czyściła łapki.

Crafty nawet nie raczyła na nią spojrzeć, a Estelle westchnęła. — Pewnie to i lepiej. Muszę mieć jasną głowę do myślenia, a jego pocałunki strasznie mnie mącą!

Zostawszy na moment sama, wróciła myślami do

bankowego wezwania. Może zgodziliby się powrócić do pierwotnego harmonogramu spłat, gdyby pokazała im ostatni list ojca, który dotarł z poprzednią skrzynią książek? To przynajmniej uspokoiłoby ich obawy, że nie będzie w stanie spłacić pożyczki. Tyle że mogliby nawet nie zechcieć przyjąć kobiety na rozmowę, jeśli nie miałaby... ojej, jeśli nie miałaby u boku męża do rozmowy o interesach.

Jedyna droga wyjścia z tego bagna prowadziła przez ślub z Felixem Yatesem. Wcale nie taka straszna perspektywa, a jednak wciąż nie potrafiła tego wszystkiego ułożyć w głowie. Estelle nie leżało w sercu małżeństwo z wygody. Owszem, był uroczym mężczyzną, ale czy naprawdę są sobie tak dobrze pisani?

Gdy wróciła na dół z parą czystych pończoch w dłoniach, Bernadette była już w księgarni z Felixem i szmatką zgarniała resztki „prezentu" od Crafty. Bernadette aż się trzęsła, żeby nie parsknąć śmiechem na widok kłopotów Felixa, a Estelle posłała jej surowe spojrzenie. Biedny pan Yates nie potrzebował jeszcze ich śmiechu na dokładkę! Był zaskakująco pomocny, nawet jeśli początkowo robił trochę zamieszania.

Najlepszym sposobem, by zgasić wesołość na twarzy Bernadette, było pokazać jej pismo z banku. Wszelka radość z Estelle też uleciała w okamgnieniu.

— O rety — powiedziała Bernadette. — To robi mi się bardziej niedobrze niż przy sprzątaniu mysich flaków.

Estelle podała Felixowi pończochy, a on odsunął się, by je włożyć.

Zwracając się do najmłodszej siostry, Estelle rzekła: —

Zastanawiałam się, czy nie powinniśmy wysłać im listu ojca. Żeby udowodnić, że wciąż żyje?

Bernadette pokręciła głową. — Trzymałabym ten list blisko siebie. Myślisz, że to robota kuzyna Joshuy?

— Zbyt podejrzanie zbiega się to w czasie, by było przypadkiem — potwierdziła Estelle. — Wszędzie widzę w tym manipulacyjne odciski palców naszego kuzyna.

Nie było innego powodu, żeby bank właśnie teraz nagle zażądał spłaty. Chyba że we Francji wydarzyło się coś, co dotarło do uszu banku, a nie do nich — i ta myśl była równie przerażająca.

Bernadette przygryzła dolną wargę, zamyślona. — Dopóki przychodzą skrzynie i listy od ojca, wiemy, że żyje. Marie dobrze pisze, będzie wiedziała, jak zwrócić się do banku.

Felix powiedział: — Te pończochy są bardzo wygodne. Dziękuję. Przepraszam, że słucham waszej prywatnej rozmowy, ale czy mój list do banku mógłby jakoś pomóc? Dziadek baron czasem potrafi wygładzić różne sprawy.

Całe ciało Estelle aż się naprężyło, bo może jednak Felix ma rozwiązanie ich problemów — bez ślubu.

Bernadette trąciła łokciem Estelle i rzekła: — Widzisz, przyjęcie czyjejś pomocy to nie koniec świata.

Słowa — Jeszcze ci pokażę — miały już paść z jej ust, kiedy z góry zawołała pani Poole, że śniadanie gotowe.

Brzuch Felixa donośnie zaburczał, co sprawiło, że cała trójka zachichotała mimo trosk.

Ruszyli do kuchni na śniadanie. Pani Poole dostawiła do stołu jeszcze jedno krzesło i siedzieli nieco ciaśniej niż zwykle. Wskazała Felixowi miejsce obok Estelle. Odsunął jej krzesło, a ona przyjęła ten gest.

— Muszę pani podziękować, panno Bernadette — powiedział Felix. — Ma pani niezwykły talent do ziół. Dzięki pani maści zadrapanie od Crafty niemal całkiem się już zagoiło. — Podniósł dłoń i pokazał cienkie, zasklepione rozcięcie. Rana nie była ani odrobinę czerwona, co przyniosło Estelle ulgę. Gdyby zrobiła się czerwona i gorąca, mogłaby się zakażać.

— Dziękuję, panie Yates. Uczyłam się o ziołach u kolan mamy — odparła Bernadette.

— Jakie dolegliwości pani leczy? — zapytał Felix.

Louise zerknęła na Estelle, jakby to mogła być jakaś pułapka. Estelle spojrzała na Bernadette i ledwie dostrzegalnie pokręciła głową. Najmłodsza z sióstr przewróciła oczami.

Oczywiście, że nie wyjawi mężczyźnie — niemal zupełnie obcemu — czym się naprawdę zajmuje! Estelle posłała siostrze nieśmiały uśmiech w ramach przeprosin za to, że zwątpiła w jej rozsądek.

— Mnóstwo drobiazgów — odparła Bernadette. — Nic takiego, by odbierać posadę miejskiemu lekarzowi. Zauważyłam, że chwila rozmowy koi ludzi. A zioła pięknie pachną i poprawiają samopoczucie, gdy doda się je do herbaty. Imbir, kiedy uda mi się zdobyć, jest świetny na mdłości. Bardzo chciałabym go uprawiać, ale samą roślinę trudno znaleźć.

— Czy to na pewno temat do stołu? — zapytała Marie. — Chciałabym zjeść śniadanie, a nie słuchać o czyichś mdłościach.

Ta uwaga na moment ucięła rozmowę, aż Felix rzekł: — Ten boczek jest przepyszny, pani Poole, dziękuję. — Potem zwrócił się znowu do Bernadette: — Lord Ferndale miewa kaszel, który dopada go nocą. Trochę mnie to niepokoi. Czy ma pani coś do polecenia?

— O tak. Nocny kaszel jest częsty, gdy słońce zachodzi i nocne powietrze się ochładza. Mam tonik z ogórka i mięty, który może pomóc.

— Dziękuję, na pewno lord Ferndale będzie bardzo wdzięczny.

Odezwała się Louise: — Kończę już resztę jego opraw. Klej powinien na ostatniej wyschnąć do południa.

Felix obdarzył ją pięknym uśmiechem, a Estelle aż zrobiło się ciepło na sercu od samego patrzenia. Wczoraj uśmiechnął się do innej kobiety i żal ukłuł ją jak szpilka. Teraz jednak uśmiechał się do jej siostry i brzmiało to tak naturalnie, jakby był już członkiem rodziny.

— Proszę mi powiedzieć, panno Louise, skąd taka biegłość w oprawie i naprawie książek? — zapytał, w pełni szczerze zainteresowany.

Louise spróbowała zbyć komplement. — Robię to tak długo, że teraz przychodzi mi łatwo.

— Widziałem, co już pani zrobiła dla ulubionych tytułów lorda Ferndale'a. Wiele lat temu dawałem kilka książek do naprawy w Londynie i jakość nie umywała się do pani pracy.

Louise spłonęła rumieńcem i wzruszyła lekko ramionami. — Dziękuję — powiedziała, smarując tosta konfiturą. — Ważne jest, by ścinać krawędzie skóry pod właściwym kątem, bo inaczej robi się za grubo przy zawijaniu.

— Jakie to pomysłowe — zachęcił Felix. — Obiecuję nie zdradzać pani sekretów zawodowych.

— Cóż, ojciec mnie nauczył, a ja wymyśliłam parę udoskonaleń, spróbowałam — i się sprawdziły. Sekret tkwi w śmierdzącym kleju, którego wszyscy nie znoszą. Ja też za nim nie przepadam, ale działa świetnie. Tylko trochę dłużej schnie, ale warto — dla trwałości książki.

— Dziękuję za pani staranność — rzekł Felix. — Myślała pani o tym, by reklamować swoje usługi czytelnikom w Londynie? Tam mogłaby pani brać wyższe ceny.

Marie wtrąciła: — To dobry pomysł. Dodać to do naszego następnego ogłoszenia w The Times?

Felix dodał: — Byle tylko nie zostały panie nagle zasypane zleceniami.

Louise skinęła głową. — Mam dwa ściski introligatorskie, żeby trzymać książki na miejscu, gdy klej wiąże. To ogranicza liczbę egzemplarzy, które mogę naraz naprawiać.

Felix zapytał: — Czy w pani warsztacie zmieściłby się jeszcze jeden albo dwa ściski?

Louise się zająknęła: — Yyy, no... miejsce by się znalazło.

Estelle usłyszała niewypowiedzianą końcówkę — *miejsce by się znalazło, ale nie ma pieniędzy na dodatkowe ściski i klamry.*

Felix poruszył znakomitą kwestię. Louise miała niezwykły fach w ręku, nawet mimo ohydnego zapachu w „dni klejowe". Gdyby dało się rozszerzyć pracę, może przyjęłyby terminatora.

Gwar przy stole między Feliksem a jej siostrami koił Estelle. Jego pytania dowodziły, że uważnie przygląda się ich życiu i umiejętnościom i że naprawdę interesują go ich zajęcia. Skubała tosta i patrzyła, jak przenosi uwagę na Marie, wypytując o jej upodobania i hobby, i słuchając, jak ta nieśmiało wyznaje, że lubi grywać na fortepianie, gdy ma czas.

Gdy się poznaliśmy, miałam go za samolubnego paniczyka, zajętego tylko własnymi uciechami, ale myliłam się. I nie robi tego tylko po to, by mnie zaimponować. Jemu naprawdę zależy.

Wszystko, czego Estelle dowiadywała się o Felixie Yatesie, stawało się kolejnym argumentem za tym, by przyjąć jego oświadczyny.

— Zatem — klasnął w dłonie Felix, rozglądając się po stole. — Skoro wygląda na to, że muszę poczekać, aż wyschną moje ubrania i buty, jak mogę się dziś panienkom przydać? — Uśmiechnął się zawadiacko. — Ponieważ mam pewną przewagę wzrostu nawet nad panną Louise, może każą mi panienki odkurzać szczyty mebli i nadproża?

— Och, nie, proszę pana, nie możemy oczekiwać od pana pracy — zaprotestowała natychmiast pani Poole, w tej samej chwili, gdy Estelle powiedziała: — To znakomita propozycja, panie Yates.

— Estelle! — Pani Poole posłała jej ostrzegawcze spojrzenie.

— A co? Sam się zaoferował, a sobota to nasz dzień porządków!

— Jest naszym gościem! — Pani Poole pokręciła z naganą głową.

— Może wolałby pan spędzić dzień na lekturze, panie Yates? — zaproponowała dyplomatycznie Bernadette. —

W końcu jeśli czegoś nam nie brakuje, to właśnie lektury, a w pokoju ojca jest bardzo wygodny fotel...

— W żadnym razie. — Wstał od stołu i zaniesł talerz do misy do mycia. — Żaden dżentelmen nie będzie siedział bezczynnie, gdy panie wokół niego pracują. Zacznę od umycia tych talerzy, a potem mogę ponosić jeszcze trochę wody na górę?

Noszenie ciężkich kubełków z wodą po wąskiej klatce schodowej było zmorą wszystkich, i nawet pani Poole nie miała w sobie dość siły, by odrzucić tak szczodrą propozycję. Estelle wręcz rozbawiło, gdy pół godziny później odkryła, że nie tylko ona z uznaniem patrzy, jak Felix z łatwością dźwiga ciężkie wiadra na kuchenny stół, by rozlewać wodę do osobnych dzbanów i zanieść do sypialni. Pani Poole, zajęta zagniataniem ciasta, miała wzrok bardziej na szerokich ramionach pana Yatesa, poruszających się pod cienką lnianą koszulą, niż na swojej mące.

Sama Estelle porzuciła pozory odkurzania kredensu na zioła i po prostu się gapiła.

W istocie było na co popatrzeć. Zwłaszcza wczoraj, gdy w świetle lampy woda spływała po jego torsie. Choć o tym zdecydowanie nie powinna teraz myśleć!

Pani Poole pomachała sobie dłonią, gdy Felix chwycił puste wiadra i znów ruszył po schodach w dół. Złapawszy spojrzenie Estelle, starsza kobieta parsknęła trochę zawstydzonym śmiechem.

— Zgrabny z niego chłop, pan Yates — zauważyła, rumieniąc się.

— I to jak — zgodziła się bezwstydnie Estelle. Cokolwiek można by zarzucić panu Yatesowi — a im lepiej go poznawała, tym mniej miała do zarzucenia — urody nigdy nie brakowało w tej rubryce.

Choć jej rozproszenie przez nią powodowane było już problemem, bo zapatrzyła się na niego, niosącego kolejną wodę, i niechcący zrzuciła z kredensu duży ceramiczny wazon z lawendą, który natychmiast się stłukł i rozsypał po podłodze.

— Mamy sprzątać, a nie robić jeszcze większy bałagan! — zganiła ją Bernadette, podchodząc, by pomóc.

— Cóż, przynajmniej będzie ładnie pachnieć — zażartowała Estelle, odrywając wzrok od Felixa z wysiłkiem.

Zwykle Czyste Soboty dłużyły się niemiłosiernie, ale z pomocą Felixa czas płynął o wiele szybciej.

Przez cały czas pracy Felix ani razu nie nalegał, by Estelle odniosła się do jego oświadczyn, ani do pomocy przy pożyczce. Zamiast tego wciąż prowadził rozmowy z jej siostrami, skrojone pod ich zainteresowania, a nawet wyciągnął z pani Poole pełną zapału rozmowę o jej kuchennych talentach.

Słowa dotrzymywał i wykorzystał swój wzrost, by sięgnąć na szczyty regałów. Crafty próbowała łapać końcówki miotełki z piór, gdy je prowadził po drewnie. Felix zrobił z tego zabawę, która trwała dobre piętnaście minut.

Estelle olśniło. Była winna temu porządnemu mężczyźnie przeprosiny. Nie był tak błahy i pustogłowy, jak go początkowo oceniła. Był człowiekiem twardo stąpającym po ziemi, który umie cieszyć się codziennością. Wnuk barona, dziedzic znacznej fortuny, a jednak stał tutaj i wykonywał fizyczną pracę. Zaoferował pomoc i słowa dotrzymał.

A przy okazji potrafił zauważyć i wykorzystać chwilę niewinnej zabawy, gdy los ją podsunął. Patrzenie, jak Felix bawi się z Crafty, aż kotka niemal padła ze zmęczenia, przyniosło jeszcze jedno uświadomienie. Gdzieś po drodze Estelle utraciła zdolność doceniania radości, które niesie życie. Biorąc pod uwagę ostatnie lata, trudno się dziwić. Ich matka zmarła ledwie parę lat temu. Potem przyszły żałoba i smutek. Ojciec zostawił je z prowadzeniem interesu, sam wyjechał do Francji i zaciągnął ogromną pożyczkę, którą bank teraz kazał spłacać znacznie wyższymi ratami. Do tego jeszcze próby kuzyna Joshuy, żeby wyrzucić je na bruk — nic dziwnego, że niewiele w jej życiu było miejsca na radość.

Małżeństwo z panem Yatesem zdjąłoby z ich barków niebywale wielką część ciężaru, a jego obecność pewnie pomogłaby jej odnajdywać codzienną radość.

Z dodatkową parą rąk tak sprawnie pomagających skończyli sprzątanie wcześniej niż zwykle. Ciepły południowy wiatr wysuszył ubrania pana Yatesa i wkrótce znów wyglądał elegancko jak zawsze.

Crafty nie tyle zasnęła po zabawie z panem Yatesem, co po prostu odcięło ją. Wyciągnęła się na parapecie, łapy we wszystkie strony, jak czarna, futrzasta rozgwiazda, i pochrapywała.

Felix uśmiechnął się do kota i zwrócił się do sióstr, które siedziały przy kuchennym stole nad zasłużoną filiżanką herbaty. — Panie, najpokorniej dziękuję za tak troskliwą opiekę nade mną i za ocalenie Red Lion przed plagą pluskiew. Proszę pozwolić, że zabiorę panie dziś wieczorem na kolację do Red Lion — w drobnym podziękowaniu.

— Tak, poproszę — odparła natychmiast Bernadette.

Louise uśmiechnęła się szeroko i szturchnęła Marie, jakby obie łączyło nieme porozumienie. Czyżby miały jakiś zakład?

Estelle rzekła: — To my powinniśmy dziękować, panie Yates, za wszystko, w czym nam pan dziś dopomógł.

Pani Poole otarła dłonie o fartuch i powiedziała: — O tym, kto komu dziękuje, porozmawiamy przy kolacji. Mnie tam ucieszy porządny posiłek, którego nie muszę gotować.

— Świetnie powiedziane, pani Poole — odparł Felix.

Estelle wiedziała, kiedy jest w mniejszości. Ale też postanowiła wypatrywać i doceniać dobre rzeczy, gdy się nadarzają. Zaczynając teraz. — Dziękuję, panie Yates, to z pana strony wielka hojność.

W Red Lion panowało ciepło i wesołość. Podróżni wyjeżdżający z Londynu i doń wracający, kilkoro znajomych z Hatfield przy innych stołach, a nad tym wszystkim aromaty wyśmienitej kuchni. W kominku palił się ogień, ale o tej porze roku bardziej dla nastroju niż potrzeby.

Przy ich stole zasiadła szóstka i raczono się najprzedniejszymi pieczonymi warzywami, przyrumienionymi na łojowym tłuszczu do perfekcji. Felix zamówił tyle rostbefu, że starczyło po dwa plastry dla każdego. On popijał słabe piwo, one — ratafię. Estelle z uznaniem patrzyła, jak Felix bryluje, prowadząc rozmowy z jej siostrami o ich rozmaitych projektach. Żywo włączał się w ich pasje. Był śmiech i lekkość oraz pełne brzuchy. Zmarszczka między brwiami pani Poole złagodniała, jakby troski ostatnich miesięcy bledły.

Estelle postanowiła zapamiętać ten wieczór i coraz

mocniej determinowała się, by korzystać z takich chwil, kiedy tylko się pojawią. Rachunki, bankowe pożyczki, nawet myśli o kuzynie Joshui nie były w stanie przebić się przez jej szczęście w tej chwili.

Jakby ich stół otoczyła czarodziejska bańka światła, a człowiek, który ją wyczarował, siedział obok niej, przynosząc im wszystkim tak potrzebną radość.

Pod koniec wieczoru bolały ją policzki od uśmiechu i pomyślała, że naprawdę nie pamięta, kiedy ostatni raz czuła się tak szczęśliwa i spokojna.

Felix został w Red Lion, zajmując wreszcie pokój, za który zapłacił, a której jeszcze nie użył, a Baxterówny i pani Poole wróciły do domu. Estelle padła na łóżko i zasnęła z uśmiechem na twarzy.

ROZDZIAŁ 12

Felix szanuje Estelle

Felix czekał przed kościołem St John's w Hatfield wraz ze swoim dziadkiem i cioteczną babką, niecierpliwie wypatrując sióstr Baxter. A zwłaszcza jednej z nich. Przez chwilę zastanawiał się, czy wczoraj nie nakarmił ich zbyt obficie i nie przemęczył, przez co mogły zaspać. To byłoby z jego strony bardzo nie na miejscu.

W końcu ukazały się w zasięgu wzroku i Felix pospieszył naprzeciw z ochoczym uśmiechem. — Panno Baxter, byłby zaszczycony, gdyby Pani, Pani siostry i Pani Poole zechciały zasiąść z nami w ławie Ferndale'ów. Jest tam dość miejsca dla wszystkich.

Pani Poole pokręciła głową, po czym się uśmiechnęła. — Mam... ach... inną ławę.

Pomknęła w inną stronę, by dołączyć do niewielkiego grona przyjaciół czekających na zewnątrz.

— Czy w jakiś sposób ją uraziłem? — Przeraziła go myśl, że mógł to zrobić.

Estelle uspokajająco pokręciła głową, pochyliła się odrobinę i powiedziała: — Rzadko ma czas na towarzystwo.

— Ach, rozumiem — odparł, posyłając Estelle kolejny uśmiech. Ulgę poczuł jak przypływ. A potem zapytał jeszcze: — Czy wolałaby Pani również oddać się rozmowom?

Estelle odwzajemniła mu radosny uśmiech i jego serce wzleciało pod niebo. — Bardzo chętnie usiądę w ławie Ferndale'ów z Panem, lordem Ferndale i panną Yates. To będzie dla mnie i dla moich sióstr bardzo miłe towarzystwo!

Chyba po raz pierwszy wcale nie stawiała oporu. Estelle bez wahania zgodziła się na pierwszą jego propozycję. Przemknęło mu przez myśl, czy siostry nie rozmawiały o nim z Estelle wczoraj wieczorem, po tym jak wycofał się do swojego pokoju w Red Lion. Teraz wszystkie na niego patrzyły, gdy stali w kościelnym ogrodzie. Louise pochyliła się, by szepnąć coś do ucha Bernadette, co rozśmieszyło tę drugą; jej oczy zabłysły, gdy pospiesznie zakryła usta dłonią.

— Panno Baxter. — Lord Ferndale uśmiechnął się serdecznie, podchodząc bliżej. Felix promieniał, widząc, jak przyjazne panują między nimi stosunki; dziadek będzie zadowolony, był tego pewien. — Jak miło Panią widzieć. Czy mój nicpoń z wnukiem zdołał poprawić Pani zdanie o nim?

— Pan Yates przejawia wielki zapał w swoich staraniach — odparła dyplomatycznie Estelle.

Felix miał ochotę jęknąć z frustracji na taką nieodpowiedź.

Był przekonany, że zaczęła do niego mięknąć!

Dziadek roześmiał się dobrodusznie, co tylko sprawiło, że Felix poczuł lekki ścisk w żołądku.

W tym momencie dzwony umilkły, co było sygnałem dla wszystkich, by skierować się do wnętrza kościoła. Estelle szła przy nim spokojnie, kiwając głową znajomym i przyjaciołom, a Felix zauważył, że niejedna para oczu rozszerzała się ze zdumienia, gdy prowadził siostry Baxter do ławy Ferndale'ów na samym przodzie. Matrony pochylały się ku sobie, by szeptać, kiwając mądrze głowami, a on poczuł, jak dłoń Estelle, oparta na jego ramieniu, sztywnieje.

Jej uśmiech pozostał uprzejmy, ale wydała mu się spięta.

— Zdaje się, że wywołujemy poruszenie — rzucił lekko, gdy zajmowali miejsca.

— Moje siostry i ja już i tak jesteśmy w Hatfield dostatecznym tematem plotek, Panie Yates. Nasza reputacja...

— Cóż może być bardziej godnego szacunku niż uczestnictwo w nabożeństwie w zaproszonym towarzystwie najbardziej poważanej rodziny w okolicy? — zapytał łagodnie.

Wyglądało, jakby miała powiedzieć coś jeszcze, lecz żona Wielebnego Millingsa usiadła do organów i zagrała pierwsze takty hymnu. Nadeszła pora, by powstać i śpiewać, więc nie mógł podtrzymać rozmowy.

Uszy wypełnił mu rozkoszny śpiew. Głosy sióstr Baxter niosły melodię niezwykle pięknie. Oczywiście był całkowicie nieobiektywny, ale był pewien, że ton Estelle był najładniejszy ze wszystkich. Niech mu niebo dopomoże — a był we właściwym miejscu na takie prośby — bo kompletnie oszalał na punkcie panny Estelle Baxter.

Mówił prawdę, kiedy wyznał jej, że jest pierwszą kobietą, o której poważnie pomyślał jako o obiekcie starań. Ale kiedy zaczęło się to poważne rozważanie? Nie podczas ich żartów przy kolacji i nie wtedy, gdy nie zdołał kupić książek.

Może podczas poszukiwań kota? Naprawdę nie potrafił wskazać chwili, w której początkowe zainteresowanie przerodziło się w szacunek.

Nie znał panny Baxter długo, ale już podziwiał Estelle jako kobietę, która do wszystkiego podchodzi poważnie i z rozwagą. Głęboko dbała o rodzinę i przyjaciół i zdawała się pragnąć dla wszystkich jak najlepiej. A do tego była przepiękna, że aż miło było na nią patrzeć. Miał nadzieję, że jego głos podoła wyzwaniu dorównania jej, gdy zaczęli drugą zwrotkę. Ich palce zetknęły się, kiedy równocześnie próbowali przewrócić stronę śpiewnika, który dzielili. Jej dotyk rozpalił iskrę.

Dostrzegł rumieniec na jej policzkach i zastanowił się, czy ona też poczuła tę iskrę.

Kazanie Wielebnego Silasa Millingsa o ogniu i siarce mogło napędzić strachu wielu mieszkańcom, ale Felix był zbyt szczęśliwy, by pozwolić, aby te słowa wniknęły mu do głowy i stłumiły ducha. Obok niego panna Baxter pochyliła głowę niczym pokutnica. Dopiero gdy odchylił lekko wzrok, zobaczył, że kąciki jej ust unoszą się w przekornym uśmiechu.

Wesołość przebiegła mu po ciele. Musiał szybko odwrócić wzrok, by przypadkiem nie roześmiać się w kościele. Może i był dziedzicem baronii, ale naraziłby swoje dobre imię na szwank, gdyby popełnił taki grzech jak drwina z ich duchowego przywódcy.

Kazanie zdawało się trwać bez końca. I czy pastor naprawdę wierzył we wszystko, co mówił, o tym, że Kobieta została zesłana na Ziemię, by kusić Mężczyznę i odciągać go od świętości? Minęło już sporo czasu, odkąd Felix czytał Biblię, ale był całkiem pewien, że jest tam coś o Lucyferze w przebraniu węża jako pierwszym kusicielu. Felix spojrzał na żonę pastora, siedzącą na stołku przed organami z dłońmi złożonymi skromnie na kolanach i oczami utkwionymi w podłogę, i zrobiło mu się żal biedaczki. Wyglądała na przytłoczoną, jakby nie miała żadnego powodu do uśmiechu.

Pastor nie był nawet ciekawym mówcą; mówił jednostajnie i bez końca, a powieki Felixa zaczęły opadać. W środku lata kościół był dość ciepły, wypchany ludźmi po brzegi. Uszczypnął się w rękę, próbując nie zasnąć, i usłyszał obok cichy stłumiony chichot. Estelle dostrzegła jego gest i tłumiła śmiech; jej oczy rozbłysły rozbawieniem, kiedy na nią zerknął. Zerkając poza Estelle, był niemal pewien, że przynajmniej jedna z jej sióstr *spała* — głowa Marie spoczywała na ramieniu Louise, a oczy miała zamknięte, osłonięte rondem kapelusza.

Wielebny Millings grzmiał coś o tym, że kobiety są pokusą dla męskich oczu, a Felix powstrzymał uśmiech i znów spojrzał na przód kościoła. Tak, Estelle była bardzo kusząca dla jego oczu.

W końcu kazanie dobrnęło do swojej rozwlekłej konkluzji, a Felix posłał Estelle kolejny wesoły ukradkowy uśmiech i bezgłośnie wyszeptał — *Nareszcie!* Ona syknęła cichym — ciii — gdy kazanie znów się zaczęło. Wcale się nie skończyło — duchowny tylko przerwał, by łyknąć wody, po czym ruszył z drugim aktem.

To było nie do zniesienia. Zerknął na Dziadka i zauważył, że ten wbił wzrok w ścianę za plecami pastora. Kto wie, może dziadek opanował sztukę zasypiania z otwartymi oczami.

Były jednak i pozytywne momenty. Felix był wdzięczny, że tak wielu ludzi pochylało głowy do modlitwy, dzięki czemu mógł zerkać na Estelle i wyłapywać rumieniec, który lekko co chwila barwił jej policzki.

Wreszcie proboszcz zakończył swoje wywody, a chór znów powstał, by poprowadzić zgromadzonych w hymnie. Felix był z tego rad; tak długo siedział, że zdrętwiało mu siedzenie. Na szczęście go nie swędziało i był raz jeszcze przeogromnie wdzięczny siostrom Baxter za pomoc w tej kwestii.

Powinien zasugerować swojej ciotecznej babce, by zdobyła kilka dodatkowych poduszek do ławy Ferndale'ów, pomyślał, gdy nabożeństwo dobiegało końca. Mimo nudy i obolałego siedzenia Felix złapał się na tym, że niemal życzył sobie, by pastor mówił dalej, byle tylko mógł spędzić jeszcze trochę czasu obok tej czarującej kobiety.

Estelle i jej siostry podziękowały jego dziadkowi i ciotecznej babce, a cała grupa ruszyła nawą ku słońcu na zewnątrz, by porozmawiać ze znajomymi.

Mrużąc oczy w strumieniu światła wpadającego przez drzwi, pomyślał, że kościół St John's w Hatfield byłby pięknym miejscem na ślub. Może z innym pastorem przy ołtarzu, żeby nie zasnął na własnym weselu.

Felix stał w progu, mając już zejść po schodkach na trawnik, gdy dziadek i Wielebny Millings wciągnęli go w rozmowę o zbieraniu funduszy na naprawę kościelnego dachu. Rozdarty między lojalnością wobec dziadka, który zapewne zostanie najmocniej przyciśnięty do wyłożenia środków, a pragnieniem, by spędzić ten piękny dzień z Estelle, Felix pozostał na miejscu. Mógł stać obok dziadka i patrzeć na pastora, ale uchem był wyczulony w stronę Estelle. Czuł się niczym ogar na smyczy, rwący się do gonitwy, i uśmiechnął się do siebie w duchu.

Kobiecy głos, którego od razu nie rozpoznał, powiedział coś o „hańbie".

O rety! Udając kaszlnięcie, zerknął w tamtą stronę. Z narastającym niepokojem zrozumiał, że to kuzynka Estelle, okropna pani Baxter, która dwa wieczory temu narobiła zamieszania na Assembly, zdeterminowana, by podrzucać mu kolejne swoje przyjaciółki i ich córki, i najwyraźniej równie chętna, by trzymać go jak najdalej od Estelle. Towarzyszył jej mąż i sądząc po ich postawach oraz wymachujących palcach, byli gruntownie rozdrażnieni Estelle z jakiegoś powodu.

Choć może po prostu zawsze tacy byli i nie potrzebowali powodu?

— Oczywiście — powiedział pośpiesznie do Wielebnego Millingsa. — Uczynimy z tego najwyższy priorytet. Chciał zakończyć tę rozmowę natychmiast, ale Wielebny uznał to za okazję, by rozpocząć nową tyradę o bezbożności szerzącej się w Hatfield.

Wyciszając donośny ton pastora, jego uszy wychwyciły wyższy rejestr kuzynki Estelle, pani Baxter, niemal piskliwie prychającej, gdy wymachiwała palcem tuż pod nosem Estelle.

— Nie masz prawa siedzieć w ławie Ferndale'ów, bezczelna intruzko! Jesteś nikim więcej jak sklepikarką, powinnaś znać swoje miejsce!

Puls zahuczał mu w skroniach, a dłonie zacisnęły się w milczącej furii.

— Proszę wybaczyć — rzucił do obu starszych panów i odszedł bez oglądania się. Estelle była w rozterce i musiał interweniować. Za plecami usłyszał oburzone słowa pastora i suchą ripostę lorda Ferndale: — Skoro mój wnuk nie decyduje jeszcze o wydatkowaniu środków Ferndale'ów, nie sądzę, by był nam w tej rozmowie niezbędny, Wielebny. Czy możemy kontynuować?

Błogosławieni niech będą, Dziadku, pomyślał Felix i przyspieszył kroku.

Pani Baxter skończyła tyradę, zanim dotarł do Estelle, i odmaszerowała z zadartym nosem, opierając dłoń na ramieniu męża. Czy powinien pobiec za nimi i powiedzieć im, co o tym myśli? Nie, to musiało poczekać. Udręczony wyraz twarzy Estelle i oczy pełne łez ścisnęły go za serce. Najchętniej objąłby ją ramionami, ale świadom, że niemal pięćdziesiąt osób miało ich w zasięgu wzroku, trzymał ręce przy sobie i stanął przed nią sztywno.

— Przyszedłem tak szybko, jak tylko mogłem, ale i tak za późno. Bardzo mi przykro.

— Ojej — pociągnęła nosem Estelle, przyciskając dłoń do ust i pochylając głowę w oczywistej nadziei, że nikt nie zauważy jej łez.

Podał jej świeżo wyprasowaną chusteczkę.

Otarła oczy i zapytała: — Ile Pan słyszał?

— Wystarczająco dużo, by wiedzieć, że nie są godni

czyścić Pani butów! — Wściekłość go rozpalała. Jak śmią Baxterowie ją oceniać? Jak śmią oceniać jego prawo, by zapraszać, kogo mu się podoba, do rodzinnej ławy w kościele?

Wydała z siebie chichot-przerywnik między łzą a śmiechem i znów otarła twarz.

— Powiem im parę słów prawdy! — rzucił, już ruszając w pogoń.

Chwyciła go za rękaw i przyciągnęła z powrotem. — Proszę, nie. Będzie tylko gorzej. A poza tym, nie mijają się z prawdą. *Jestem* zaledwie sklepikarką.

— Panno Baxter, jest Pani warta dziesięciu swoich kuzynów, każdy głupiec to widzi.

Westchnęła i starła ostatnie kropelki z oczu. Potem posłała mu mały uśmiech i oddała chusteczkę.

— Proszę ją zatrzymać.

Pociągnęła nosem i wsunęła ją w rękaw. — Dziękuję. Jest Pan bardzo uprzejmy, Panie Yates — jak zawsze.

— Zdaje sobie Pani sprawę — powiedział Felix z nadzieją — że gdyby była Pani panią Yates, Pani należne miejsce byłoby w ławie Ferndale'ów.

Przygryzł wargę i wstrzymał oddech, obserwując jej twarz. Przez moment nic nie powiedziała, ale ku jego ogromnej radości wyglądała, jakby naprawdę rozważała jego propozycję. Czyżby miała powiedzieć „tak"? Wczoraj rano w księgarni wyglądała, jakby mogła to uczynić, gdy patrzyła na tamten dokument, zanim wdepnął w mysie wnętrzności.

— Ach, Felix! — zawołał lord Ferndale, zbliżając się z panną Yates pod rękę.

Podniósł wzrok. Dziadek i cioteczna babka byli ledwie

kilka kroków dalej. I właśnie psuli nastrój. Kochał ich oboje, ale w tej chwili najchętniej posłałby ich bardzo, bardzo daleko.

ROZDZIAŁ 13

Jeszcze więcej robactwa!

E stelle wzięła uspokajający oddech, by przywitać lorda Ferndale'a i pannę Yates. Byli wspaniałymi przyjaciółmi, ale gdyby trzymali się na dystans choć chwilę dłużej, mogłaby odpowiedzieć Felixowi twierdząco.

Właśnie w tym kierunku zmierzały jej myśli i serce. Kuzyn Joshua i Phoebe byli dla niej i jej sióstr okropni. Najmocniejszą żółć zdawali się wylewać na nią, może dlatego, że była najstarsza. Ale Felix miał rację. Gdyby za niego wyszła, pozycja Estelle w Hatfield wzniosłaby się do poziomu Felixa, zdecydowanie wyższego niż ten, który zajmowali jej kuzyni.

Nie odważyliby się już nigdy tak do niej mówić.

Ale czy to znaczyło, że przerzucą swoją złość na Marie? Uroczą, mądrą i łagodną Marie, która nigdy nikogo nie obgadywała i tak wrażliwie odbierała świat wokół. Mogliby spróbować z Louise, ale pewnie by ich wyśmiała. Albo oblała śmierdzącym klejem. Na tę myśl o mało nie parsknęła śmiechem.

A może za cel obrali by Bernadette?

Na tę myśl zakotłowało jej się w żołądku.

Gdyby Estelle musiała martwić się tylko o siebie, być może już powiedziałaby tak, ale nie widziała prostego sposobu, by to zrobić, nie wpływając swoją decyzją na tak wiele osób.

Panna Yates przysunęła się do Estelle i powiedziała: — Cudownie było widzieć Panią z młodym Felixem. — Potem ściszyła głos: — Nie mogłam znaleźć ani jednego, ani drugiego na ostatni taniec w zborze. Mam nadzieję, że nie byłyście nadto zmęczone tańcami?

Estelle pojęła aluzję natychmiast. Ich nieobecność została zauważona, ale z pewnością nie z tego powodu, który podejrzewała panna Yates. — Panno Yates, jest delikatna sprawa, o której musimy porozmawiać.

Twarz kobiety rozjaśniła się i zasugerowała: — Pierwszy pocałunek miłości?

Twarz Estelle oblała się rumieńcem. Tak, ale nie o to chodziło. Wspomnienie jej pocałunku z Felixem zalało ją falą ciepła, lecz musiała je odsunąć wobec znacznie poważniejszej kwestii. — Nie dlatego zniknęliśmy. Widzisz Pani, Felix miał... — szybko zerknęła przez ramię, by upewnić się, że nikt ich nie podsłuchuje, i ściszyła głos — *pluskwy*.

Panna Yates sapnęła: — Z Red Lion? Niemożliwe!

— Ma Pani rację, nie stamtąd. Felix usiłował zarezerwować pokój, ale nie było miejsc, więc przenocował w The Swan. Tam złapał pluskwy. Nie mogłam dopuścić, żeby je zawlókł do Red Lion, więc się wymknęliśmy i znalazłam mu zmianę ubrań w garderobie ojca.

Na wspomnienie Felixa w przylegającej, mokrej koszuli w tamtej balii, rozlało się po jej twarzy gorąco.

Oczy panny Yates uciekły w bok, jakby w myślach coś przeliczała.

— I tu znowu ma Pani rację — podjęła Estelle. — Po nocy w The Swan wrócił do Ferndale Hall i spał we własnym łóżku. Obawiam się, że to łóżko najpewniej ma już pluskwy.

Panna Yates z niepokojem poklepała się po piersi: — Nie wiem nawet, od czego zacząć rozwiązywanie takiego problemu. Czy trzeba spalić meble?

— Nie, panno Yates, to nie ospa, nie musimy tego robić. Ale trzeba będzie polecić służbie, by wyprała całą pościel i bieliznę pościelową, a także jak najwięcej zwykłych ubrań. Zasłony też, tak na wszelki wypadek.

— Tego za dużo! — Panna Yates wyglądała, jakby ktoś kazał jej doskakać tyłem aż do Londynu. — To niemożliwe. Po prostu musi Pani przyjechać do Ferndale Hall i pomóc.

Estelle z powątpiewaniem pokręciła głową. — Z pewnością Pańska gospodyni, proszę Pani...

— A co z panią Sykes? — Lord Ferndale, który przez moment rozmawiał z kimś innym, dołączył do rozmowy. — Obawiam się, że nie domaga, panno Baxter.

Panna Yates wtrąciła się: — Dlatego właśnie błagam pannę Baxter, by przyjechała do nas na jakiś czas i pomogła mi rozwiązać problem, bracie — powiedziała panna Yates. Gdy lord Ferndale spoglądał niepewnie, pochyliła się i wyszeptała dość głośno: — *Pluskwy.*

Oczy lorda Ferndale'a wyszły na wierzch. — Dobry

Boże, tylko nie w Dworze! Panno Baxter, proszę się nad nami zlitować!

Nie potrafiła odmówić ich rozpaczliwym prośbom. — Sądzę, że mogłabym spakować torbę i przyjechać na dzień lub dwa — powiedziała niepewnie.

— Ależ oczywiście, wręcz koniecznie! Proszę wrócić teraz do domu i spakować kilka rzeczy, a my podjedziemy powozem i zabierzemy Panią za pół godziny. — Lord Ferndale skinął z zadowoleniem. — Felix! Odprowadź pannę Baxter prosto do księgarni, jeśli łaska.

— Tak jest, dziadku — odparł pan Yates, a Estelle rzuciła mu podejrzliwe spojrzenie, jakby to wszystko mieli w zmowie.

Miał jednak odpowiednio poważną minę, więc może była nadmiernie podejrzliwa? Gdy ruszyli razem w stronę księgarni, na jego ustach rozkwitł jednak uśmiech.

— To wszystko twoja wina, nie uśmiechaj się tak zadowolony z siebie — wytknęła mu z przekąsem. — Naprawdę nie mogę tak po prostu porzucić obowiązków!

— Rozkazy mojego dziadka trudno jest zlekceważyć — odparł Felix tonem, który z przeprosiną nie miał nic wspólnego.

Estelle westchnęła. — Nie myli się Pan, panie Yates, i prawdę mówiąc, nie mogłam odmówić pannie Yates, ale ach, jakże żałuję, że nie przenocował Pan wtedy w The Swan!

Dogoniły swoje siostry, które właśnie wracały do księgarni, a Louise obejrzała się na Estelle, gdy Marie otwierała zamek.

— Jakie obowiązki porzucić?

Westchnęła z udręką. Nie zauważyła, że mówiła tak głośno. — Panna Yates potrzebuje mojej pomocy w Ferndale Hall. Ich gospodyni jest chora. Pluskwy — doprecyzowała.

— Oczywiście, że musisz jechać — orzekła natychmiast Bernadette. — Zrobię ci duży pakiet ziół na drogę. — Popędziła pierwsza po schodach, wyciągając z szafki pod kredensem sakiewkę. — I trochę tego toniku na kaszel dla lorda Ferndale'a, panie Yates! — zawołała przez ramię, zgarniając fiolki i paczuszki.

— Nie mogę tak po prostu zostawić was ze wszystkim — powiedziała Estelle z niezadowoleniem.

— Ależ możesz — zaprzeczyła stanowczo Marie. — Już nieraz doskonale sobie radziłyśmy pod twoją nieobecność, kiedy jeździłaś z ojcem po książki.

— Ale list z banku...

— Wciąż tu będzie, gdy wrócisz, a i tak nie wiem, co twoim zdaniem możesz teraz z nim zrobić. — Marie wzruszyła ramieniem. — Przejrzę księgi. Wyślę kolejne ogłoszenie do The Times, zawsze dobrze się sprawdza.

— A książki dla lorda Ferndale'a możesz zabrać, są gotowe! — dodała Louise, i choć nie powiedziała tego przy panu Yatesie, podtekstem było *i niech za nie zapłaci*. — Zapakuję je!

— Lepiej włóż do walizki jakieś ubrania — rzekła Marie. — Chodź, pomogę ci.

— A pan niech usiądzie, panie Yates, ja zaparzę herbaty — odezwała się pani Poole swoim zwykłym, pogodnym, matczynym tonem — i będą herbatniki.

— Jest Pani skarbem, pani Poole — powiedział z entuzjazmem Felix, zajmując miejsce przy kuchennym stole.

Estelle pozwoliła, by Marie pół siłą ściągnęła ją do sypialni i wyciągnęła walizkę spod łóżka, ale zaprotestowała, gdy Marie otworzyła szafę i zdjęła z wieszaków wszystkie suknie wieczorowe.

— Marie! Jadę tylko na dzień albo dwa, z pewnością nie potrzebuję trzech sukien wieczorowych!

— Nigdy nie wiadomo — odparła Marie, zerkając na Estelle znad okularów, gdy układała suknie na łóżku. — A w Ferndale Hall przebierają się na kolację. Chcesz przecież ładnie wyglądać, prawda?

— No tak, ale... — Nie spodziewała się zostać trzy dni. Po co więc trzy suknie wieczorowe?

— Pożyczę ci też moją żółtą muślinową w kropki i najlepsze rękawiczki, a na wszelki wypadek weź zapasowy kapelusz. No już, do pakowania! — Marie machnęła na nią rękami i wybiegła po żółtą suknię. Estelle westchnęła i otworzyła walizkę. Była całkiem spora, więc chyba da się zmieścić cztery suknie dzienne, suknie wieczorowe i potrzebną bieliznę.

— Tych ubrań starczyłoby na miesiąc — mruknęła w końcu, dociskając wieko i zapinając paski.

— Głupio brać do połowy pustą walizkę — odparła wesoło Marie. — A że jedziesz powozem, nie musisz się martwić noszeniem.

— I dobrze. — Estelle sprawdziła uchwyt i jęknęła na sam ciężar. — Może jednak coś wyjmę...

— Ani mi się waż, skoro jest tu pan Yates, żeby ci to ponieść! — Marie chwyciła ją za ramiona i spojrzała prosto w twarz Estelle. — Posłuchaj mnie, siostro — powiedziała poważnie, a Estelle zesztywniała. Marie rzadko używała takiego tonu.

— Co takiego? — spytała słabo.

— Potraktuj ten wyjazd jak wakacje i naciesz się nim.

Estelle parsknęła półśmiechem, kręcąc głową. — Nie nazwałabym rozprawiania się z narastającą plagą pluskiew wakacjami!

— Ferndale Hall ma pełną obsadę pokojówek; nawet jeśli gospodyni niedomaga, tobie pozostanie tylko wydawać polecenia. Korzystaj. Odpocznij. I poświęć czas, żeby naprawdę poznać pana Yatesa, zanim podejmiesz decyzje, których nie da się cofnąć.

A więc *to* był poważny punkt, do którego zmierzała Marie. Spoważniawszy, Estelle skinęła głową.

Drugą korzyścią z wyjazdu Estelle na parę dni będą porządne posiłki w Ferndale Hall i jedna gęba mniej do wykarmienia w domu. To zaoszczędzi kilka pensów i trochę pomoże. Wróci z najnowszą płatnością od lorda Ferndale'a, a potem wspólnie wymyślą, jak najlepiej podejść do banku. Ten jeden list z wezwaniem do zapłaty tak szybko zmiótł wszystkie ich drobne, lecz mozolnie wypracowane zyski, że trudno było pomyśleć, jak dalej postępować.

Może kilka dni z dala od domu, mierząc się z czymś tak prozaicznym, a zarazem uciążliwym jak pluskwy, było jej właśnie potrzebne?

Gdy Estelle całowała siostry na pożegnanie, Louise podała książki dla lorda Ferndale'a Felixowi, który objął je jednym ramieniem. Przyjął je bez słowa sprzeciwu. Wolną ręką bez trudu uniósł walizkę Estelle.

To nie pasowało do jej pierwszego wrażenia, kiedy ledwo doniósł do środka jeden tom z całego stosu na ulicy. Uznała go wtedy za rozkojarzonego i cherlawego. I wtedy uderzyła ją prawda. Wcale nie był słaby — po prostu skupił się na tej jednej książce, której szukał.

Westchnąwszy, Estelle musiała przyznać, że wyrządziła Felixowi krzywdę, oceniając go tak pochopnie. Usłyszała cichy jęk, gdy otwierał drzwi sklepu, i zobaczyła, jak na jego szyi napinają się mięśnie pod ciężarem.

Wydobył się z niej chichot. Wysiłek sprawiał mu trudność, ale bardzo się starał, by tego nie okazać. Jakoś to podniosło go w jej oczach jeszcze bardziej — robił, co mógł, nie narzekając.

Na zewnątrz, w słońcu, nadjechał powóz Ferndale'ów. Woźnica zwolnił i zatrzymał parę koni przed Baxter's Fine Books. Koń Felixa był lekko przytroczony z tyłu, podążał za nimi. Pewnie on wróci wierzchem, podczas gdy Estelle pojedzie z panną Yates i lordem Ferndale'em.

Wsiadła i usiadła obok panny Yates, lord Ferndale zajął miejsce naprzeciwko, a Felix podał jej walizkę stangretowi, by włożył ją do bagażnika.

Ku zdziwieniu Estelle, Felix również wspiął się do powozu i usiadł naprzeciwko niej, ponownie witając dziadka i ciotkę.

Miejsca na nogi było niewiele, a jego długie nogi sprawiały, że kolana niepokojąco zbliżyły się do jej kolan.

Lord Ferndale uniósł surowo brew, patrząc na wnuka.
— Nie jedziesz wierzchem?

— Pomyślałem, że dam Hannibalowi wytchnienie — odparł Felix ze swoim nieposkromionym uśmiechem. —

Znalazł kępę czerwonej koniczyny przy kościele i teraz będzie roztrzepany.

— Interesujące — mruknął lord Ferndale, ale nie dodał nic więcej.

Panna Yates przyłożyła dłoń do piersi w geście niepokoju. Potem podrapała się po mostku. — Już mnie swędzi. Boję się pomyśleć, co nas czeka w Dworze.

Felix ją uspokoił. — Wszystko będzie dobrze, ciociu, mamy pannę Baxter, która nas wybawi.

Estelle starała się nie uśmiechać zbyt szeroko na te pochwały, ale było to nader miłe. A on z kolei uśmiechał się do niej tak ujmująco.

Ciągnął dalej: — Panna Baxter poznała, że mam te małe gryzące, zanim ja sam to wiedziałem. Ma bystre oko i zna oznaki.

Panna Yates wierciła się na miejscu, trącając Estelle.

Lord Ferndale potarł udo i roześmiał się. — Im więcej o tym myślę, tym bardziej zaczyna mnie swędzieć. Czy to możliwe, że siedzą w siedzeniach powozu?

Powóz podskoczył na wyboju i kolano Felixa naparło na nogę Estelle, paląc ją przez warstwy tkaniny.

— To bardzo mało prawdopodobne — odparła Estelle, czując, jak zaczyna ją swędzieć w krzyżu. — Skoro pan Yates spędził w Dworze tylko jedną noc i nie korzystał z powozu, nie mogły się tak szybko roznieść.

— Lepiej zmieńmy temat — zaproponował Felix. — Obawiam się, że samo mówienie o tym sprawia, iż zaczynamy sobie wmawiać, i tak dalej.

On też podrapał się po ramieniu, gdy powóz znów podskoczył, a jego kolana stuknęły o kolana Estelle.

Estelle chwyciła się dobrej rady Felixa. — Lordzie Ferndale, mam nadzieję, że nie wyjdę przed szereg, ale pan Yates wspomniał, że miewa Pan czasem wieczorami kaszel. Moja siostra Bernadette jest bardzo biegła w ziołach i specyfikach i przygotowała flaszkę toniku, który poleca na takie dolegliwości.

Starszy pan skinął z uznaniem. — To bardzo uprzejme ze strony panny Bernadette. Z pewnością spróbuję. Dobry Boże wie, że nic z tego, co zalecał doktor Rasley, nie pomogło.

— Może powinnam posłać też po Bernadette do Dworu, gdy już uporamy się z... no cóż... gdy już się ogarniemy, może znajdzie coś dla pani Sykes? — zasugerowała Estelle.

Felix, psotnik, trącił kolanem Estelle, choć tym razem nie było ku temu żadnego wyboju. A jednak wciąż uśmiechał się tym swoim przystojnym uśmiechem, wywracając jej brzuch na lewą stronę. Spróbowała go zmrozić spojrzeniem, ale nie miała do tego serca. Kąciki ust uparcie chciały się podnosić.

Panna Yates przyszła z pomocą, odciągając uwagę. — Jestem pewna, że ucieszyłaby się z rozmowy z Bernadette. Doktor Rasley potrafi być... — urwała.

— Zniechęcający? — podsunęła Estelle.

Felix przerwał: — Stary Rasley wciąż praktykuje? Czy jego syn przejął już obowiązki?

— Zapomniałeś, że byłeś długo poza domem — rzekł lord Ferndale. — Tak, to wciąż ten sam doktor Rasley. Jego syn praktykuje w Londynie i jasno dał do zrozumienia, że nie zamierza w żadnym razie przejmować praktyki ojca.

— Nie widziałem Rasleya w kościele — zauważył Felix.

Lord Ferndale dyskretnie odchrząknął. — Rano nie jest w swojej najlepszej formie.

— Naprawdę powinniśmy znaleźć sposób, by zachęcić go do emerytury — powiedziała panna Yates. — Bez ujmy dla jego wielu, *wielu* lat służby...

Estelle spojrzała przez okno, gdy Ferndale Hall wyłonił się z oddali. Nierzetelność doktora, nie wspominając o jego staroświeckiej, oceniającej postawie, sprawiała, że tyle kobiet wolało przychodzić do Bernadette.

Lord Ferndale westchnął z frustracją. — Jeśli doktor przejdzie na emeryturę, będę musiał zebrać posiedzenia Rady Miejskiej, by uzgodnić powołanie następcy, a obawiam się, że mogę być w mniejszości.

Z piersi Estelle i panny Yates wyrwał się zgodny pomruk irytacji, bo obie doskonale rozumiały, jaki to zasadniczy kłopot dla zdrowia publicznego Hatfield.

— Coś mnie omija — powiedział Felix, rozglądając się po wszystkich z brwiami ściągniętymi w zamyśleniu.

Lord Ferndale parsknął śmiechem. — Długo cię nie było, chłopcze. Miejscowym sędzią pokoju jest teraz kuzyn panny Baxter, Joshua Baxter, a z nim jego poplecznik, pastor Millings, i kilku rajców, którzy chętnie idą ich śladem. Obawiam się, że burmistrz i ja bywamy przegłosowywani.

Felix jęknął. — O Boże. Utoniemy!

— Nie, jeśli zdołamy sfinansować nowy szpital — odparła twardo panna Yates. — Będziemy mieć środki, by zatrudnić co najmniej jeszcze dwóch lekarzy, a niech pan wierzy, moje panie z komitetu szpitalnego *zabiorą* głos przy ich wyborze. Rajcowie posłuchają swoich żon!

— Albo przez tygodnie będą jedli grochową kaszę? — powiedział z rozbawieniem lord Ferndale.

Panna Yates uśmiechnęła się z ukosa. — *Zimną* grochową kaszę.

— A nie daj Boże! — Felix zadrżał.

— Mam nadzieję, Florence, że to zadziała — rzekł lord Ferndale z życzliwym uśmiechem do siostry. — Na Felixa z pewnością by podziałało, ale obawiam się, że nasi rajcowie nie wszyscy rządzą się żołądkami.

Powóz zwolnił na kolistym podjeździe, a Estelle westchnęła, zerkając na ogromny dwór i myśląc o bezmiarze pościeli i łóżek do odrobaczenia. — Jedno wyzwanie naraz. Najpierw pozbądźmy się z Ferndale Hall nieproszonych gości!

ROZDZIAŁ 14

Nowy dom Estelle

Felix był niemal pewien, że jego ciotka tylko udaje bezradną w sprawie pluskiew, żeby zwabić Estelle do Ferndale Hall pod fałszywym pretekstem. Jego podejrzenia całkiem się potwierdziły, gdy pani Sykes — która rzekomo miała być niedysponowana — powitała ich w sieni, nie wyglądając ani trochę na chorą.

— Zrozumiałam, że nie czuje się pani dobrze, pani Sykes — powiedziała Estelle, lekko mrużąc oczy.

Naprawdę nie powinien śmiać się na głos. Nie mógł nawet spojrzeć ciotce w oczy, bo by wszystko zepsuł. Cudownie będzie mieć kilka dni, by lepiej poznać pannę Baxter, z dala od miasta i jej licznych obowiązków. Niech cię Bóg błogosławi, ciociu Florence, za twoje machinacje!

— Owszem, dopadło mnie lekkie przeziębienie, panno Baxter, ale już całkiem wyzdrowiałam — odparła wesoło pani Sykes. — Czy przyszła pani na obiad, panno?

— Panna Baxter zostanie na kilka dni — oznajmił Felix, skinieniem przywołując lokaja. — Matthew, mógłby pan wnieść jej walizkę z powozu? I jest jeszcze duża paczka książek, proszę zanieść ją prosto do biblioteki dla lorda Ferndale.

— Oczywiście, sir. — Lokaj pospieszył wykonać polecenie, a Felix zwrócił się do pani Sykes.

— Czy Żółty Apartament będzie dostępny dla panny Baxter?

Oczy gospodyni rozszerzyły się ledwie dostrzegalnie, ale na głos powiedziała tylko: — Oczywiście, panie Yates! Panno Baxter, proszę za mną, Matthew zaraz przyniesie pani rzeczy na górę, a ja przydzielę pani pokojówkę.

— Och, pokojówka nie będzie potrzebna — próbowała zaprotestować Estelle.

Felix wyraźnie poruszył wargami do pani Sykes ponad głową Estelle: — Tak, będzie — i energicznie przytaknął.

Zapowiadało się wspaniale!

— Ależ nie wyobrażamy sobie nie przydzielić gościowi pokojówki, panno Baxter! — pani Sykes zachowała imponująco poważną minę. — Myślę, że Isabelle będzie w sam raz. Za chwilę wyślę ją z herbatą.

Estelle wyglądała, jakby miała jeszcze się spierać, lecz po szybkim spojrzeniu na pannę Yates, która uśmiechała się i aprobująco kiwała głową, w końcu mruknęła ciche dziękuję i ruszyła za panią Sykes po schodach.

— Ach, pani Sykes — usłyszał, jak mówi po drodze — nie przyjechałam tu dla rozrywki. Obawiam się, że mamy mały kłopot...

Pani Sykes była zbyt dobrze przeszkolona, by krzyknąć, tak jak nie okazała większej reakcji, kiedy Felix poprosił, by dała Estelle apartament zarezerwowany dla najwyższych rangą gości, w którym nie raz zatrzymywała się rodzina królewska. Zatrzymała się jednak na moment i spojrzała na Felixa z zaciśniętymi wargami.

Felix skrzywił się z winy. Pluskwy były wyłącznie jego winą i dobrze o tym wiedział. Nie zamierzał zostawić całej harówki personelowi Ferndale przez najbliższe dni, choć wiedział, że są niezwykle kompetentni. Zamierzał zakasać rękawy i pracować ramię w ramię, żeby naprawić bałagan, który narobił.

— Żółty Apartament? — Jego dziadek szturchnął go i z głębi serca się roześmiał. — No powiedz, Felixie. Robisz postępy z panną Baxter?

— Nie wiem — odparł Felix z absolutną szczerością.

— Cóż, teraz jest we właściwym miejscu. — Ciotka wsunęła dłoń pod jego ramię i uśmiechnęła się do niego. — Któż oprze się połączeniu twojego uroku i uroków Ferndale Hall? — Machnęła ręką wokół, a Felix uśmiechnął się, spoglądając na portrety przodków na ścianach. Większość miała surowe oblicza, z wyjątkiem jego sekretnej ulubienicy, praprababki, lady Elizabeth. Miała tak jak on jasne włosy i niebieskie oczy, a w kącikach ust igrał cień uśmiechu, jakby miała za chwilę wybuchnąć śmiechem.

Nie mógł się doczekać, by opowiedzieć Estelle o historii rodziny. By powierzyć jej w opiekę swoje dziedzictwo, jako strażniczce dla przyszłych pokoleń. Nie wyobrażał sobie nikogo lepszego niż Estelle, z jej determinacją i poczuciem obowiązku.

A oczywiście nie szkodziło, że była jedną z najpiękniejszych kobiet, jakie kiedykolwiek widział. Rzucił jeszcze jedno spojrzenie na schody, już myśląc o tym, jak szybko znów ją zobaczy. Jak pięknie będzie wyglądała przy kolacji, gdy jej oczy rozbłysną w świetle świec kandelabrów Ferndale Hall.

Potem zachichotał na wspomnienie ich ostatniego wspólnego posiłku tutaj, kiedy użyła kandelabra, by zasłonić mu widok. Musi polecić lokajom, by postawili więcej świec na stolikach przy ścianach. Nic na stole, za czym mogłaby się ukryć!

— Czy to moje książki od panny Louise? Cudownie!

Felix otrząsnął się i znów skupił uwagę na dziadku. — Zdaje się, że tak. Rozpakować je dla ciebie?

— Nawet się nie waż dotykać moich książek! — Lord Ferndale przycisnął pakunek do piersi niczym skarb.

— Dobrze, dobrze, rozumiem! — Felix uniósł dłonie i roześmiał się. — Ale kupiłem w księgarni dwie rzeczy, które mogą cię zainteresować. Tylko je przyniosę, dobrze?

***

Estelle wzięła uspokajający oddech, gdy pani Sykes wprowadziła ją do Żółtego Apartamentu, który pan Yates wyznaczył dla niej na czas pobytu. Ona i siostry bywały w Ferndale Hall już wcześniej. Zaledwie kilka dni temu przenocowała tu, bo ulewa uniemożliwiła powrót do miasta. Wtedy dostała wygodny, nieduży pokoik, dla wygody. Nigdy w życiu nie mieszkała w pokoju tak pięknym i tak ważnym, jak ten. Trudno było powstrzymać się od obrotu w miejscu z zachwytu nad przestrzenią i wystrojem. Jak sugerowała nazwa, ściany były pomalowane na żółto — od wysokich, zdobionych sufitów po białą boazerię. Na jednej ze ścian, pod listwą obrazową, wisiała seria pejzaży. Gdy pani Sykes odsunęła ciężkie, złotawe kotary, światło zalało pokój. Estelle aż westchnęła, uświadamiając sobie, że pejzaże przedstawiają ten sam widok o różnych porach roku.

Szeroki dąb z soczystymi, letnimi liśćmi dawał przyjemny cień w upalny dzień. Za dębem migotało urokliwe jezioro, które wiło się za kolejnym rzędem drzew, sprawiając wrażenie, jakby ciągnęło się o wiele dalej.

Żółty Apartament składał się z kilku pomieszczeń — pierwszym był pięknie urządzony salonik, drugim największa sypialnia, w jakiej Estelle kiedykolwiek była. Łóżko miało ogromny, rzeźbiony, dębowy zagłówek, który mówił o długiej historii i ciągłości. W drewnie wycięto lwy i herby.

Pani Sykes skinęła Estelle szybkim ukłonem i rzekła: — Mam nadzieję, że przypadnie pani do gustu, panno Baxter?

— Brakuje mi słów — przyznała Estelle. — To...

— Trochę onieśmielające? — podsunęła z uśmiechem pani Sykes.

— Troszeczkę — zgodziła się Estelle. — Ale też zapraszające i ciepłe. — Odwróciła się, by obejrzeć kolejne zakątki apartamentu, ledwie wierząc, że to tu będzie mieszkać, być może dłużej niż jedną noc. Słowa panny Yates o konieczności wybawienia ich od pluskiew musiały być poważnie przesadzone. Pani Sykes wyglądała na zdrówko. Jeśli to był podstęp, by zbliżyć Estelle i Felixa, to działał. Z każdą chwilą zakochiwała się w tym pokoju coraz bardziej.

W narożniku pod oknami stały niskie półki z książkami, chroniące je przed bezpośrednim słońcem. Obok kusiła zgrabna szezlonga, by rozsiąść się z lekturą. Po prostu doskonale.

— Bagaże zaraz tu będą, podobnie jak Isabelle, by pomóc pani. Proszę zadzwonić, jeśli będzie pani czegoś potrzebować.

— Ależ pani Sykes, przyjechałam, by pomóc pani w tej delikatnej sprawie. Moja siostra Bernadette spakowała wiele ziół i wonnych wianków, które nam dopomogą.

Pani Sykes przełknęła ślinę. — Naprawdę *są* pluskwy?

— Obawiam się, że tak. Wie pani, pan Yates zatrzymał się w The Swan, a potem wrócił tu do swojego pokoju w dworze, a następnego dnia na asamblii on...

— ...miał te paskudne gryzące bestie — dokończył Felix, wchodząc z Matthew, który niósł walizkę Estelle i torbę z ziołami Bernadette. — Pomyślałem, że przydadzą się raczej prędzej niż później.

— Panie Yates — pani Sykes dygnęła szybko przed Felixem.

Matthew skłonił się Estelle i zostawił ich troje w pokoju.

Ciepło rozlało się w Estelle na widok promiennego uśmiechu Felixa. Nie powinien być tak szczęśliwy, biorąc pod uwagę kłopot, jaki zaraz sprawi całemu domowi, a jednak — jak zwykle — tryskał radością.

— Czeka nas sporo pracy — powiedziała Estelle, otwierając torbę i wyjmując pakunki Bernadette. — Pani Sykes, to są zioła do prania. Tę miksturę należy skrapiać na podłogi. Te wkładamy na dno szuflad albo między złożone prześcieradła.

Niezachwiana gospodyni zachowała kamienną twarz.

— Dziękuję, panno Baxter. — Potem jej głos jakby na moment zadrżał, gdy ta, która zwykle pomaga innym, poprosiła o pomoc. — Nie znam się na ziołach i podobnych specyfikach. Czy zechciałaby pani pouczyć Isabelle, które zebrać z ogrodu kuchennego?

Felix wkroczył: — A co powiesz na to, żebym pomógł też ja? W końcu to przeze mnie to całe zamieszanie. Czuję się za nie naprawdę odpowiedzialny.

Brwi pani Sykes uniosły się tak nieznacznie, że Estelle nie była pewna, czy jej się to nie przywidziało.

— Nie ma potrzeby, panie Yates — odparła.

Pani Sykes wyglądała, jakby miotała się między chęcią natychmiastowego rozpoczęcia odpluskwiania a obawą przed zostawieniem pana Yatesa sam na sam z ich gościem.

Isabelle stanęła w progu i dygnęła. — Właśnie kipi woda w kotłach, pani Sykes.

— Dobrze — powiedziała pani Sykes, unosząc jeden z pakunków. — Dodam tę mieszankę do wody.

O rety, to był zły zestaw ziół. Estelle musiała zareagować, inaczej praca Bernadette pójdzie na marne. Skinęła głową w stronę drugiego pakunku, a pani Sykes zamieniła je miejscami. Estelle potwierdziła, że teraz trzyma właściwy.

Z lekką przesadą rzekła: — Ogromnie chciałabym zobaczyć ogród kuchenny. Słyszałam o nim same pochwały, a siostra Bernadette prosiła mnie o szczegółową relację.

— Tak jest, panno — posłusznie dygnęła Isabelle. — Pokażę pani, gdzie jest.

Felix powiedział: — Ja też bardzo chciałbym zobaczyć ogród kuchenny. Dopiero co wróciłem i zaniedbałem swoje obowiązki tutaj, w Dworze.

Estelle dodała: — Bernadette dała mi listę roślin, które pomogą. Jestem pewna, że większość z nich tu rośnie.

Pani Sykes skłoniła się z szacunkiem. — Ogrodnicy je dla pani zetną.

— Ja z radością... — urwała Estelle, gdy dotarło do niej, o co chodzi. Nie przyjechała tu pracować, miała jedynie doradzić. Spokojnie mogła wypisać listę potrzeb. Właściwie lepiej by było, gdyby przyjechała Bernadette zamiast niej. Tylko że... posłała w stronę Felixa sceptyczne spojrzenie. Jakoś nie wierzyła, by Bernadette byłaby zaproszona.

Felix podał jej ramię, a ona położyła na nim dłoń, pozwalając, by poprowadził ją do ogrodu, podczas gdy pani Sykes i Isabelle udały się do pralni.

— Ten ogród jest przepyszny. — Estelle rozejrzała się. Wysokie ceglane mury chroniły grządki przed wiatrem i pogodą, a szklarnie oparte o mury zapewniały odpowiedni klimat wymagającym roślinom. Równe rzędy warzyw i ziół bujnie rosły w podniesionych rabatach. W tym ogrodzie nie było roślin czysto ozdobnych — wszystko do czegoś się przydawało, a mimo to było tu pięknie. Dwóch ogrodników pracowało: starszy podwiązywał groch do tyczek, młodszy pielił truskawki. Obaj podnieśli się, by skłonić się z szacunkiem, gdy szli z Felixem alejką.

— Niedziela dziś, Willis, czy nie powinieneś odpoczywać? — rzucił wesoło Felix do starszego mężczyzny.

— Żona wygnała mnie z chałupy, a młodego razem ze mną. Powiedziała, że nie zniesie nas jej się pałętających cały dzień. Pomyślałem, że zrobimy parę robótek.

— Na Boga, idźcie na ryby czy coś! — Felix powiedział to z uśmiechem, ale Estelle widziała, że naprawdę tak uważa.

Chciał, by jego ludzie — pracownicy majątku — mieli czas na odpoczynek, i nagle jej serce zmiękło. To miły gest, który bez wątpienia jeszcze bardziej zjedna mu służbę. Jej kuzynka Phoebe odmawiała swoim pokojówkom nawet pół dnia wolnego w tygodniu i dawała im niedzielne poranki pod warunkiem, że pójdą do kościoła, więc biedaczki ledwie miały dwie godziny dla siebie. A tu Felix zachęca ogrodników, by poszli na ryby!

— Zanim pójdziecie, wskażcie nam, proszę, odpowiednie grządki — zwrócił się Felix do Estelle: — Panna Baxter szuka kilku ziół.

— Leć po koszyk, chłopcze — rzekł Willis do syna, a ten popędził natychmiast. Willis skłonił się z szacunkiem Estelle. — Czym mogę pani służyć, panno?

Wyrecytowała listę, a Willis pokiwał głową, po czym poprowadził ją do rabaty bylinowej i uklęknął, by ściąć nieco wonnej lawendy i włożyć do koszyka, z którym wkrótce wrócił jego syn. Potem była rozmaryn — Estelle wiedziała, że tu dobrze rośnie z sadzonek dostarczonych kiedyś przez Bernadette. Następnie skarby szklarni, w tym cytryny i ich kwiaty. W dużej glinianej donicy rósł mały wawrzyn. Słyszała o liściach laurowych i choć nie było ich na liście Bernadette, zerwała kilka — niezbyt wiele, bo krzew był młody — by je ususzyć. Bernadette z pewnością będzie chciała je mieć.

Gdy jakieś pół godziny później wracali do środka, z Felixem niosącym dwa kosze pełne ziół i kwiatów, dotarło do Estelle, że służba Ferndale Hall jest wobec niej wyjątkowo pełna rewerencji. Bywała tu przecież wiele razy przez te lata, a wszyscy byli miejscowi z Hatfield, których znała od zawsze. Nigdy wcześniej nie kłaniali się i nie krzątali z taką uniżonością, jak teraz. Rzuciła Felixowi podejrzliwe spojrzenie. To musiała być jego sprawka.

— Panie Yates — zapytała, gdy szli do warzelni, mijając lokajów i pokojówki krzątające się tam i z powrotem z wiadrami gorącej wody i pękami bielizny do prania — co dokładnie powiedział pan swojej służbie o mnie?

— Słucham? — Felix zmarszczył brwi w konsternacji.

Estelle starała się nie myśleć o tym, jak uroczo wygląda z tym wyrazem twarzy, bo inaczej zapomniałaby, o co chce zapytać. — Służący są wobec mnie o wiele bardziej uniżeni, niż bywam przyzwyczajona. Co im o mnie powiedziałeś?

Serce zabiło jej szybciej, gdy czekała na odpowiedź.

— Aha. — W jego oczach zapłonęło zrozumienie. — Myślisz, że ogłosiłem, iż będziesz przyszłą panią na Ferndale Hall.

Omal nie krzyknęła z szoku. — Ciszej! — syknęła Estelle, gdy przechodząca pokojówka, usłyszawszy to, poślizgnęła się i chlusnęła wodą z wiadra. Dziewczyna szybko odzyskała równowagę i popędziła dalej.

— O rety! Cóż, jeśli dotąd nie, to teraz już tak!

Felix uśmiechnął się bez cienia skruchy. — Nie, nie powiedziałem, obiecuję. Ale jesteś pierwszą damą, którą kiedykolwiek przyprowadziłem do Dworu. Myślę, że mogą, hm, grać zachowawczo? — Jego niebieskie oczy zmiękły, gdy patrzył na nią z góry. Ciało Estelle zadrżało w odpowiedzi. — Być może liczą, że jeśli zrobią na tobie wrażenie, chętniej mnie przyjmiesz. Nie mogliby sobie wymarzyć lepszej pani niż ty i, jestem pewien, doskonale to rozumieją.

Można się było zgubić w tych niebieskich oczach.

I trudno było podważać jego logikę. — Cóż — chciało jej się śmiać, ale bała się też, jak bardzo służba może to roznosić — ta pokojówka zapewne rozpowie, co usłyszała, całej reszcie pod koniec dnia.

— Doskonale. Będę miał absolutną pewność, że będą cię traktować z należnym szacunkiem — odparł radośnie Felix.

Celowo udawał, że nie rozumie, ale nie potrafiła się na niego gniewać. Jak on to robił? — Nie o to mi chodziło... jesteś naprawdę niereformowalny, panie Yates! — zaśmiała się w pół słowa, kiedy dotarli do warzelni, a Felix odstawił kosz, by otworzyć jej drzwi.

W warzelni było cicho, pachniało suszącymi się ziołami i dojrzewającym mydłem. Było też półmrocznie, bo niewielkie okienka wychodziły na północ. Felix postawił kosze na długim blacie wzdłuż ściany, a Estelle zaczęła dzielić ziele na pęczki, oddzielając to, co trzeba będzie użyć świeże, od tego, co należy ususzyć, by było skuteczniejsze. Bernadette byłaby w siódmym niebie w tej warzelni, ale mimo to Estelle cieszyła się, że nikogo poza nimi tu nie ma.

Drzwi pozostawili szeroko otwarte, umyślnie, ale i tak miała pełną świadomość, że są tu całkiem sami. Zmysły miała wyostrzone, jakby czuła każdy jego ruch. Nie patrząc, wiedziała, że stoi bardzo blisko, z pozornym zainteresowaniem obserwując, jak sortuje kolejne pęczki.

Estelle poczuła, jak policzki jej płoną, a oddech się skraca, gdy ich rękawy się musnęły. Serce zabiło mocniej, kiedy zrobił krok bliżej. Centymetr po centymetrze zmniejszał dystans. Jej dłonie zastygły i nie ruszyła się, zahipnotyzowana w półmroku jego bliskością. Warzelnia była zaprojektowana tak, by panował w niej chłód, ale ona czuła bijące od niego ciepło. Jego powieki opadły, a spojrzenie zsunęło się na jej usta. Gardło nagle jej zaschło i przełknęła ślinę.

— Estelle — powiedział, a jej imię zabrzmiało jak pełne tęsknoty pytanie.

Z drżącym oddechem odpowiedziała: — Felix.

Jego powieki znów się uniosły i ich spojrzenia się splotły. Potem rzekł: — Bardzo bym chciał...

— Tak. — Estelle skróciła o tę najdrobniejszą odległość i przycisnęła usta do jego ust. Ciepło zalało jej ciało. Nerwy zadźwięczały. Miękkość jego warg, ziołowe aromaty i dreszcz pocałunku zatańczyły w jej krwi. Oderwała się na ułamek sekundy, by zaczerpnąć powietrza, po czym znów się spotkali, rozkoszując się cudem chwili. Te miękkie i teraz coraz cieplejsze usta były balsamem dla jej duszy. Narastało zrozumienie, co ten pocałunek znaczył dla nich obojga, ale nie chciała myśleć. Chciała tylko czuć. Zostawić kłopoty i zasmakować radości. Choćby przez maleńką chwilę.

Jego ramiona objęły ją ciepło i czule. Jej uczyniły to samo, a palce zaczepiły się w loczkach na jego karku. Oboje oddychali już szybciej, od nadmiaru nowych doznań.

— Cudownie — powiedział, odrywając się i zerkając, czy nikt im nie przeszkadza.

Estelle chciała, żeby pocałunek trwał dalej; pragnęła więcej. A jednocześnie doceniała jego rycerskość. Czym innym były pogłoski, że może zostać panią na Ferndale Hall, a czym innym, gdyby ich tak nakryto — wtedy plotki byłyby o wiele bardziej szkodliwe.

— Chyba powinnyśmy posegregować rośliny — powiedziała Estelle, choć tak ją oczarowała jego przystojna twarz, że sama nie odwróciła się do stołu. Po prostu stali, patrząc na siebie z zachwytem.

Z zewnątrz dobiegł do warzelni głos pani Sykes, a kroki miała jakby celowo głośniejsze, jakby nie chciała przerwać tkliwej chwili. Gdy dotarła do progu, mówiła dalej i odwróciła się plecami do nich, by odwiesić kapelusz ogrodowy na haczyk. Felix skradł Estelle błyskawiczny całus, po czym podszedł do stołu i głośno oznajmił: — Pani Sykes, jak miło, że pani do nas dołączyła. Panna Baxter właśnie wychwalała naszych ogrodników i, rzecz jasna, panią również.

Estelle stłumiła śmiech dłonią.

Pani Sykes spojrzała na Estelle z ciepłym zadowoleniem. — To bardzo miłe z pani strony, panno Baxter! Mój Boże, cóż za wspaniały zbiór ziół. A pan, panie Yates... — posłała Felixowi surowe spojrzenie. — Będzie nam pan tu tylko zawadzał. Niech pan już idzie.

— Zejdę wam z drogi, pani Sykes, ale mam potworne wyrzuty sumienia, że sprowadziłem do Dworu pluskwy. Nie mogę zostawić całej pracy pani i pokojówkom, zwłaszcza w niedzielę. Co mogę zrobić?

Pani Sykes zmierzyła Felixa wzrokiem, po czym stwierdziwszy najwyraźniej, że mówi poważnie, skinęła z aprobatą. — To bardzo z pana strony, panie Yates. Trzeba napompować i nanosić mnóstwo wody. Może pan stanąć przy pompie.

— Z największą chęcią! — Felix ukradkiem ścisnął dłoń Estelle i ruszył do drzwi. — Proszę mi pilnować panny Baxter, pani Sykes. Proszę jej wszystko w Dworze pokazać!

— Może pan pozostawić ją w moich rękach, panie Yates. — Pani Sykes roześmiała się życzliwie, kręcąc głową, gdy wyszedł, po czym posłała Estelle przenikliwe, wszystko rozumiejące spojrzenie. — Istotnie, panno Baxter. Pokażemy pani teraz wszystko. Jestem pewna, że ta wiedza przyda się w przyszłości.

Estelle spłonęła rumieńcem.

Do żywego.

ROZDZIAŁ 15

Bitwa o Ferndale Hall

Do czasu kolacji Ferndale Hall pachniało bardzo intensywnie ziołami leczniczymi, ale nikomu to nie wadziło. Gdyby wybierać między wonnymi ziołami a hodowlą pluskiew w pościeli, wszyscy bez wahania woleliby rośliny przez każdy dzień tygodnia, Felix był tego całkiem pewien. Mięśnie miał przyjemnie obolałe po całym popołudniu przy pompie, ale wreszcie ustały żądania kolejnych wiader dla pralek i napompował jeszcze jedno, żeby wylać je sobie na spoconą głowę. Do tego czasu dawno już porzucił koszulę i marynarkę i wydawało mu się nawet, że widział Estelle zerkającą na niego z okna nad dziedzińcem przy pompie.

Zanim jednak mrugnął i przetarł oczy z wody, zniknęła.

Nie widział Estelle od chwili, gdy zostawił ją w zielarni, i łapał się na tym, że już tęskni za jej obecnością. Kiedy pojawiła się w progu salonu, w którym rodzina zwykle zbierała się przed kolacją, zerwał się z fotela i pośpiesznie podszedł, by ją wprowadzić.

— Dobry wieczór. Chciałabyś kieliszek sherry? Wyglądasz przepięknie. Miała na sobie śliczną suknię z żółto-białego, prążkowanego jedwabiu, ciemne włosy upięte wysoko na głowie, kilka loczków ujmująco okalało twarz. Policzki spłonęły jej rumieńcem na jego komplement.

— Sherry byłoby miło, dziękuję, panie Yates — mruknęła Estelle, a on odprowadził ją na sofę, by usiadła obok jego ciotecznej babki, po czym podszedł do kredensu po kieliszek.

— Mam tu dla Pana tonik Bernadette, lordzie Ferndale — powiedziała Estelle, a on odwrócił się, widząc, jak podaje jego dziadkowi zakorkowaną butelkę. — Dwie łyżeczki do kieliszka wina przy kolacji.

— Ależ dziękuję, moja droga! — Lord Ferndale przyjął butelkę. — Mam nadzieję, że nie zepsuje smaku wina.

Estelle się roześmiała. — Bernadette zapewnia, że ma ledwie wyczuwalny smak. Może za to wywołać senność, więc polecałabym udać się do sypialni wkrótce po kolacji.

— Zabiorę książkę do sypialni i poczytam tam zamiast siedzieć w bibliotece — oświadczył uroczyście lord Ferndale.

Felix podał Estelle sherry, a ona sączyła je z godną skromnością, podczas gdy Miss Yates zaczęła opowiadać rozmowę, jaką odbyła z jedną z pań z Hatfield po porannym nabożeństwie. Felix nie słuchał, zbyt zajęty wpatrywaniem się w Estelle, i musiał prędko zamaskować uchybienie manierom, gdy jego cioteczna babka rzekła: — Czyż nie uważasz podobnie, Felix?

— Ależ oczywiście, ciociu Florence — odparł pośpiesznie i przyłapał Estelle na ukrywanym pod uśmieszkiem rozbawieniu. Wiedziała, że nie słuchał, psiakrew! Ale tak trudno było się skupić, kiedy siedziała tuż przed nim i wyglądała tak ślicznie...

— Felixie, chciałbym, żebyś w tym tygodniu podjechał do farmy Benburych — odezwał się wtedy dziadek. — Przyszła wiadomość, że martwią się dachem. Nie możemy mieć przecieków, gdy zaczną się jesienne deszcze, więc zbadaj sprawę, dobrze? Bądź łaskaw.

Jazda do Benburych byłaby urokliwa, przez malowniczy las. Felix w tej samej chwili postanowił znaleźć w stajni odpowiedniego konia dla damy z siodłem damskim dla Estelle i zabrać ją na przejażdżkę nazajutrz. Wspaniała okazja, by pobyć sam na sam, a przy tym oprowadzić ją po majątku.

Okazja, by zostać sam na sam, nadarzyła się jednak prędzej, bo po kolacji zarówno cioteczna babka, jak i dziadek dość szybko się oddalili, zostawiając jego i Estelle naprzeciw siebie przy sprzątniętym stole jadalnym, ledwie siódma wybiła.

— Biblioteka? — zaproponował Felix, a Estelle skinęła głową.

Jakże serce mu wzleciało przy tym prostym geście. Zostawili drzwi do biblioteki szeroko otwarte, jak nakazywała przyzwoitość, ale i tak usiedli blisko siebie w wygodnych fotelach do czytania.

— Wiesz, że to mój ulubiony pokój w całym dworze — powiedziała Estelle. — Ale Żółty Apartament jest bardzo blisko na drugim miejscu.

— Ogromnie mnie to cieszy — odparł. — Biblioteka też jest niemal moim ulubionym pokojem.

— Niemal? — uśmiechnęła się, przekrzywiając ku niemu głowę, a jedno delikatne brwi uniosło się pytająco.

W głowie odegrały mu się wspomnienia ich cudownych pocałunków sprzed kilku godzin. — Ostatnio nabrałem wielkiej słabości do zielarni.

Oboje zachichotali cicho.

— Ale biblioteka mogłaby zostać moim ulubionym pokojem — podpowiedział z nadzieją.

Pochyliła się ku niemu na to zaproszenie, a on złożył pocałunek na jej miękkich ustach.

— Już jest — droczył się.

Rzucił spojrzenie ku drzwiom i nasłuchiwał kroków. Nic. Jakby cały dom dał im odrobinę prywatności. Gdy znów spojrzał na Estelle, jej lśniące oczy i cień uśmiechu zaprosiły do kolejnego pocałunku. Z radością spełnił prośbę.

Serce waliło mu o żebra, gdy ich usta się złączyły. Pasowali do siebie doskonale.

Do końca życia nie nacieszy się pocałunkami swojej ukochanej Estelle.

To.

Tak właśnie czuła się prawdziwa miłość. Zachwycająca, upajająca, a zarazem kojąco swojska. Wcale nie swędząca — tamta droga była zupełnie błędna.

To była miłość. Musiała nią być.

On, Felix Yates, był zakochany w Estelle Baxter.

I było to cudowne.

W holu rozległy się kroki. Zagrane z lekką przesadą, dla efektu. Estelle odsunęła się i udała, że czyta książkę. On zerknął w stronę drzwi i uśmiechnął się. To był pan Thorne, przyszedł zgasić świece w żyrandolu.

— Nie wiedziałem, że państwo jeszcze czytają — powiedział lokaj z ukłonem. Zwrócił się do Estelle jak do pani domu: — Czy życzy sobie Pani jeszcze jakiś poczęstunek, panno Baxter?

Estelle nieśmiało się uśmiechnęła i rzekła: — Dziękuję, panie Thorne, może trochę sherry? — Potem spojrzała na Felixa, a on skinął, że również chętnie.

Służba już obdarzała ją należnym szacunkiem, a ona radziła sobie z tym wspaniale. Będzie znakomitą panią tego domu.

Lokaj skinął i raz jeszcze się ukłonił. Wiedząc, że wkrótce wróci, Felix przysunął się do Estelle i skradli jeszcze jeden szybki pocałunek, po czym rozdzielili się, zanim ktokolwiek inny zajrzał. Gdy Thorne wrócił, przeglądali grzbiety na półkach, będąc ucieleśnieniem niewinności.

Kiedy Thorne stawiał sherry Felixa na pobliskim stoliku, mruknął: — Bardzo dobrze, proszę pana.

Nie mógł się oprzeć wrażeniu, że lokaj daje mu do zrozumienia, iż wszyscy aprobują Estelle.

— Panie Thorne, proszę przekazać służbie, że każdy, kto dziś musiał pracować dłużej z powodu... mojej nieroztropności, ma jutro wolne popołudnie. Nie pozbawię ich należnego dnia odpoczynku.

Thorne uśmiechnął się i odparł swoje zwyczajowe: — Bardzo dobrze, proszę pana.

Gdy Thorne wyszedł, Estelle odwróciła się do niego i rzekła: — To bardzo uprzejme z twojej strony.

Felix wzruszył ramionami. — Uprzejmiej byłoby

w ogóle nie przywlec pluskiew do domu. Powinienem był rozpoznać oznaki, bo już raz je miałem, w Grecji.

— Mimo wszystko, jestem pewna, że dlatego właśnie służba jest tak obowiązkowa. Pracują ciężko, ale wiedzą, że ich wysiłek jest doceniany.

— I słusznie — przytaknął Felix. Z satysfakcją wciągnął powietrze na myśl, jak wspaniale Estelle będzie niebawem nadzorować służbę. — To była moja wina. Spowodowałem kłopot, a inni musieli odrabiać za mnie. Źle mi z tym. Powinienem był pomóc bardziej.

To zaskoczyło Estelle. — Przecież cały dzień nosiłeś wodę i doprowadziłeś się do wyczerpania.

— Aha, czyli to rzeczywiście ty byłaś w oknie?

Estelle pięknie się zarumieniła, dając odpowiedź bez słów.

Zachichotał pod nosem, szczęśliwy, że ją przyłapał na obserwowaniu go. Naprawdę nie zamierzał się popisywać, ale praca rozgrzała go do czerwoności, a woda była na wyciągnięcie ręki. — Nie boję się ciężkiej pracy, kiedy trzeba — powiedział.

Skinęła głową i rzekła: — Widziałam to już, nie raz. I przykro mi, że na początku cię źle oceniłam.

— To już przeszłość — machnął ręką. — Cieszę się tylko, że nie jestem podobny do ojca. O, ten to się ciężkiej pracy bał.

Estelle ujęła jego dłoń i ścisnęła wspierająco, zachęcając go, by mówił dalej. Jej ręka w jego dłoni była tak doskonała. Tak właściwa.

— Niewiele widziałem, bo większość czasu spędzałem w dziecinnym pokoju, a potem byłem w szkole. Ale był strasznym utracjuszem. I moją matkę czynił okrutnie nieszczęśliwą. Kryła to, jak mogła, ale oznaki były widoczne.

Estelle skinęła ze szczerym zainteresowaniem, bez cienia litości. Właśnie takiego tonu potrzebował, by mówić dalej.

— Wyszła ponownie za mąż i jest teraz szczęśliwa, mieszka w Irlandii z drugim mężem. Chciałbym ją wkrótce odwiedzić, ale zarazem nie chcę zostawiać dziadka i cioci Florence tak prędko po powrocie. Oboje ogromnie podziwiam. I potrzebują mojej pomocy tutaj, w Dworzyszczu. Jutro wieczór mam iść z nim na posiedzenie rady miejskiej, i z tego, co słyszałem, układ sił nie jest po jego stronie.

Skinęła głową i docenił, że rozumie jego dylemat. — Lord Ferndale i panna Yates w ostatnich latach stali się także dobrymi przyjaciółmi mojej rodziny — zgodziła się Estelle. — Widzę, że oboje cieszą się z Pana powrotu do domu.

Sherry poszły w zapomnienie, gdy skradli sobie jeszcze kilka pocałunków. Każdy wydawał się doskonalszy i bardziej cudowny od poprzedniego. Przez moment był niemal wdzięczny, że przywlókł do dworu pluskwy, bo dzięki temu miał o wiele więcej czasu, by poznać Estelle. Felix mógłby spędzić całą noc w bibliotece, całując ją, i pewnie by tak zrobił, ale po pewnym czasie odsunęła się z nieśmiałym uśmiechem i zaczerwienionymi od pocałunków ustami i pożegnała go na dobranoc.

Przy śniadaniu dziadek Felixa tryskał świetnym humorem. — Najdroższa panno Baxter, proszę przekazać moje najszczersze gratulacje pannie Bernadette. Dawno tak dobrze nie spałem!

— Bardzo mnie to cieszy, tak jak na pewno ucieszy moją siostrę — Estelle rozpromieniła się do niego.

— Dobrze widzieć i Felixa wcześnie na nogach — rzekł lord Ferndale, zerkając na niego, gdy przerzucał żartobliwą szpilkę.

— Wczesne wstawanie dobrze robi duszy — odparł Felix na powitanie. Nalał ciotecznej babce herbaty, po czym to samo uczynił dla Estelle, dodając zaproszenie: — Panno Baxter, czy zechciałaby Pani pojechać dziś ze mną do Benburych? To urocza przejażdżka. Zapewniono mnie, że w stajni jest koń odpowiedni dla damy, a choć minęło już kilka lat, odkąd droga ciocia Florence przestała jeździć, jej siodło damskie wciąż jest w znakomitym stanie.

Wstrzymał oddech, czekając na jej zgodę.

— Dziękuję, z przyjemnością.

Dzięki Bogu. Bał się, że poprzedniego wieczoru zaszedł za daleko i że może mieć wątpliwości. Wspólna jazda pozwoliłaby mu pokazać Estelle granice dóbr Ferndale i zaprezentować ją dzierżawcom. Był pewien, że ją pokochają, tak jak kochała ją służba w dworze.

Ledwie godzinę później prowadzili konie brzegiem rzeki, pod cętkowanym cieniem buków i wiązów rosnących wzdłuż granicy.

— Jeździsz bardzo dobrze — zauważył Felix. — Choć, o ile pamiętam, mówiłaś, że ostatnio konia wynajmowałaś?

— Owszem, nie trzymamy własnych koni, ale miałam wiele sposobności do jazdy. Ojciec zabierał mnie ze sobą na wyprawy po książki po całej Anglii; byłam w wielu miejscach aż po Walię i Kornwalię, a raz nawet w Edynburgu! Zwykle podróżowaliśmy konno z mniejszymi jukami, bo tak szybciej. Gdy kupowaliśmy dużo książek, pakowaliśmy je do kufra i wysyłaliśmy przodem.

— A więc jesteś dobrze objeżdżona po świecie — podsumował Felix.

Jej głos zabrzmiał z nutą tęsknoty, gdy odparła: — Lepsze to niż u wielu panien, przypuszczam, ale nie nazwałabym „dobrze objechaną”, skoro nigdy nie opuściłam tej wyspy, zwłaszcza w rozmowie z dżentelmenem, który dotarł aż do Grecji!

Felix uśmiechnął się i pokręcił głową. — Przekonałem się, że ludzie wszędzie są podobni, choć mówią innym językiem. Ich motywacje nie różnią się wcale.

— To dość filozoficzne, Felixie.

— Cóż, byłem w Grecji, ojczyźnie starożytnych filozofów; coś musiało się udzielić!

Roześmiała się, a w jego piersi wezbrała radość. Piękny dzień, dobry koń i piękna kobieta, która śmieje się z jego żartów — czegóż mężczyzna mógłby chcieć więcej? Rozmowa płynęła im lekko i szczęśliwie. Często wybuchali śmiechem, gdy ciepły letni wietrzyk muskał ich twarze. Felix zaczynał wierzyć i mieć nadzieję, że Estelle naprawdę jest kobietą dla niego i dla Ferndale Hall.

Wkrótce wyjechali z lasu na pole dojrzewającego zboża.

— Tam, wzdłuż żywopłotu — wskazał Felix. — Za nic w świecie nie podeptałbym chłopu zasiewów.

Kilka minut później byli już przy domu, a Benburychowie pośpiesznie wyszli im na spotkanie. Felix zsunął się z siodła i podał wodze gospodarzowi, a Estelle pomógł zsiąść, rozkoszując się chwilowym ciężarem jej ciała w ramionach, zanim postawił ją na ziemi.

— A tóż to panna Baxter, prawda? — powiedziała pani Benbury, z uśmiechem badawczym, zerkając to na Estelle, to na Felixa. Skinęła drobnym ukłonem i dodała: — Witam z powrotem w Ferndale, panie Yates.

— Dziękuję, i rzeczywiście czuję się tu bardzo mile widziany — odparł Felix, zeskakując z konia i pomagając Estelle zsunąć się prosto w jego ramiona. Musiał szybko ją puścić, bo inaczej nie oparłby się pokusie, by ją pocałować nawet przy świadkach.

Estelle rozpromieniła się do gospodarzy. — Cóż za uroczy dom macie, pani Benbury! I dzień dobry, mała Mary.

Estelle przysiadła na piętach i dopiero wtedy Felix dostrzegł dziewczynkę skrywającą się nieśmiało za spódnicą matki, z kciukiem w buzi. — Myślę, że mam w kieszeni coś, co ci się spodoba... co to takiego? — Rozwinęła małą paczuszkę z olejoodpornej tkaniny, ukazując placek z dżemem, a oczy dziewczynki rozbłysły.

Felix uświadomił sobie, że Estelle już znała tę rodzinę. Wiedziała, że mała Mary Benbury jest nieśmiała i poszła wcześniej do kuchni, by wybłagać u Kucharki przysmak dla dziewczynki.

Nie musiał uczyć jej ani odrobiny o dobrach Ferndale. Znała tych ludzi lepiej niż on.

— To bardzo miłe z Pani strony, panno Baxter — powiedziała ciepło pani Benbury.

Mała Mary nieśmiało podziękowała Estelle i wpakowała placek z dżemem w buzię w całości. Felix ukrył uśmiech i zwrócił się znów do gospodarza, krzepkiego mężczyzny mniej więcej w jego wieku.

— Dziadek mówił, że macie kłopot z dachem. Pokaże mi pan?

— Aj, proszę pana, i dziękuję, że pan tak prędko przyjechał.

Pani Benbury zaprosiła Estelle do kuchni na szklankę świeżego mleka, podczas gdy Felix z panem Benburym wspięli się na strych obejrzeć uszkodzenia; dziesięć minut później zszedł i przyjął swoją szklankę mleka.

— Zgadzam się, Jacobie — zwrócił się do gospodarza. — Nie ma sensu kłaść nowych łupków, skoro belka tak butwieje, i tego sam pan nie zrobi. Postaram się zorganizować ludzi i nową belkę, i jeśli się uda, zrobimy to w ciągu tygodnia. Lepiej naprawić, zanim dalszy deszcz pogłębi szkody.

Estelle siedziała przy stole z małą Mary na kolanach; Mary pokazywała jej dwie słomiane laleczki i z przejęciem snuła opowieść. Felix czuł, jak mięknie mu serce, gdy na nie patrzył; potrafił wyobrazić sobie, jak cudowną matką będzie Estelle. Pragnął usłyszeć dziecięcy śmiech, gdy zjeżdżają po poręczach wielkich schodów w Ferndale Hall, tak jak on sam niegdyś. Stary dom potrzebował znów tchnąć życiem.

Estelle spojrzała na Felixa i uśmiechnęła się, po czym wskazała gestem na swoją górną wargę. Zamrugał zdezorientowany, po czym zrozumiał, że musiał mu zostać mleczny wąsik. Pośpiesznie wyciągnął chusteczkę i starł go.

Podziękowali Benburychom za gościnę i wsiedli na konie, by ruszyć w drogę powrotną. Gdy machali do małej rodziny, Estelle rzekła:

— Mary powinna mieć prawdziwą lalkę.

— Cóż, pani Ferndale mogłaby włożyć jedną do jej bożonarodzeniowego kosza z podarkami — podsunął łagodnie Felix.

— Istotnie, mogłaby — zgodziła się Estelle i uśmiechnęła do niego. — Zajmiesz się ich dachem?

— Oczywiście! Spotkam się dziś po południu ze stewardem dziadka. To powinno było zostać zrobione już dawno; myślę, że zarządzę przeglądy wszystkich zabudowań na dobrach. Trzeba dopilnować, by wszystkim dachy były szczelne przed zimą.

— Jesteś dużo bardziej odpowiedzialny, niż początkowo przypuszczałam — powiedziała Estelle. — Będziesz bardzo dobrym panem Ferndale... bez względu na to, kto będzie panią.

Urósł na jej pochwałę jak na drożdżach. Nikt dotąd nie powiedział mu czegoś takiego, aż w gardle zaschło mu niespodziewanie. — Dziękuję — wydusił.

Uśmiechnęła się do niego, po czym uśmiech nabrał figlarności. — Ścigamy się do tamtego wysokiego dębu — rzuciła i pochyliła się nad szyją konia, puszczając się kłusem, zanim zdążył zebrać wodze.

— Oszukujesz! — roześmiał się. — Dalej, Hannibalu, nie możemy dać pani wygrać, stawką jest nasz honor!

Koń chętnie rwał do przodu, ale Felix celowo go wstrzymał, by pozwolić Estelle wygrać, tylko dlatego, że chciał ją zobaczyć szczęśliwą, zarumienioną i roześmianą po zwycięstwie.

Szczerze mówiąc, zdawała się pięknieć z każdym jego spojrzeniem.

Gdy wrócili do Ferndale, ciocia Florence i pani Sykes powitały Estelle uśmiechami i dalszymi pytaniami o rozwiązanie „bieżącego problemu”, jak skromnie nazywały klęskę pluskiew.

Widok trzech kobiet współdziałających z taką zgodą jeszcze bardziej ogrzał Felixowi serce. Czy mógł istnieć wyraźniejszy znak, że Estelle jest nie tylko kobietą jego przyszłości, ale i kobietą dla Ferndale Hall?

Mógł mieć fantazje, jak łatwo będzie prowadzić Ferndale Hall — z Estelle u boku — lecz to popołudnie sprowadziło Felixa na ziemię z okropną szybkością. Baron Ferndale przewodniczył posiedzeniom rady miejskiej. Co oznaczało, że nie mogły się zacząć bez jego obecności, a on nie mógł wyjść, dopóki nie omówiono wszystkich punktów.

To miało stać się częścią niezbyt smacznej przyszłości Felixa.

Joshua Baxter był obecny, w swej poważanej roli sędziego pokoju. Pastor Milings również miał miejsce, jako przywódca duchowy miasteczka. Doktor Rasley także zasiadał w radzie, a obecność starego dżentelmena uświadomiła Felixowi, czemu posiedzenia zaczynają się po południu, a nie po kolacji — bo sam Rasley zaczął chrapać po pierwszej godzinie.

Czyż ktoś nie wspominał, że doktor Rasley nie chodzi do kościoła, bo poranki mu nie służą? Wyglądało na to, że wczesne wieczory również były ponad jego siły.

Oczywiście byli jeszcze trzej członkowie związani z jego

dziadkiem, w tym aptekarz pan Lennox, burmistrz oraz jeszcze jeden rajca, którego dziadek mianował. Ale stanowczo byli w mniejszości.

Felix nie mógł głosować, miał jedynie status obserwatora. Głosy wciąż rozkładały się pięć do czterech na korzyść frakcji Joshuy Baxtera. Minuty dłużyły się w godziny, wysysając z niego ostatnie pokłady pogody ducha. To był cenny czas, który mógł spędzać, całując Estelle.

Dziadek podniósł kwestię sprawozdania komitetu szpitalnego, które chciał odczytać i włączyć do protokołu. Poddano to pod głosowanie, ale przegrał, więc nie mógł nawet poruszyć sprawy.

Jak w tym miasteczku zrobić jakikolwiek postęp, skoro nie pozwalają nawet przeczytać sprawozdania?

Powrót powozem z dziadkiem był pełen frustracji. — Co za kolosalna strata czasu — zwierzył się Felix, gdy zasiedli bezpiecznie w karecie.

— Obejmując baronię, bierze się dobre z złym — rzekł jego dziadek.

— Nie sądziłem, że będzie aż tak źle — jęknął.

— Dziś było szczególnie marne — przyznał Grandpapa z ciężkim westchnieniem. — Zwykle przynajmniej głosują za odczytaniem sprawozdań z niektórych komitetów miejskich.

— Dlaczego ktoś miałby nie chcieć szpitala? — Tego Felix nie mógł pojąć i to go najbardziej doprowadzało do szału.

— Staruszek parsknął śmiechem. — Och, szpital chcą, tylko wysyłali mi wiadomość, że ma powstać na ich warunkach, tam, gdzie oni chcą. I obawiam się, że próbują przepchnąć zmiany w składzie komitetu szpitalnego, by włączyć więcej ich żon.

— Gra o wpływy? — Felix nie miał nic przeciwko dobrej intrydze. — Zgadnę: pani Baxter chce zasiadać w komitecie?

— Trafiłeś w sedno — zachichotał lord Ferndale.

Felix spojrzał przez okno karety i rzekł: — Pewnie poszłoby Panu lepiej, gdybym tam nie był.

— Niech się pan nawet nie waży szukać wymówek, żeby nie przyjść na następne — rzekł surowo Grandpapa. — Potrzebuję świadków ich obstrukcji.

Obaj się roześmiali, maskując to, że posiedzenia rady były do cna okropne i że bardzo przydałaby się im przebudowa. Wyobraź sobie blokować szpital, który mógłby pomóc każdemu w mieście, z powodu osobistych animozji! Felix nie mógł tego pojąć.

❧

We wtorkowy poranek przy śniadaniu Felix nie mógł się doczekać kolejnej przejażdżki z Estelle, by zwiedzać dalsze posiadłości Ferndale. Mogliby obejrzeć parę domów, sprawdzić przeciekające dachy lub wybite okna. I znaleźć chwilę na kilka pocałunków.

Estelle zgnieciona jego nadzieje mimochodną uwagą, że ich „drobny problem" jest już opanowany i że musi wracać do Hatfield i do sióstr.

Zimny dreszcz spłynął mu po żołądku. Zerknął na dziadka z nadzieją, że czyni to subtelnie, błagalnie. Za wcześnie, by wyjeżdżała. Nie mogła wrócić do miasta bez oświadczyn, a on był zbyt zajęty delektowaniem się jej towarzystwem i komplementami, żeby do tego przejść. Ale ze mnie bałwan!

Gdyby nie musiał iść na wczorajsze posiedzenie rady, może znalazłby na to sposób. To naprawdę była strata czasu.

Dziadek posłał mu miażdżące spojrzenie, że zmarnował okazję, potem chrząknął i zabrzmiał na pokonanego. — Strasznie mi przykro, panno Baxter, eee, jedna z naszych koni zaprzęgowych wróciła wczoraj wieczorem z Hatfield lekko kulawa. Czy nie miałaby Pani nic przeciwko, by zostać jeszcze jedną noc, tak tylko, by się upewnić, że jest zdrowa i pewna w kroku?

Co za potężne kłamstwo, pomyślał Felix i ukrył uśmiech za dłonią.

Dziadek dołożył grubo jak marmoladę: — Chyba że nie odpowiada Pani Żółty Apartament? Nie przypadł do gustu?

— Ależ skąd, lordzie Ferndale. Żółty Apartament jest zachwycający. Czuję się tu traktowana jak królewna.

Grandpapa skinął dobrodusznie. — Dobrze, bo zatrzymywał się tam i niejeden książę w podróży. Ale cieszę się, że odpowiada Pani standardom. — Ostatnie zdanie podał z uśmiechem, a Estelle cicho się zaśmiała i rozluźniła ramiona.

— Ach, jak Pan lubi żartować. Żółty Apartament jest przeuroczy i z największą chęcią zostałabym jeszcze jedną noc. Martwię się tylko o siostry, które muszą wykonywać i moje obowiązki, i swoje.

Potem Estelle spojrzała na Felixa i wyglądała na podejrzliwą wobec tego nowego opóźnienia, ale mimo to była pełna gracji w kwestii swoich warunków. Sięgnęła po kolejny kawałek tostu, a dziadek wstał z miejsca i dał znak, by stanęli oboje przy oknie.

Zniżywszy głos, lord Ferndale powiedział: — Nie możemy bez końca wymyślać kulawe wymówki.

— Ta jest dobra, możemy powiedzieć, że koń wciąż kuleje...

— Dosyć. Nie możemy jej tu trzymać bezterminowo. Zacznij się o nią starać, chłopcze.

Felix skinął głową i pojął, jak poważna jest to sprawa. Słońce jasno świeciło nad łąką, a tafla jeziora iskrzyła się blaskiem. Wpadł na pomysł i miał ochotę kopnąć się w kostkę, że nie zadziałał wcześniej.

Piknik z Felixem

Estelle nie słyszała dokładnie, o czym rozmawiali Lord Ferndale i Felix, ale miała całkiem słuszne podejrzenie, że to ona jest tematem, bo obaj co chwila zerkali na nią ukradkiem. Z pewnością żaden z nich nie był mistrzem subtelności... ani kłamstwa. Ani przez moment nie uwierzyła, że którykolwiek z ich koni jest kulawy. Nie w Ferndale. Mieli zbyt wielu dobrych ludzi dbających o zwierzęta i zapewne tyle koni, że nawet gdyby jeden się nadwerężył, byłoby czym go zastąpić. Ale nie mogła ich urazić, skoro tak się postarali, by czuła się dopieszczona.

Spała w pokoju, w którym wcześniej nocował książę? Nic dziwnego, że przespała noc jak zabita. Dzięki Bogu, że nikt nie korzystał z tego pokoju od tak dawna, iż ryzyko pluskiew było żadne.

Felix i Lord Ferndale stali przy oknie z głowami złączonymi, bez wątpienia knując jakąś urokliwą mistyfikację. Nie potrafiła się na nich gniewać za odrobinę zabawy. Nadzór nad posiadłością wymagał mnóstwa wysiłku i koordynacji. Jeśli po drodze znajdowali sposoby, by tworzyć chwile radości, życie stawało się o tyle przyjemniejsze.

Uwielbiała ich towarzystwo, a także towarzystwo Miss Yates. Czuła się też całkowicie mile widziana przez służbę, tak życzliwą i pełną szacunku. Niestety, to tylko wzmagało jej poczucie winy, że porzuciła siostry i zostawiła im prowadzenie księgarni.

A jeśli przyszły kolejne rachunki?

A jeśli zjawił się kuzyn Joshua?

Jakby czytając w jej myślach, Felix odwrócił złotą głowę i uśmiechnął się do niej. — Panno Baxter, wygląda na to, że czeka nas kolejny piękny dzień. Poprosimy służbę o przygotowanie pikniku?

Estelle nie pamiętała, kiedy ostatnio pozwoliła sobie na tak uroczy zwyczaj. A kiedy znów będzie miała okazję? Stłumiła narastające poczucie winy.

Jeszcze tylko jeden dzień. Tyle sobie pozwoli.

— Dziękuję, to bardzo miłe z pańskiej strony. Będzie mi ogromnie miło.

Lord Ferndale szturchnął Felixa łokciem.

Co też ci panowie knuli?

Szybko się dowiedziała, gdy ruszyła za Felixem na uroczy spacer wzdłuż rabat jednorocznych aż nad jezioro. Nie niósł kosza piknikowego, co kazało jej się zastanowić, czy przypadkiem piknik nie był tylko pretekstem, by pójść w tym kierunku?

Dotarli do przystani i zastali służbę, która przygotowywała sielskie miejsce pod wierzbą rosnącą przy jeziorze. Felix poprowadził ją na krótki pomost, gdzie łódź wiosłowa była wyłożona kocami i poduszkami, a duży parasol miał chronić jej twarz przed słońcem.

Było doskonale i wciąż miała wrażenie, że śni, bo wszystko było aż tak idealne.

Felix wyciągnął dłoń, by pomóc jej wsiąść. Ciepło rozlało się po jej żyłach na ten życzliwy, delikatny dotyk i nie spieszyło jej się, by puścić jego rękę. Łódź lekko się zakołysała, lecz wkrótce Felix siedział już naprzeciwko. Otworzył parasol dla niej, bo mieli zaraz wypłynąć na środek jeziora, gdzie cień nie sięgał.

Estelle rozsiadła się wygodnie i zanurzyła dłoń za burtę, pozwalając wodzie łaskotać palce. Jeśli istnieje lepsza definicja błogości, jeszcze jej nie poznała. Przez kilka następnych chwil zapamiętywała każdy detal. Zapach świeżo skoszonej trawy w powietrzu, ciepło dnia, przystojnego, jasnowłosego dżentelmena, który łagodnie ich wiosłował. Gdy wypłynęli na słońce, parasol spełniał swoje zadanie. Jednak Felix i jego złote loki byli w pełnym słońcu. Ku jej uciesze zdjął marynarkę, po czym podwinął rękawy koszuli, odsłaniając imponująco opalone przedramiona. Nie powinna była tak się na nie zapatrywać, lecz czuła, że pokazuje się właśnie jej, i tylko jej, gdy pociągał za wiosła, a mięśnie falowały.

Nie zdołała powstrzymać uśmiechu, który rozjaśnił jej policzki. Kusiło ją, by spojrzeć w stronę dworu i sprawdzić, czy Lord Ferndale albo Miss Yates ich obserwują, lecz się powstrzymała, woląc patrzeć na Felixa.

— To przemiłe, dziękuję — powiedziała Estelle. Tak rzadko w życiu miała okazję naprawdę odpocząć i pławić się w drobnych luksusach. Wypędziła z głowy wszystkie myśli o księgarni. Nawet Crafty poszedł w niepamięć na moment.

Felix zawiosłował ich w ustronne miejsce za kilkoma drzewami, które zasłaniały widok na Ferndale Hall i na służbę krzątającą się przy pikniku.

Odłożył wiosła i przez chwilę dryfowali w błogim spokoju.

Potem sięgnął po marynarkę i Estelle westchnęła, uświadamiając sobie, że być może zaraz znów zakryje ramiona i to piękne widowisko się skończy.

Nie zrobił tego. Zamiast tego wydobył coś z kieszeni i ostrożnie przemieścił się w łodzi, dbając o równowagę, by nadmiernie nią nie kołysać. Po czym uklęknął przed nią.

Estelle wyprostowała się i upuściła parasol. Na szczęście spadł do łodzi, a nie do wody.

Łódź lekko się zachwiała przy jej gwałtownym ruchu, lecz wkrótce znów złapali równowagę. Oby tylko jej serce potrafiło tak szybko się uspokoić! Puls dudnił jej w uszach, zagłuszając słowa. Mówił coś niezwykle poważnego, wyciągając bransoletkę z pereł, która wyglądała na bardzo starą. Jakby była rodzinną pamiątką Ferndale.

Czas zwolnił. Przełknęła ślinę i aż zatkały jej się uszy. Wreszcie doszły ją jego słowa — najważniejsze zdanie dotarło wyraźnie.

— ... zaszczycisz mnie, wychodząc za mnie?

W gardle jej zaschło. Twarz zapłonęła radością i zakłopotaniem. Musiał wygłosić tak ładną przemowę, a ona ledwie co z niej usłyszała.

— Mam nadzieję, że to nie jest dla ciebie zupełnym zaskoczeniem? — powiedział, a jego wyraz twarzy przygasł.

O rany, pomyślał, że mu odmawia? — Nie.

— To nie dlatego, że to nie było zaskoczenie, czy

jednak... nie na to drugie, bardzo ważne pytanie? — czekał na odpowiedź wyraźnie przejęty.

— Daj mi chwilkę, żebym mogła złapać oddech — wydusiła. Chciała, by ta chwila była idealna. Piękny dzień, iskrzące się światło tańczące na jeziorze, złoty mężczyzna, którego widziała już dwukrotnie bez koszuli, ta niezwykła posiadłość... i tak, pieniądze oraz bezpieczeństwo, które się z nią wiązało. Wszystko, czego mogła pragnąć i potrzebować teraz i w przyszłości, było jej ofiarowane. Jej uczucia do Felixa były prawdziwe. Dobre uczucia, a jeśli to jeszcze nie miłość, to, jak zaczynała sądzić, bardzo się do niej zbliżały.

Wystarczy, że poślubię tego przystojnego, uroczego, pełnego radości mężczyznę.

Biorąc pod uwagę korzyści, jakie ich małżeństwo przyniesie jej siostrom i ile szczęścia sprawi wszystkim — i ją samą również — byłoby samolubstwem i głupotą, gdyby mu odmówiła.

— Tak — powiedziała. — Tak, Felixie Yates, wyjdę za ciebie.

Felix osunął się z ulgą, przez co łódź zabujała.

Oboje roześmiali się razem z ulgi i szczęścia, gdy łódź znów się ustabilizowała.

Felix wciąż wyciągał do niej bransoletkę i powiedział: — Szczerze myślałem, że serce mi stanie i że fatalnie odczytałem sytuację.

— Ależ skąd. Po prostu musiałam zapamiętać wszystko z tej chwili.

— Ja na pewno prędko jej nie zapomnę — odparł, zapinając bransoletkę na jej nadgarstku. Na jej skórze aż jaśniała, rodowe perły mieniły się blaskiem. Słońce wlało się jej w duszę. Felix ujął jej dłoń i ucałował palce. Spojrzał na nią spod rzęs, a jej serce aż zadrżało.

Ostrożnie, by zanadto nie rozkołysać łodzi, pochylili się ku sobie i przypieczętowali jej zgodę pocałunkiem.

Ciepło rozkwitło w Estelle od tego dotyku. Nigdy, dopóki żyje, nie zapomni tej magicznej chwili.

— Tak strasznie mocno cię kocham — powiedział z drżącym oddechem, gdy oderwali usta. — Uczynię z tego cel mojego życia — dbać o twoje szczęście.

Ujęła jego przystojną twarz w dłonie i pocałowała go jeszcze raz, na wszelki wypadek. Ich usta pasowały do siebie idealnie. Stworzeni dla siebie.

— Już podarowałeś mi ogrom szczęścia. Bycie twoją żoną, Felixie Yates, nie będzie żadnym wyrzeczeniem.

Piknik minął w rozkosznej mgle szczęścia — służba wszystko przygotowała, po czym dyskretnie się oddaliła. Niewiele zjedli, zadowalając się tym, że są razem i mogą rozkoszować się tą chwilą.

I tyloma pocałunkami.

Zakończyli posiłek wcześniej, a Felix odnalazł po drugiej stronie małej szopy na łodzie dwóch ludzi ze służby. Powiedział, żeby i oni skorzystali z tego, co zostało.

Estelle trzymała Felixa za rękę i razem wrócili do Dworu, by przekazać Lordowi Ferndale i Miss Yates wspaniałą nowinę.

Ku radości Estelle Lord Ferndale był zachwycony, a Miss Yates uściskała i ucałowała ich oboje. Udawali nawet zaskoczenie tym obrotem spraw, utrzymując, że to było — tak nagle, chociaż Estelle była niemal pewna, że dobrze wiedzieli o planach Felixa. Pewnie musiał wyjąć tę rodową bransoletkę z sejfu Lorda Ferndale, by jej ją podarować.

Świętowali winem i sherry z piwnic, a Lord Ferndale wzniósł toast za szczęśliwą parę.

Lord Ferndale rzekł: — Z Pani będzie znakomita pani na Ferndale Hall. I cieszę się, że Felix uznał, iż bransoletka trafiła w odpowiednie ręce.

— Jest przepiękna. Będę ją zawsze pielęgnować — powiedziała Estelle.

— To była bransoletka mojej babci — powiedziała do Estelle Miss Yates. — Lady Elizabeth. To ta na tamtym portrecie, złotowłosa, podobna do Felixa. Uznał, że to bardzo stosowne, byś to ty ją miała.

— Jestem niezmiernie zaszczycona, Miss Yates. — Estelle miała ochotę rozpłakać się na myśl, jak wiele ta bransoletka znaczyła — jej przyjęcie do rodziny.

— Ależ proszę, jesteśmy teraz jak rodzina. Mów mi Ciocia Florence.

Estelle była o krok od prawdziwych łez szczęścia. Buzia bolała ją już od uśmiechu.

— Chodź ze mną — powiedziała cicho Ciocia Florence do Estelle, gdy Felix i Lord Ferndale byli zajęci klepaniem się po plecach. — Mam dla ciebie jeszcze coś, moja droga.

Estelle chętnie się zgodziła. Poszła za Miss Yates na pierwsze piętro, a potem jeszcze wyżej. Następnie Miss Yates poprowadziła ją w dół wąskiego korytarza i otworzyła kluczem drzwi na jego końcu, za którymi kryły się kolejne schody.

Dobrze, że Estelle nie wypiła zbyt wiele wina, przy tylu

schodach do pokonania — a potem trzeba będzie jeszcze zejść na dół.

— Dokąd my właściwie idziemy? — spytała z zaciekawieniem, gdy Miss Yates zaczęła się wspinać.

— Na strychy. Jest tu coś, co chciałabym ci dać.

Wątpiła, by jakiekolwiek pomieszczenie w Ferndale Hall pozwolono zaniedbać, ale strychy rzeczywiście zdradzały oznaki rzadkiego użytku. Powietrze było tu nieruchome, gęste od patyny lat, kilka mebli ukryto pod holenderskimi pokrowcami, kufry i pudła piętrzyły się przy ścianach.

— Tutaj. — Miss Yates przywołała Estelle do dużego, skórzanego kufra. — Pomóż mi unieść wieko, skarbie.

Wspólnie odpięły skórzane pasy i podniosły wieko, a Miss Yates odsunęła prosty płat białego lnu leżący na wierzchu zawartości. — O, proszę — powiedziała staruszka z zadowoleniem. — W idealnym stanie.

Kufier był z cedru i pachniał nieco kamforą, najwyraźniej używaną, by trzymać mole z daleka. Estelle przez moment wpatrywała się w zawartość, nim zrozumiała, na co patrzy.

— Czy to jest *jedwab*, Miss Yates? — Złożone płaty jedwabiu, w ponad tuzinie barw i odcieni, jedne gładkie, inne wzorzyste lub haftowane — wszystkie, w ocenie Estelle, bardzo, bardzo kosztowne.

— Istotnie. Pięćdziesięcioletni, w tym roku, ale nigdy nieużywany. — Miss Yates wyjęła płat szmaragdowozielonego jedwabiu i rozłożyła go, ukazując, że musi być tam co najmniej osiem jardów tej delikatnej tkaniny. Falował i błyszczał w słońcu wpadającym przez okno strychowe i rozświetlającym ścieżkę pyłków.

— Skąd on się tu wziął? — spytała Estelle.

— Miał wejść w skład mojego wyprawnego. — Miss Yates uśmiechnęła się lekko smutno, po czym sięgnęła, by owinąć Estelle szmaragdem, układając z niego zarys sukni.

— Och. — Estelle nie chciała wścibiać nosa, ale Miss Yates i tak opowiedziała jej ciąg dalszy.

— Byłam kiedyś zaręczona. Uroczy młody mężczyzna, którego poznałam w Londynie. Oświadczył mi się w jasny letni dzień, bardzo podobny do dzisiejszego. Mieliśmy pobrać się na św. Michała, a mama zabrała mnie do Londynu; kupiłyśmy wtedy ten jedwab i przywiozłyśmy go do domu, planując uszyć nowe suknie do mojego życia jako mężatki. Ale nim zdążyłyśmy choćby zacząć krojenie, nadeszła wiadomość: mój Henry spadł z konia na pierwszym polowaniu sezonu i... odszedł.

— Bardzo mi przykro — powiedziała cicho Estelle. Życie potrafi być okrutne, niezależnie od tego, w jakim komforcie ktoś się urodził.

Miss Yates podniosła kolejny płat jedwabiu, tym razem złocistożółty, i przyłożyła go do siebie. Jej wyblakłe błękitne oczy odpłynęły gdzieś daleko, w pamięci innego czasu.

— Mogłam wyjść za innego — rzekła tonem raczej uspokajającym niż przechwalającym się. — Miałam okazje i propozycje, lecz żaden z panów nie sprawiał, by serce biło mi tak szybko, jak mój Henry. — Miss Yates otuliła ramiona złotym jedwabiem i uśmiechnęła się, a w łuku jej ust i wysokich kościach policzkowych Estelle zobaczyła wielkie piękno Florence Yates sprzed pięćdziesięciu lat.

— Mój brat nigdy mnie nie naciskał, a on i droga Emily, niech Bóg ma ją w opiece, nigdy nie dali mi odczuć, że powinnam opuścić Ferndale. Miałam dobre życie, panno Baxter, niech mi pani nie współczuje. Ale ten jedwab leży niewykorzystany już wystarczająco długo. Chcę, żebyś go miała, inaczej będzie tu próchniał kolejne pięćdziesiąt lat!

Estelle nie miała żadnej możliwości, by odmówić po tak przejmującej opowieści. Zamiast tego podeszła i rozłożyła ramiona, a Miss Yates przyjęła uścisk, opierając głowę na ramieniu Estelle. Stały tak, tuląc się mocno, otulone w długie płaty jedwabiu, aż chrząknięcie u schodów wywołało u Estelle uśmiech.

— Naprawdę poszedłeś za nami aż tutaj, Felix? — zapytała.

— Ledwie wytrzymuję, gdy nie widzę cię dłużej niż kilka minut — przyznał wesoło. Od tych słów uśmiechała się tak szeroko, że będzie ją bolała twarz przez tydzień.

Felix podszedł bliżej, patrząc na nie szeroko otwartymi oczami, i zapytał: — Cóż to wszystko znaczy?

— Mój ślubny podarek dla twojej narzeczonej — odparła żwawo Miss Yates, puszczając Estelle. Estelle udała, że nie widzi, jak starsza pani ociera oczy. — Czyż nie wygląda w tej zieleni zjawiskowo, Felix? Wydobywa zieleń z jej oczu.

— Uwielbiam Estelle w zieleni — przyznał — choć muszę dodać, że nigdy nie widziałem, żeby w jakimkolwiek kolorze wyglądała mniej niż pięknie. Jestem przekonany, że nawet worek z juty potrafiłaby nosić z wdziękiem.

— Juta, doprawdy! — prychnęła Miss Yates, uśmiechając się do niego z czułością. — Dla przyszłej Lady Ferndale tylko to, co najprzedniejsze, ty łobuziaku!

— Na to wygląda — zgodził się Felix, zerkając do kufra.

Jego brwi powędrowały w górę, a spojrzenie przesunęło się ku Estelle. Widziała, jak w myślach przelicza wartość zawartości kufra.

Kusiło — och, jak kusiło — by pomyśleć o sprzedaniu jedwabiu, choćby części. Mogłaby od ręki spłacić osiemdziesiąt funtów bankowi, ale Estelle nie zrobiłaby Miss Yates takiej zniewagi. Nie po to był ten dar.

— Tutaj musi być dość jedwabiu na dwadzieścia sukien — powiedziała zamyślona. — Czy byłoby dobrze, Miss Yates, gdybym kazała uszyć po sukni lub dwóch także dla każdej z moich sióstr?

Miss Yates wydała zabawny syk, jakby pytanie było niedorzeczne. — Oczywiście, moja droga; cóż za urocza myśl! A będziesz potrzebować także bawełny i muślinu na halki i podszewki; kup je w sklepie z tkaninami, a ja wyślę im liścik, by rachunek wpisano na mnie.

Estelle próbowała się wzbraniać, ale każde jej słowo tylko podsycało hojność Cioci Florence i Felixa. Im bardziej starała się przytrzymać ich przy zdrowym rozsądku, tym mocniej dwoje tych ludzi było zdeterminowanych, by obsypywać ją darami. Musiała się uszczypnąć nie raz, by nie dać się ponieść temu nowemu światu ślicznych rzeczy, skoro jej codzienność w Hatfield była od niego tak daleka.

Kiedy zeszli już z powrotem po schodach ze strychu, a Felix posłał dwóch lokajów, by zniesiono kufer, Miss Yates zdołała jeszcze oznajmić, że kupuje tyle nowych pantofli, rękawiczek i kapeluszy, ile Estelle może potrzebować do nowych sukien — i wystarczy też dla jej sióstr.

Druga skrzynia

Estelle mogłaby wrócić do domu, unosząc się w bańce szczęścia. Karetka z Ferndale była bardzo blisko tego ideału. Felix, jego dziadek i cioteczna babka zostali w Ferndale Hall, by przygotowywać wesele, a ona sama pojechała do Hatfield.

Weszła do księgarni i zabrzmiał dzwoneczek. Louise podniosła wzrok zza lady i zapiszczała z radości. Po chwili były już w swoich objęciach, ściskając się, jakby rozdzieliły je miesiące, a nie kilka dni.

— Oświadczył ci się? — zapytała Louise.

Gorąco oblało twarz Estelle.

Marie weszła, lamentując: — Musisz być taka głośna, Lou? — Potem zobaczyła, że Estelle wróciła, i zarzuciła ramiona na nie obie. — No dobrze, wolno ci piszczeć, kiedy to takie dobre wieści. Myślałam, że weszłaś w to, co po Craftym zostało.

Zamieszanie przywiodło do księgarni Bernadette i panią Poole i wszystkie cztery na raz próbowały uścisnąć Estelle.

— Dziewczęta, dziewczęta — powiedziała pani Poole. — Dajcie Estelle odetchnąć. — Mimo że sama nieźle dołożyła do tego ścisku.

Miłość sióstr przepełniła ją radością. Estelle promieniała i już miała opowiedzieć wszystko we właściwej kolejności, kiedy Bernadette wypaliła: — On się oświadczył, prawda?

— Tak — przytaknęła Estelle, uznając, że nie ma szans, by rozmawiać z sensem. Porwana szczęściem, przytuliła siostry jeszcze raz. Tym razem każdą z osobna.

Louise ujęła Estelle za ramiona i powiedziała: — Przyjęłaś, prawda? Tak?

Przez ułamek chwili zastanowiła się, czy nie zażartować, ale nie miała serca. Zresztą uśmiech na twarzy i tak ją zdradzał. — Tak — potwierdziła.

Obsypały ją miłością i gratulacjami. Wtedy Bernadette dostrzegła bransoletkę na jej nadgarstku i zapiszczała, każąc jej unieść rękę, by mogły ją podziwiać.

— Poczekajcie, aż zobaczycie podarunek od panny Yates — powiedziała Estelle z szerokim uśmiechem. — Tym prezentem mogę się z wami podzielić.

— Gdzie to postawić, panna Baxter? — Dwaj lokaje, którzy jechali z tyłu powozu, wtaszczyli kufer pełen jedwabiów przez wąskie drzwi księgarni.

— Nie wtaszczymy go na górę. Postawcie go tutaj, za ladą, a my go opróżnimy. Poprosimy pana Thomasa z sąsiedztwa, żeby przechował kufer, dopóki nie odwieziecie pustego z powrotem do Ferndale — zdecydowała Estelle.

Wszystkie aż kipiały z ciekawości, co kryje się w środku. Estelle równie niecierpliwie pragnęła się tym podzielić. Zapanowała nabożna cisza, gdy uniosła wieko kufra. Marie wyciągnęła dłoń, by z zachwytem pogładzić bladoróżowy jedwab wyszywany drobnymi białymi kwiatuszkami.

— To najpiękniejsza rzecz, jaką kiedykolwiek widziałam — wyszeptała niemal Marie. — Skąd panna Yates ma te materiały?

— To na jej wyprawę. Mają pięćdziesiąt lat, wyobrażacie sobie? — Estelle opowiadała siostrom nieco wzruszającą historię panny Yates, kiedy zadźwięczał dzwonek u drzwi, a zabrzmiał głos, którego najmniej chciała teraz słyszeć:

— Cóż wy tam oglądacie, dziewczęta?

Estelle trzasnęła wiekiem kufra, o mało nie przycinając palców Louise, i odwróciła się, zmuszając uśmiech na usta. — Ależ to kuzyn Joshua. I kuzynka Phoebe. Cóż za miła niespodzianka. — Trzymała nadgarstek z perłową bransoletką poniżej poziomu lady. Nie była jeszcze gotowa, by kuzyni dowiedzieli się o jej zaręczynach.

— Dostaliśmy od ojca kolejną dostawę książek — powiedziała rzeczowo Marie. — Dowód, że ma się zupełnie dobrze.

Co za bzdura, i to zupełnie nie w stylu Marie! Ona zawsze była skrupulatnie uczciwa. Estelle zerknęła na siostrę ukradkiem, ale wyraz twarzy Marie był gładki i niesplamiony troską.

Kuzyn Joshua natomiast wyglądał, jakby nad jego głową zawisła czarna chmura. Pofukał, pofukał, po czym odwrócił się na pięcie i wyszedł, a Phoebe zatrzepotała za nim.

Wszystkie odetchnęły z ulgą. Dzięki niebiosom nie zapowiadało się na przeciągającą się scysję jak poprzednimi razy. Estelle była zbyt przepełniona szczęściem z powodu zbliżającego się ślubu z Felixem, by pozwolić komukolwiek to zepsuć. Zwłaszcza Joshuie.

— No proszę, pozbyłyśmy się go, zanim zdążył wypatrzyć jedwabie, ale co za kłamstwo, Marie! — Estelle spojrzała na siostrę z osłupieniem. — Nie sądziłam, że to w tobie siedzi.

— To nie było kłamstwo. Wczoraj przyszła kolejna skrzynia książek od ojca — uśmiechnęła się Marie. — Tyle że już je rozpakowałyśmy i wyniosłyśmy na górę. Właściwie nie powiedziałam kuzynowi Joshuie, że właśnie to oglądamy.

— Był list? Gdzie on teraz jest? — spytała z przejęciem Estelle.

— Żadnego listu — skrzywiła się Marie. — Przynajmniej takiego, którego byśmy znalazły. Myślałam, że może któryś jest wsunięty do którejś książki i jeszcze go nie znalazłyśmy, dlatego wszystko zniosłyśmy na górę. Nie chciałyśmy przypadkiem sprzedać książki z listem w środku.

Bernadette i Louise znów otworzyły kufer i gapiły się na jedwabie. Estelle uśmiechnęła się do nich. — Chcę, żebyście wybrały sobie po dwa. Powiedziałam o tym pannie Yates i uznała, że to cudowny pomysł, byście miały po trochę na nowe suknie, a tego jest tu na dwadzieścia kreacji.

— Co najmniej — przytaknęła Louise, podnosząc cudny szałwiowozielony jedwab. — Jesteś naprawdę pewna, Estelle?

Znikąd pojawiła się Crafty i wskoczyła do pudła z materiałami.

Wszystkie zaczęły na kota krzyczeć, żeby wyszedł, gdy ten tarzał się i dokazywał.

Pani Poole capnęła kota, a Marie delikatnie wysupłała jedwab z jego pazurów, nie prując nitek.

— Oczywiście, że jestem pewna — Estelle objęła Louise w pasie. — Będziesz przepięknie wyglądać w tej zieleni. Możesz ją założyć na mój ślub.

— No dobrze, wnieśmy to wszystko na górę — ucięła praktycznie pani Poole, przeganiając Crafty. — Rozłożymy to na razie w pokoju waszego ojca, żeby kot nie właził, a wy pomyślicie, jakie fasony chcecie. Znam kilka dziewczyn, co szyją równym ściegiem, ucieszą się z roboty przy twojej wyprawie, Estelle.

— Och, ale nas na to nie sta... — Estelle urwała, zamyślając się. Ciągle miały na głowie ratę kredytu, ale... poprosić Felixa o pieniądze? Skoro byli zaręczeni, nie brzmiało to już tak okropnie. W końcu wprost ją prosił, by pozwoliła sobie pomóc, a prawdziwa pomoc, jakiej potrzebowała, była finansowa.

Bernadette powiedziała: — Będzie nam cię brakowało, gdy wyjdziesz za mąż, ale będziesz tylko w Ferndale Hall, toż to godzina drogi. I zastanawiałam się jeszcze... — uśmiechnęła się i zawiesiła głos — czy lord Ferndale bardzo miałby coś przeciw, gdybym posadziła trochę ziół w jego ogrodzie? Szklarnie nadają się do imbiru.

Lousie i Marie udawały, że mierzą materiały, ale zamilkły, więc musiały nasłuchiwać odpowiedzi.

Estelle zamrugała, nieco zdezorientowana. — Cóż, ja... nie wyobrażam sobie, żeby Felix i ja mieli się tak prędko przeprowadzić do Ferndale Hall...

— A niby dlaczego nie? — odcięła Bernadette.

— Wcale o tym nie myślałam. Ferndale prowadzi lord

Ferndale, a panią domu jest panna Yates. Nie śmiałabym zakładać, że Felix i ja będziemy tam potrzebni, dopóki lord Ferndale żyje, a oby długo jeszcze. A tak przy okazji, dziękował ci najgrzeczniej za twój tonik.

Bernadette rozkwitła po tym komplementu, ale zaraz spoważniała. — Nie można oczekiwać od panny Yates, że będzie dźwigała ten ciężar jeszcze długo. Ma prawie siedemdziesiąt lat.

Tymczasem Louise przycisnęła kremowy jedwab do bardziej żywego błękitu i aż westchnęła z zachwytu nad tym połączeniem, zadowolona: — Och, tak.

Marie powiedziała: — Ma rację. Panna Yates zrobiła w Ferndale więcej niż trzeba, należy jej się więcej wytchnienia.

— Nie wybiegajmy przed orkiestrę. Mają panią Sykes, bardzo zaradną — odparła Estelle, a w głowie zahuczało jej od wyobrażenia nowych obowiązków. Jak miałaby doglądać Ferndale Hall i jednocześnie księgarni?

— A więc te książki, które przyszły — zmieniła temat — Marie, mogę je zobaczyć?

— Oczywiście — Marie starannie złożyła jedwab, który trzymała, i odłożyła go do kufra. — I trzymaj Crafty z daleka! — Mocno zatrzasnęła wieko.

— Skoczę do sąsiada po pana Thomasa — zarumieniła się lekko pani Poole, ale powstrzymały się od droczenia. — Poproszę, żeby wtaszczył to na górę do pokoju pana Baxtera.

Na górze Estelle i Marie przeglądały stos książek, biorąc je kolejno do rąk i delikatnie potrząsając, zanim odłożą do odpowiedniej kupki. Marie już zaczęła sortowanie.

— Ta sterta pójdzie do wykazu w naszej następnej reklamie w The Times. Są tu cenne tytuły, o które upomną się kolekcjonerzy. Ta sterta — na półki w sklepie, a ta — do oprawy dla Louise.

Niech błogosławione będą organizacyjne talenty Marie. Naprawdę znała się na tytułach. Wiele z nich było po francusku, a gdy ostrożnie odwracały książki grzbietem w dół, licząc, że wypadną listy, Estelle mignęły ilustrowane karty.

— O, dobry Boże! — To nie jej wina, że książka otworzyła się akurat na barwnej rycinie, od której zaczerwieniła się od czoła po palce u stóp.

Marie zerknęła i zachichotała. — Chyba trzeba zrobić osobną kupkę na książki trzymane pod ladą.

Nerwowy chichot znowu się wyrwał, gdy pracowały dalej. Kiedy Marie wytrzepała ostatnią książkę, westchnęła z rezygnacją. — Żadnego listu.

Estelle dołączyła do rozczarowania. — To takie frustrujące.

— Przynajmniej są książki i wiele z nich sprzedamy na zamówienie, więc ojciec się spisał.

— Ale bez listu skąd wiemy, kiedy je wysłał? — zapytała Estelle.

Marie usiadła i zamyśliła się. — Liczyłaś na to, że poprowadzi cię do ołtarza.

Estelle skinęła, a oczy zaszczypały ją gorącem. — A nie mamy pojęcia, kiedy wróci.

Marie poklepała ją po dłoni. — Trudno, będziesz musiała pozwolić, by następny w kolejności spełnił ten obowiązek.

Estelle pokręciła głową. — Następny w kolejności to...

— Kuzyn Joshua! — powiedziały jednocześnie.

Estelle zadrżała.

Marie, niech ją diabli, zachichotała z uciechy. — Wyobrażasz sobie, jak bardzo będzie go to bolało? W chwili, gdy cię odda, przeskoczysz go w hierarchii! I będzie musiał się pilnować, bo cały Hatfield zobaczy każde jego przewinienie.

— O rany! — Estelle wzięła uspokajający oddech. — Powinnyśmy przełożyć ślub do czasu, aż ojciec wróci. — Brzmiało to lojalnie, choć z każdą godziną robiła się coraz czulsza na Felixa i zastanawiała się, jak prędko mogliby stanąć na ślubnym kobiercu.

— Nawet się nie waż. Zamierzam z rozkoszą patrzeć, jak Joshua i Phoebe się wiotczą, zmuszeni składać ci gratulacje przez zaciśnięte zęby.

— Może akurat wyjadą?

Marie spoważniała. — Nie sądzisz, że zgłoszą sprzeciw do zapowiedzi?

Nie sposób było przewidzieć, jak podły potrafi być kuzyn Joshua. — Felix dziś po południu idzie do pastora Millingsa, żeby pierwszą zapowiedź przeczytać w tę niedzielę.

— Stary Brimstone będzie prowadził nabożeństwo?

Estelle skrzywiła się, rozpoznając prywatne przezwisko, jakie wielu nadawało miejscowemu wikaremu. — Pewnie tak.

Marie usiadła obok Estelle i szturchnęła ją przyjaźnie. — Sama ceremonia może być czymś do przetrwania, ale potem zostaniesz panią Felix Yates i, jeśli nie formalnie, to w praktyce panią Ferndale Hall. Zamówimy dodatkowe powozy i konie, by gości przewieźć ze St John's do Ferndale. Posadzimy Joshuę i Phoebe przy najdalszym stole, żebyś ledwo zauważała, że tam są.

— Dużo tego do zorganizowania — westchnęła Estelle, pocierając skronie.

— A my będziemy przy tobie na każdym kroku — powiedziała Marie.

Przez następne dwa tygodnie przygotowania do ślubu całkowicie pochłonęły każdą chwilę czuwania Estelle. Była ogromnie wdzięczna pani Poole, która wszystko brała na spokojnie. W księgarni aż huczało od stałych klientów kupujących książki, ale też od niecodziennej liczby szwaczek i rzemieślników, którzy przychodzili zdjąć miarę na suknie i złożyć wyceny usług.

Codziennym gościem był też Felix, który często zjawiał się z drobnymi, przemyślanymi upominkami dla wszystkich, i zawsze kupował jeszcze jakieś książki, by zabrać do domu. Twierdził, że dla lorda Ferndale, a one bez protestu przyjmowały to niewinne zmyślenie.

Ponieważ miały tyle pracy, Estelle poprosiła Louise, by na razie wstrzymała się z naprawami, do których używa się śmierdzącego kleju.

— Nie mogę — zaprotestowała Louise. — Przyszła nowa dostawa książek Minerva. Nie przetrwają tygodnia w wypożyczalni, jeśli nie wymienię tekturowych okładek na twarde deski i płócienną oprawę.

— A może wstrzymamy uzupełnianie wypożyczalni do czasu po weselu? — poprosiła Estelle.

Louise przechyliła głowę. — W ostateczności mogę najpierw ostrożnie je przeczytać. Nie możemy mieć nic nieodpowiedniego na półkach, bo jeszcze ktoś doniesie na nas Brimstone'owi.

— Niech cię dobroć — powiedziała Estelle, ściskając siostrę.

Przybiła nowy kawałek juty do drapaka Crafty, potem zajrzała za ladę, czy nie ma wnętrzności. Fuj. Znowu. Przynajmniej tym razem w to nie wdepnęła.

Posprzątała, otworzyła drzwi frontowe i zabrała się do korespondencji.

Zadzwonił dzwoneczek przy drzwiach — wszedł klient.

Niestety, nie klient. Joshua i Phoebe, z Małym Klejem na rękach Phoebe i dwoma pozostałymi chłopcami Baxterów za nimi. Najstarszy, Benjamin, stanął przy ojcu z założonymi rękami, naśladując jego zaczepną pozę. Ostatnio urósł i dorobił się złowrogiego grymasu, którego niewątpliwie nauczył się u boku ojca.

Brutus przemknął za wysoki regał, żeby pooglądać książki. Phoebe postawiła Małego Kleja. Ten rzucił się do Crafty, która spała na niższej półce. Chwycił kota w pół i przycisnął do twarzy. Kot wydał ciche, niekomfortowe miauknięcie i spojrzał na Estelle, jakby mówił: „Widzisz to?"

— Odłóż to zwierzę, Barnaby! — zawołała Phoebe.

Mały Klej posłuchał. Jego lepkie dłonie i twarz pokryły się teraz ciemną kocią sierścią.

Przynajmniej nie rozmaże aż tyle dżemu po książkach — pomyślała Estelle.

— Wychodzi na to, że bierze pani ślub — oznajmił uroczyście Joshua.

— Dziękuję, owszem — odparła Estelle, odnotowując kompletny brak gratulacji.

Joshua prychnięciem dał znać, że zbiera myśli, i powiedział: — Czy pani ojciec wróci przed uroczystością?

Nie zepsuje jej radości. Ona mu na to nie pozwoli. — Gorąco na to liczę. Ale pod jego nieobecność...

— ... Obowiązek spada na mnie — dokończył za nią.

A więc po to przyszedł, by próbować zepsuć jej dzień. Mógł powiedzieć „zaszczyt" zamiast „obowiązek", ale przynajmniej uznawał fakt. Estelle zdobyła się na grzeczne: — Na to wygląda.

Dzwonek znów zabrzmiał, a Estelle ogarnęła ulga, że może to klient i Joshua nie zrobi sceny przy kimś obcym.

To był Felix, który pojawił się niczym anioł stróż. Musiał nocować w Red Lion, skoro zjawił się tak wcześnie.

— Panie Yates — rzucił Joshua z ledwie dostrzegalnym skinieniem.

— Panie Baxter — odparł Felix, wkładając w „panie" tak mało nacisku, jakby w ogóle tego słowa nie było.

Felix uśmiechnął się do Joshu'y wesoło, a Estelle musiała tłumić śmiech. Jeszcze nigdy nie widziała, by jej kuzyn tak szybko przeszedł od wyższości do krańcowego dyskomfortu.

— Słyszałem wczoraj zapowiedzi — powiedział Joshua, zwracając się do Felixa. — Ma pan poślubić moją kuzynkę, pannę Baxter.

Felix odparł: — Owszem. I dziękuję za gratulacje.

Oczywiście ich nie złożył.

— Nie zwrócił się pan do mnie o zgodę, panie Yates — ton Joshu'y był lodowaty i przez moment Felix zastygł, zerkając na Estelle.

— Nie potrzebujemy pańskiej zgody, kuzynie Joshua — wtrąciła szybko Estelle. — Ponieważ mam już dwadzieścia pięć lat, nie jest pan moim prawnym opiekunem pod nieobecność ojca. Mogę sama wyrazić zgodę na własny ślub.

Teraz Joshua zesztywniał i zmarszczył brwi, odwracając wzrok, jakby w myślach liczył lata.

— Urodziny miałam w kwietniu — dodała Estelle — jak by pan wiedział, gdyby zechciał pan łaskawie zauważyć choć jedne z naszych urodzin przez ostatnie dwadzieścia lat czy ile to już.

— Co za brak szacunku! — zaczęła Phoebe i głośno sapnęła, by okazać, jak bardzo ją to oburza. I dobrze.

Joshua uciszył ją gestem i znów spojrzał na Felixa.

— Jej ojciec nie wrócił — oznajmił panującym tonem. — Nie ma nikogo, kto by ją oddał.

Uśmiech Felixa ledwie przygasł, ale Estelle dostrzegła w nim cień wahania, bo była już tak obeznana z jego minami, że zauważała najsubtelniejsze zmiany. Najbardziej lubiła, gdy uśmiechał się do niej i spoglądał na jej usta — to znaczyło, że za chwilę znów podzielą się pięknym pocałunkiem.

— Zakładałbym — powiedział Felix — że jako najbliższy dostępny krewny z linii męskiej, to wyróżnienie przejdzie na pana?

Joshua nadymał się. Phoebe też wyglądała na niezwykle zadowoloną. Chyba nie zamierzali odmówić?

Joshua rzekł: — Tak się składa, że *mogę* nie być dyspozycyjny.

Co proszę? — pomyślała.

— Ach tak? — powiedział jednocześnie Felix.

Phoebe aż promieniała. Wyraźnie ugotowali przeszkody, które chcieli podkładać Estelle i Felixowi, i byli z siebie dumni, że jedna z nich może się udać.

Po moim trupie — pomyślała Estelle.

Joshua ciągnął: — Będziecie musieli przełożyć ślub, aż będę.

— Rozumiem — rzekł Felix. Z miny wyglądał na przygnębionego. — A kiedy mógłby pan być dyspozycyjny?

Joshua wyprostował się i chwycił za poły surduta. — No i tu jest pies pogrzebany. Nie wiem. Jeśli Matthew Baxter żyje, to on powinien poprowadzić córkę do ołtarza, gdy wróci. Ja naruszyłbym jego pozycję, czyniąc to za niego. Jeśliby natomiast z całą pewnością wiadomo było, że nie wróci już nigdy, wtedy mógłbym go zastąpić. Ale to by oznaczało, że Matthew Baxter już nie jest wśród żywych.

Wyćwiczona mowa, Estelle nie miała wątpliwości. Za wygodna. Nie pozwoli mu na to. — Jestem pewna, że kiedy ojciec wróci, ucieszy go, iż stanął pan na wysokości zadania, skoro on akurat zajęty był na kontynencie.

— Tak, tak — odparł Joshua, zbywając jej argument. — Z drugiej strony, gdybyśmy wiedzieli, że już go z nami nie ma...

Felix wszedł mu w słowo: — Nie ma obawy, jestem pewien, że mój dziadek z radością podejmie się tego zadania.

— Co takiego? — powiedzieli jednocześnie Joshua i Phoebe.

Felix rozpromienił się, jakby znalazł sześciopensówkę w świątecznym puddingu. — Lord Ferndale zawsze chętnie staje w imieniu każdej rodziny w parafii, jeśli zostanie poproszony. — Odwrócił się do Estelle, a ona niemal poczuła, jak całe ciało jej się rozjaśnia, tak szybko ich podciął. — Jestem pewien, że stanie przy Estelle w jej chwili potrzeby. Więc jeśli pan nie będzie dostępny, nie szkodzi — mamy inne wyjście.

Joshua zaczął się jąkać i kilka razy mrugnął, po czym powiedział: — Nie powiedziałem, że *nie będę* dostępny, tylko że mogę nie być. Ustali... ustalę to z moim plenipotentem i... dam znać.

Felix rozpromienił się jeszcze bardziej. — Dziękuję, panie Baxter. Liczę na odpowiedź twierdzącą. I to rychło. — W ostatnim słowie pobrzmiał żelazny ton.

— Chodźcie — rzucił pośpiesznie Joshua, zwołując rodzinę i nie patrząc ani Estelle, ani Felixowi w oczy. Phoebe złapała Małego Kleja i wyniosła się z godnością urażoną.

— Mogę zostać na chwilę? — rozległo się zza regałów. To Brutus.

— Jak chcesz, wiesz, jak wrócić — powiedział Joshua i wyszedł bez niego.

Felix podszedł ostatnie kroki do Estelle i objęli się z ulgą.

— Dziękuję ci z całego serca — powiedziała Estelle. — Nie wiem, jak poradziłabym sobie z nim sama.

Felix pocałował ją i cicho rzekł: — Już nie musisz z niczym radzić sobie sama, moja najdroższa.

Wzięła głęboki oddech, zadzierając do niego wzrok. — Prosiłeś, żebym pozwoliła ci pomagać, i tak wiele już zrobiłeś, ale...

— Powiedz.

Wyjęła z kieszeni list z banku. — Kiedy ojciec wyjechał do Francji po książki, wziął kredyt. Dość duży. Rozumiałyśmy, bo potrzebował środków na podróż i zakupy książek, i płaciłyśmy raty... aż do teraz.

Felix wziął list i przeczytał, marszcząc czoło. — Ale nie mówiłaś, że twój ojciec na pewno żyje? — zapytał, wyraźnie zdumiony.

— Tak, ale ponieważ ostatnia skrzynia książek przyszła bez listu z datą, nie możemy tego udowodnić bankowi. Osobiście sądzę, że to kuzyn Joshua puścił plotkę o śmierci ojca do banku. — Wzruszyła nieszczęśliwie ramionami. — Nic na to nie poradzę; bank nawet ze mną nie rozmawia, bo jestem kobietą.

— Ze mną porozmawiają. Pozwól, że opłacę tę ratę za was, Estelle, a w przyszłym tygodniu pojadę do Londynu i poproszę o spotkanie. Sam fakt, że wciąż przychodzą nowe książki od twojego ojca, powinien wystarczyć jako dowód, że żyje. Wymogę, żeby obniżyli raty do poprzedniego poziomu.

— Dziękuję ci ogromnie. — Ulga aż ugięła jej ramiona. Poprosił, żeby zwróciła się do niego po pomoc, i słowa dotrzymał. Bardzo im pomoże.

— Musiałbym porozmawiać z dziadkiem, żeby uzyskać dostęp do większych środków, ale mógłbym spłacić cały kredyt... potraktuj to jako mój prezent ślubny dla ciebie...

— W żadnym razie! — Estelle pokręciła głową. — Dziękuję ci, Felix, ale wystarczająco źle się czuję, prosząc cię już o to. Gdy sprzedamy książki, które ojciec przysłał, wystarczy nam na kolejną ratę, nawet jeśli nie uda ci się wrócić do pierwotnej wysokości. A potem ojciec wróci, wkrótce, mam nadzieję — dodała dzielnie.

— Też mam taką nadzieję. — Felix złożył list i schował do kieszeni. — Zrobię tyle, ile mi pozwolisz, moja miłości, i jestem zaszczycony, że pozwoliłaś. — Pocałował ją i po chwili się oddalił.

Za plecami dobiegł odgłos, Estelle gwałtownie się odwróciła, łapiąc się za gardło, i aż westchnęła, widząc Brutusa wyłaniającego się spomiędzy regałów. Zapomniała, że chłopiec tu jest. Ile usłyszał? W ułamku sekundy przepędziła myśli przez głowę, czy nie palnęła czegoś, co kuzyn Joshua mógłby wykorzystać, gdyby Brutus mu powtórzył.

— Pan Yates wydaje się bardzo miłym człowiekiem — powiedział Brutus, a Estelle mimo woli się uśmiechnęła.

— Jest.

— Cieszę się, że wychodzi pani za niego. Należy się pani ktoś dobry. — Brutus zawahał się, po czym uśmiechnął nieśmiało. — A jeśli będzie pani żoną kogoś bogatego, tata nie będzie mógł wyrzucić pani z księgarni.

Estelle odetchnęła. Brutus był po ich stronie! Jak to możliwe, że Joshua i Phoebe wychowali tak dobre serce, nie mieściło jej się w głowie. Skinęła na niego. — Chciałby pan mi chwilę pomóc, panie Brutusie? Mam trochę książek do ustawienia. Mogłabym panu pokazać, jak układamy je tematycznie i według autora...

Oczy Brutusa rozbłysły i skinął żarliwie. — Och, tak, poproszę! Bardzo chciałbym pomóc. Kocham książki — dodał.

— Wiem — powiedziała Estelle, notując w pamięci, by zamówić więcej książek odpowiednich dla chłopca w wieku

Brutusa. Chociaż kuzyn Joshua nigdy nie zapłaci, Brutus będzie mógł czytać je w sklepie, a Estelle na pewno znajdzie innych chętnych. — Proszę. Da pan radę to unieść? Są dość ciężkie.

— Jestem silny — odparł z determinacją Brutus, pozwalając jej ułożyć książki na swoich patyczkowatych rękach. — Może pani na mnie liczyć, kuzynko Estelle.

Może rzeczywiście. Był młody, ale na tyle duży, by się uczyć. A z pomocą Ruth może wystarczy dodatkowych rąk, by Estelle zostawiła siostry same w księgarni przez część tygodnia, przynajmniej.

ROZDZIAŁ 18

Sprzeczne cele

Felix pogwizdywał wesoło pod nosem, zeskakując z grzbietu Hannibala. Poklepał konia po szyi, po czym oddał go stajennemu. — Proszę dopilnować, żeby porządnie go wytrzeć i dać mu dużo owsa. Wracałem z Londynu spokojnym tempem, ale dzień był ciepły — polecił.

— Jak Pan każe, panie Yates! — Stajenny z szacunkiem dotknął daszka czapki, odprowadzając Hannibala, a Felix wziął po dwa stopnie naraz, wspinając się do frontowych drzwi Ferndale Hall.

— Witaj z powrotem, proszę pana — intonował Thorne, zdejmując z Felixa płaszcz i kapelusz.

— Byłem nieobecny tylko jedną noc, Thorne!

— Owszem, ale do Londynu, proszę pana, a wszyscy wiemy, co to za siedlisko występku. — Jedna powieka drgnęła mu w ledwie widocznym puszczeniu oka, a Felix roześmiał się.

— Masz rację, Thorne. Nie znoszę tego miejsca. Za dużo ludzi i za mało powietrza, zwłaszcza w upalny letni dzień. Kufel schłodzonego piwa byłby w sam raz, gdy będę zmywał ten kurz z drogi...

— Zaraz każę przynieść, proszę pana.

Po dużym piwie, chłodnej kąpieli i zmianie ubrania Felix poczuł się jak nowo narodzony. Schodząc na dół, zajrzał do biblioteki i uśmiechnął się, widząc dziadka w wygodnym fotelu, z książką na kolanach.

— Cóż za niespodzianka zastać cię tutaj, Dziadku! Mogę do ciebie dołączyć?

Lord Ferndale podniósł wzrok, uśmiechnął się i zdjął okulary. — Zuchwały szczeniaku, gdzie niby miałbyś mnie znaleźć? Oczywiście, wchodź, wchodź. Jak twoja wyprawa do Londynu? Mam nadzieję, że owocna?

— I to jak! — Felix usiadł naprzeciw dziadka. — Dziękuję za list polecający do lorda Ellesmere'a; bez interwencji jednego z kuratorów bank pewnie trzymałby mnie bezczynnie w poczekalni o wiele dłużej.

Lord Ferndale skinął z odrobiną samozadowolenia. — Warto utrzymywać korespondencję ze starymi przyjaciółmi, Felixie, niech to będzie dla ciebie nauczka.

Felix ze skruchą pomyślał, że ma do napisania kilka listów, choćby po to, by zawiadomić, że się żeni, i pokornie skinął głową. — Przyjmuję do wiadomości, Dziadku.

— I czy twoje sprawy w banku zakończyły się pomyślnie?

Rozpromienił się sukcesem. — Owszem, jak obiecałem Estelle, uregulowałem ratę pożyczki, a gdy pokazałem bankierom ostatni list, jaki panny Baxter dostały od ojca, który łaskawie mi powierzyły, okazało się, że był datowany dokładnie na ten sam dzień, kiedy bank otrzymał wieść o śmierci pana Baxtera. Co, rzecz jasna, dowodzi, że ich „wiadomości" były wierutnymi bzdurami. — Felix uśmiechnął się z satysfakcją. — Nie chcieli mi powiedzieć, kto dostarczył informacji, ale moim zdaniem mógł to być tylko Joshua Baxter.

— Z niego kłopotliwy typ — burknął Lord Ferndale. — Trzeba było zrobić więcej, żeby nie dopuścić go do funkcji sędziego pokoju. — Pokręcił z niesmakiem głową. — Ale to było rok po śmierci twojej babki...

— Byłeś w żałobie, Dziadku, nie obwiniaj się. Będę miał Joshuę Baxtera na oku, obiecuję; nie życzy dobrze Estelle i jej siostrom i nie pozwolę mu ich dręczyć. — Felix zachował dla siebie próbę storpedowania ślubu przez Joshuę Baxtera; nie wynikłoby nic dobrego z gniewu dziadka, a jeśli Joshua Baxter nie zrobi, co należy, i nie poprowadzi Estelle do ołtarza, cóż, Felix wiedział, że Lord Ferndale z radością uczyni ten zaszczyt.

— Tak czy inaczej, bank zgodził się wrócić do pierwotnego harmonogramu spłat, pozwalając pannom Baxter ominąć wrześniową ratę dzięki dużej wpłacie, której dokonałem. — Felix uśmiechnął się z zadowoleniem. — Wyciągnąłem też od nich obietnicę, że nie podejmą żadnych dalszych działań bez bardziej pozytywnego dowodu zgonu pana Matthew Baxtera. *A także* że najpierw zwrócą się do mnie, żeby Estelle nie niepokoiły żadne nagłe żądania.

— Istotnie! — Lord Ferndale skinął z uznaniem. — Bardzo dobrze to rozegrałeś, Felixie; sprawnie od początku do końca. Solidna negocjacja: wszedłeś z porządkiem w papierach i wyszedłeś z dokładnie takim rezultatem, jakiego chciałeś.

Ciepło rozlało się Felixowi po piersi na te słowa pochwały. Schylił głowę, czując lekką nieśmiałość, ale Lord Ferndale jeszcze nie skończył.

— Myślę, że po waszym ślubie pora będzie przekazać ci więcej spraw finansowych Ferndale. Gdy ty i Estelle się tu zadomowicie, poświęcimy trochę czasu na księgi.

— Oczywiście, Dziadku! Zrobię wszystko, by odjąć ci ciężar z ramion.

Lord Ferndale uśmiechnął się do niego serdecznie. — Wyrosłeś na dzielnego, wspaniałego młodego mężczyznę, Felixie. Jestem z ciebie bardzo dumny. Chcę, żebyś to wiedział.

Policzki Felixa płonęły, a oczy dziwnie piekły. Zdołał wymamrotać podziękowanie i, na szczęście, dziadek zmienił temat: sięgnął po list leżący na stoliku i podał go Felixowi.

— Przyszło dziś do ciebie.

— Och! — List był wciąż zapieczętowany, zauważył Felix, biorąc go do ręki, po czym odwrócił kopertę i ujrzał adres napisany pewną ręką jego matki. Było akurat dość czasu, by jego wiadomość o zaręczynach dotarła do Irlandii i by nadeszła odpowiedź — obliczył, łamiąc pieczęć i rozkładając kartę. Uśmiechnął się podczas lektury.

— Zaprasza mnie, żebym przywiózł Estelle do Irlandii z wizytą. Miodowy miesiąc.

— Brzmi jak znakomity pomysł — pochwalił Lord Ferndale. — Wyjedźcie zaraz po ślubie i jedźcie jesienią, zanim pogoda się popsuje i trafi się wam ciężka przeprawa morska. Spędźcie Boże Narodzenie u twojej matki, a wiosną wróćcie do domu.

— Estelle chce podróżować — odparł radośnie Felix. —

Cudowny plan! O ile zdołasz się obyć beze mnie tak długo? — upewnił się.

— Oczywiście, że damy radę. I co — sześć czy siedem lat minęło, odkąd ostatni raz widziałeś matkę? Powinieneś przywieźć do niej swoją żonę. Ba, nalegam na to!

— Porozmawiam z Estelle jutro. Jest sobota; zamierzam zabrać jedną czy dwie pokojówki i paru lokajów, niech posprzątają w ich mieszkaniu. Dajmy pannom Baxter i pani Poole trochę wytchnienia.

— To bardzo miłe i przemyślane z twojej strony, Felixie. Jestem pewien, że panna Baxter to doceni, tak samo jak doceniła twoje załatwienie sprawy z bankiem. — Lord Ferndale znów wsunął okulary na nos i otworzył książkę. — A teraz zmykaj, bądź grzecznym chłopcem, i pozwól mi czytać. Chcę skończyć ten rozdział przed obiadem.

Śmiejąc się, Felix zostawił dziadka w spokoju. I tak miał mnóstwo do zrobienia — nie najmniej pilne było rozpoczęcie planowania podróży, by zabrać Estelle do Irlandii!

Nazajutrz rano Felix zjawił się w księgarni bladym świtem z dwoma lokajami, którzy wnieśli do środka kufry podróżne. Estelle siedziała za ladą, pisząc w księdze, i gdy tylko go zobaczyła, podniosła wzrok i obdarzyła go najpiękniejszym uśmiechem — serce podskoczyło mu z radości, a krok sam przyspieszył. Tuż przed ostatnim krokiem jednak szybko spojrzał pod nogi, czy na podłodze nie czai się nic niebezpiecznego i chlupiącego.

— Słuszny nawyk — roześmiała się Estelle — ale już zabrałam poranny dar Crafty'ego.

Kochał tę kobietę ponad wszystko. Felix obdarzył ją szerokim uśmiechem, a potem musnął ustami w szybkim pocałunku. — Wiem, że w soboty zwykle sprzątacie, ale przyprowadziłem pomoc i zamierzam dać tobie, twoim siostrom i pani Poole odetchnąć.

— Och, jesteś zbyt troskliwy, dziękuję! — powiedziała, obdarzając go kolejnym tym rozczulającym uśmiechem, który jednak zniknął zbyt szybko, by Felix mógł zachować spokój ducha.

— Ale wyglądasz na zasmuconą. Co się stało?

— Wciąż nie mamy wieści od mojego ojca. To doprawdy irytujące.

Felix ujął jej dłonie i pocałował kostki palców. — Przykro mi. Ale mam też weselszą wieść... — puścił jej dłonie i sięgnął do kieszeni, skąd wydobył list od matki. — Dostałem wiadomość od mojej matki. Przesyła najszczersze gratulacje i najlepsze życzenia.

— Cudownie! — rozjaśniły się jej oczy.

— Pisze, że nie może się doczekać, aż pozna moją świeżo poślubioną żonę, i że musimy ją wkrótce odwiedzić w Irlandii. Myślałem, że moglibyśmy wyjechać najpóźniej jesienią, spędzić z nimi trochę czasu, a potem zwiedzić wieś, zostać na Boże Narodzenie i zimę, a wiosną wrócić.

Estelle odsunęła dłoń, a w jej oczach pojawiło się zwątpienie. — To... bardzo dużo.

— Ale przecież nas zaprosiła, a ja nie widziałem się z nią od wielu lat. Pokochasz ją, wiem to. I jestem pewien, że i ona cię uwielbi.

Głos Estelle przeszedł w wyższą tonację. — Byłoby nas nieobecnych przez sześć miesięcy!

— Tyle musiałoby to potrwać — zmarszczył brwi Felix, nie rozumiejąc, czemu to ją trapi. Estelle chciała podróżować, prawda? A tu taka złota okazja! — Powrót morzem zimą byłby niebezpieczny.

Zawołała: — To niemożliwe. Nie mogę tak długo być z dala od księgarni!

Felix naprawdę nie rozumiał, o co jej chodzi. — Nie będziesz już prowadzić księgarni. Będziesz moją żoną.

Estelle przełknęła ślinę, jakby strwożona. — Mam to wszystko porzucić?

W głowie Felixa wszystko stanęło na głowie. Jak to możliwe, że te dobre wieści przyjęła tak źle?

— Myślałem, że się z tym pogodziłaś? — Jak mogłaby być panią na Ferndale Hall i jednocześnie prowadzić Baxter's Fine Books? Logistycznie niemożliwe.

— Na litość boską, Felixie, nie. Nie mogę!

Jego umysł zgasł tak szybko, że przez chwilę potrafił tylko mrugać, nim odzyskał oddech. — Co... co ty mówisz? — Felix miał wrażenie, że serce mu pęknie. Za nic w świecie nie potrafił pojąć, gdzie ta szczęśliwa droga nagle skręciła w tak ponury zaułek.

Estelle chce zostać w księgarni nawet po ślubie? Co to za szaleństwo?

— Myślałem, że uwolnię cię od tej harówki? — powiedział.

— Harówki? To moje życie. Kocham je!

Jego świat runął. Wyznał Estelle, jak bardzo ją kocha,

a ona nie odwzajemniła tych dokładnych słów. Liczył, że wkrótce je usłyszy. Ale ona kocha księgarnię?

— Kochasz je bardziej niż mnie? — Gorąco zaszczypało go w oczy i mógłby się rozsypać na kawałki, gdyby odpowiedziała, że tak.

— Co?

— Słyszałaś. Uważam, że to ważne, byśmy to wiedzieli, skoro zaraz mamy się pobrać, a to dość poważny krok. — Czekał z zapartym tchem na odpowiedź.

Każda kolejna sekunda była jak nóż w trzewiach. Cisza zawisła gęsto między nimi. Jak mogli dojść tak daleko i nie porozmawiać o tym, co ich małżeństwo naprawdę oznacza?

Nie mógł już tego znieść. — Kiedy się pobierzemy, będziemy mieszkać w Ferndale Hall. Mam obowiązki wobec dziadka i majątku. Dlatego musiałaś poznać służbę — bo miałaś zostać panią na dworze.

— Ale chyba nie od razu? — odcięła.

Nie miał na to odpowiedzi.

— Tego jest za wiele — powiedziała, a łzy spływały jej po policzkach, rozdzierając mu serce. — Robisz zbyt wiele i... sądzę, że wymagasz zbyt wiele.

Całą siłą woli powstrzymał się, by nie otrzeć za nią tych łez. Chciał zrobić dla niej wszystko, by ulżyć, ale najwyraźniej przesadził. — W ten sposób pomagam — wychrypiał błagalnie.

Ciężkie westchnienie zapadło jej ramiona, gdy powiedziała: — To jest moje życie, a ty prosisz, żebym je porzuciła.

— Ty także chcesz podróżować. Sama tak mówiłaś.

Mogę to umożliwić, ale logicznie rzecz biorąc, to zawsze oznacza miesiące poza Hatfield, czy będzie to Irlandia, czy kontynent. Nie pojmuję twojej niechęci. Szczerze liczę, że to tylko przedślubna trema, bo inaczej nie trzymasz się kupy. Czy naprawdę myślałaś, że po naszym—

— Milcz! — Przyłożyła dłoń do ust, zaskoczona własnymi słowami.

On też zacisnął szczęki i czekał. Cisza toczyła go jak rdza.

— To moja wina — odezwała się w końcu Estelle, powoli kręcąc głową. — To wszystko stało się zbyt szybko. Nie przemyślałam tego należycie i to dla mnie ogromny wstrząs. Ale myślałam, dziwnym trafem, że moglibyśmy dzielić czas między tym miejscem a Ferndale. Tylko... nie tak prędko.

Otworzył usta, by coś powiedzieć, a ona uniosła dłoń, by go powstrzymać.

— Tu nie chodzi tylko o nas, Felixie. Jest tyle innych osób w to zamieszanych. Moje siostry i pani Poole, i mała R — panna Millings nas potrzebuje, a kuzyn Brutus potrzebuje schronienia i...

Nie wytrzymał. — Ja też mam obowiązki. Wobec dziadka, ciotecznej babki, pani Sykes i całej służby w Ferndale, a z czasem wobec ludzi z Hatfield.

— Ale to jest mój *dom*!

— I nadal tu będzie. Nie rozumiem. Gdy ludzie biorą ślub, mieszkają razem.

— A co ja mam robić? Zostać damą próżnującą i wydawać twoje pieniądze?

— Dotąd ci to nie przeszkadzało! — W chwili, gdy słowa padły, wiedział, że zrobił fatalnie. Straszliwie fatalnie. Pragnął z całych sił cofnąć je z powietrza, ale zawisły nad nimi jak miecz Damoklesa.

ROZDZIAŁ 19

Niefortunne słowa

Estelle miała wrażenie, że zaraz zwymiotuje. Dlaczego kłóciła się z Felixem, skoro za chwilę mieli się pobrać?

— Może powinieneś wyjść... dopóki oboje nie ochłoniemy — powiedziała, licząc, że zyska chwilę dla siebie, by pomyśleć. Naprawdę pomyśleć o kierunku, w jakim zmierzało jej życie, z dala od księgarni i wszystkiego, co kiedykolwiek znała albo sobie wyobrażała.

— Myślę, że powinienem zostać. — Felix stał przed nią niewzruszenie. — Musimy to rozwiązać, bo za kilka dni będziemy małżeństwem i wtedy będzie za późno, żeby to rozwiązywać.

Za oczami pulsował jej ból i pękła. — Jeśli masz wątpliwości, to po prostu to odwołaj.

Cofnął się i sapnął. — Nie!

Posunęła się za daleko, ale nie potrafiła myśleć jasno w ogniu chwili. — Przesuńmy to o parę tygodni, aż... sama nie wiem.

— Już wprawiłem wszystko w ruch, jeśli chodzi o naszą podróż do Irlandii.

Estelle osunęła się na ladę. — Po prostu idziesz i załatwiasz te sprawy, myśląc, że pomagasz, ale nie widzisz, że tylko pogarszasz? Oczekiwać, że będę mieszkać w Ferndale, to jedno, ale to przynajmniej jest dużo bliżej niż Irlandia!

— Mówiłaś, że chcesz podróżować! — błagał, a jego strapiony wyraz twarzy rozdzierał jej serce.

Zacisnęła dłonie w bezsilne pięści. — Mówiłam. Chcę! Ale... nie mogę!

— Wydaje mi się, że sama nie wiesz, czego chcesz!

— Wydaje mi się, że *ty* też nie!

Felix cofnął się i wbił w nią wzrok.

— Wiesz? — Estelle parła dalej, sama nie wiedząc, co mówi, ale desperacko pragnąc, by przestał zadawać te pytania, przestał popychać ją do decyzji, na którą wcale nie była gotowa. — Czy ty w ogóle wiesz, czego chcesz, Felixie? Poza tym, najwyraźniej, żebym przyszła i ułatwiła ci życie, biorąc na siebie prowadzenie Ferndale Hall? Och, chyba dość jasno było widać, że panna Yates i pani Sykes wprowadzały mnie w tajniki. A ty co będziesz robił, gdy ja będę harować? Dalej sobie beztrosko sunąć przez życie?

Nie była do końca fair i wiedziała o tym, ale nie potrafiła się zatrzymać. — Chcesz mnie zabrać z mojej pracy tutaj tylko po to, żebym pracowała dla ciebie. Ładne sukienki i pieniądze mnie nie kupią, Felix!

— Nigdy nie sądziłem, że mógłbym cię kupić — powiedział cicho.

— Po prostu myślałeś, że wpadnę ci w ramiona jak wszystko inne w twoim życiu, tak? Nigdy w życiu nie pracowałeś naprawdę. Nigdy nie musiałeś się o cokolwiek starać, myślę, że nawet nie wiesz, co to praca!

Felix wziął głęboki oddech. — Jesteś wściekła. Musimy zaczerpnąć tchu, ostudzić głowy. Dać sobie trochę czasu, żeby się uspokoić.

— Nie mamy czasu, żeby to poukładać, Felix — powiedziała Estelle i nagle wszystko stało się dla niej całkiem jasne. — W ogóle nie powinnam była się zgadzać, żeby za ciebie wyjść, a już na pewno nie, skoro nawet nie ma tu mojego ojca.

— Estelle, nie rób tego. — Zbladł. — Ja tego nie chcę...

— Bo to wszystko było o tym, czego *ty* chcesz, prawda? Nie o tym, czego chcę ja. Zobaczyłeś moją słabość przez tę sytuację i to wykorzystałeś.

— Nie jesteś fair! — Zaczynał wyglądać na zirytowanego. — Ty mnie nawet nie znasz!

— Właśnie! — niemal na niego krzyknęła. — Nie znam! Skąd mam wiedzieć, czy nie jesteś równie bezużyteczny jak twój ojciec, i czy po prostu nie zobaczyłeś zaradnej kobiety, która ułatwi ci życie — dokładnie tak, jak twój ojciec zrobił twojej matce! To tylko historia, która się powtarza, a ja nie będę jej częścią!

⁂

Ze wszystkich ostrych słów, które padły z ust Estelle, to właśnie one złamały Felixa. Cofnął się o krok, czując się niemal tak, jakby go spoliczkowała. Ból byłby mniejszy.

— Uważasz, że jestem jak mój ojciec. — Słowa były niemal szeptem.

Estelle wzruszyła ramionami, spuszczając wzrok i nie spotykając się z jego oczami. — Nie znałam twojego ojca — tylko tyle odpowiedziała.

— Po cóż w takim razie zgodziłaś się zostać moją żoną, jeśli tak mnie oceniasz? — Wciąż nie chciała spojrzeć mu w oczy i do Felixa dotarł powód. — Dla pieniędzy. Wychodzisz za mnie dla pieniędzy.

— Wszyscy żenią się dla pieniędzy — powiedziała, nadal na niego nie patrząc.

Felix miał wrażenie, jakby wbiła mu nóż w serce. Przycisnął dłoń do piersi, nagle z trudem łapiąc oddech.

Zapadła długa cisza. Estelle bawiła się papierami na biurku i nie odzywała się.

— Jutro mają być ogłoszone ostatnie zapowiedzi, a potem w przyszły piątek mamy się pobrać — powiedział Felix, rozpaczliwie starając się utrzymać równy ton. — Chcesz zostać moją żoną czy nie, Estelle?

Jej dłonie przestały się poruszać, ale wciąż na niego nie patrzyła. Cisza przeciągała się.

— Więc chyba tyle — powiedział Felix, sam ledwie wierząc słowom, które spadały mu z ust. Odwrócił się, zgarbiał i ruszył do drzwi. Gdy już tam dotarł, spojrzał na Estelle. — Jestem pewien, że nie chcesz, żebym się tu kręcił. Odbędę tę podróż do Irlandii, żeby zobaczyć się z matką — minęły lata, a chciałbym ją zobaczyć — ale pojadę sam.

Gdy sięgnął do klamki, Crafty pomknęła mu pod nogi. — O nie. Tym razem nie, kocie. — Pochylił się i odwrócił kota, popychając ją z powrotem do księgarni. — Zostajesz tutaj.

Crafty odeszła, beztrosko machając ogonem, jakby

nawet nie przyszło jej do głowy, żeby uciekać. Felix pokręcił głową. Gdyby nie wypuścił tego przeklętego kota, czy Estelle wyrobiłaby sobie o nim lepsze zdanie od początku? Za późno. Może jej opinia o nim utrwaliła się właśnie tamtego dnia. Z opuszczonymi ramionami pociągnął drzwi księgarni i wyszedł.

Zmrużył oczy w ostrym słońcu; po mroku panującym w księgarni raziło je to światło. To pewnie dlatego go szczypały, choć trudno było mu wyjaśnić, czemu miał mokre policzki. Szybko ruszył w stronę powozu, po czym zawahał się, przypomniawszy sobie o lokajach i pokojówkach, którzy nawet teraz byli na górze i pomagali sprzątać.

Cóż, mogą równie dobrze zostać i dokończyć robotę. On wróci do Ferndale Hall, a powóz odeśle po nich. Nie mógł tu zostać, ani chwili dłużej.

Powinien wejść do kościoła i powiedzieć proboszczowi, żeby jutro nie ogłaszał zapowiedzi i żeby odwołać ślub — uświadomił sobie Felix, gdy powóz potoczył się obok kościoła św. Jana — ale naprawdę nie miał ochoty mierzyć się w tej chwili z pastorem Millingsiem; bez wątpienia ten ognisto-siarkowy kaznodzieja miałby sporo do powiedzenia o kobietach jako przyczynie wszelkiego grzechu, a Felix po prostu nie chciał tego słuchać.

W tej chwili nie był w stanie stanąć przed nikim.

Oczywiście pierwszą osobą, którą zobaczył, była ta, której najmniej chciał widzieć, kiedy wrócił do Hallu; jego dziadek akurat przechodził od schodów do gabinetu w tej samej chwili i odwrócił się do niego z zagadkowym marszczeniem brwi.

— Co pan tu do diabła robi, chłopcze? Myślałem, że spędza pan dzień z panną Baxter?

Felixowi ścisnęło gardło. Pokręcił głową.

Twarz lorda Ferndale pociemniała. — Co pan znowu narobił? — zapytał bardzo zimnym tonem.

— Muszę się spakować — zdołał wydusić Felix. — Jadę do Irlandii.

— Nigdzie pan nie jedzie, dopóki nie dojdę do sedna tego nonsensu! — Lord Ferndale wskazał na swój gabinet. — Do środka! Natychmiast!

Za chwilę czeka mnie najgorsza rozmowa w życiu — pomyślał Felix. Jakoś zmusił trzęsące się nogi, by poniosły go naprzód, aż mógł opaść na krzesło w gabinecie i ukryć twarz w dłoniach.

Wszystko zamieniało mu się w pył w rękach. — Schrzaniłem to, Dziadku — powiedział pustym głosem.

— To widać — warknął lord Ferndale, obchodząc biurko i siadając w fotelu. — Co się stało?

— Ja... założyłem z góry — przyznał ponuro Felix. — Nie zapytałem Estelle, czego chce, ani jasno nie powiedziałem, czego ja chcę. Po prostu założyłem, że dostosuje się do moich planów, nie biorąc pod uwagę jej potrzeb.

— Hm. — Lord Ferndale głośno prychnął. — Brzmi dokładnie jak pański lekkoduch z ojca. Przez całe swoje bezużyteczne życie nie pomyślał ani przez chwilę o nikim innym.

Felix jęknął głośno. Całe życie starał się być przeciwieństwem ojca, który był czarną owcą w rodzinie Yatesów i ogromnym rozczarowaniem dla lorda Ferndale. Bolało, że zarówno Estelle, jak i dziadek zdawali się uważać, że Felix jest do niego zbyt podobny; kolejna porażka.

— Ale pan nie jest swoim ojcem i nie mówię tego na odczepnego, tylko tak jest — powiedział stanowczo lord Ferndale, a Felix uniósł wzrok i zobaczył, że dziadek wpatruje się w niego przenikliwie. — Jest pan na początek o wiele mądrzejszy i rozsądniejszy niż on. Więc proszę mi powiedzieć, co pan zrobi, żeby naprawić bałagan, który pan stworzył? Bo ucieczka do Irlandii nie jest odpowiedzią.

— Nie wiem, co innego mam zrobić! — wyrwało się Felixowi. — Ona nie chce za mnie wyjść.

— A jeśli nie chce, to dlatego, że pan się jeszcze wystarczająco nie postarał.

— Zrobiłem wszystko, co mogłem — Felix wytężał umysł, szukając odpowiedzi, ale jedyne, co potrafił przyznać, brzmiało: — Ona mnie nie kocha. Kocha księgarnię.

— Widziałem, jak na pana patrzy, chłopcze. Mogłaby pana pokochać, gdyby dał jej pan choć odrobinę szansy!

— *Ona* nie daje *mi* szansy! — Wściekły, Felix zerwał się na nogi i wyszedł z gabinetu, ignorując zirytowane żądanie dziadka, by wrócił. Szybkim krokiem przeszedł przez hol, dostrzegł swoją praciotkę schodzącą po schodach i skręcił w bok, zupełnie niezdolny znieść kolejnej nagany.

Skończyło się na tym, że znów znalazł się na zewnątrz, w ogrodzie warzywno-ziołowym, gdzie napadły go wspomnienia związane z Estelle. Ogrodnicy rzucili tylko okiem na jego gromowładny wyraz twarzy i czym prędzej się ulotnili.

Felix kopnął krzak rozmarynu. — Dlaczego? — wrzasnął na krzak. — Dlaczego nie chce mi dać szansy?

Krzak nie odpowiedział, a Felix osunął się na ławkę i zmierzył go ponurym spojrzeniem.

— Dlaczego to ja nie dałem jej szansy? — powiedział cicho po kilku minutach. — Czemu nie zapytałem, czego ona chce, zamiast snuć założenia i składać wielkie gesty, żeby ją zaimponować?

Wiedział, że Estelle spoczywa odpowiedzialność za siostry podczas nieobecności ojca, a on właściwie wcale tego nie uwzględnił. Był zbyt zajęty martwieniem się o własne przyszłe obowiązki, by pomyśleć o tych, które Estelle musi dźwigać teraz, dziś. Księgarnia i siostry — to były priorytety Estelle na długo, zanim Felix pojawił się na horyzoncie, i nie było fair oczekiwać, że po prostu je porzuci tylko dlatego, że on może sypnąć pieniędzmi.

— Nie mogę oczekiwać, że po prostu odejdzie na sześć miesięcy — powiedział na głos. — Nie, kiedy jej ojca wciąż nie ma. To nie byłoby wobec niej w porządku. Szczerze mówiąc, nie jest też fair żądać, by wyszła za mnie właśnie teraz; oczywiście, że Estelle chce, by jej ojciec był na jej ślubie!

— Mogę poczekać. Jest tego warta. Tak długo, jak trzeba! — Felix zerwał się na równe nogi, zastanawiając się, czy powóz już zawrócił do Hatfield. Cóż, jeśli tak, osiodła Hannibala i pojedzie konno.

I tym razem nie odejdzie od Estelle z powodu jakiejś głupiej sprzeczki. Potrafił iść na kompromisy — na takie, jakich ona potrzebuje.

Bo Estelle była tego warta.

Była warta wszystkiego.

ROZDZIAŁ 20

O wiele lepsze słowa

Rozpacz ogarnęła Estelle na myśl, jak bardzo jej świat się posypał. I jak szybko. Personel Ferndale Hall właśnie w tej chwili z radością ułatwiał jej życie, a także życie jej sióstr, a ona uznała pomoc Felixa za wtrącanie się.

— Zwariowałam — powiedziała, sięgając po Crafty i przytulając kota. Jej futerko było miękkie i ciepłe, a Estelle z ciężkim sercem uświadomiła sobie, że kotka jest cięższa niż zwykle. Głaszcząc boki, poczuła wyraźne zaokrąglenie brzuszka i znów westchnęła.

Crafty trąciła głową podbródek Estelle, po czym walnęła się na ladę. — Jestem idiotką — mruknęła Estelle do siebie, gdy łzy prysnęły na futro kotki. Ta miauknęła z protestem na skutek skapywania wody, zerwała się i czmychnęła.

Estelle wytarła twarz i głośno pociągnęła nosem. Nie było na to rady; ukryła twarz w dłoniach i rozpłakała się. Do smutków dołączyło poczucie winy. Ich długi były pod kontrolą dzięki Felixowi, a dzięki pannie Yates miały piękne materiały na nowe suknie. Powinna być najszczęśliwszą panną młodą w całej Anglii, a zamiast tego była nędznym kłębkiem nerwów, który rzucił to wszystko Felixowi w twarz.

I och, te materiały! Powinna je wszystkie oddać, ale większość była już pocięta, a pani Poole miała pół tuzina miejscowych dziewcząt, które w szalonym tempie szyły, by zdążyć do ślubu... i o nie, będzie musiała stanąć twarzą w twarz z pastorem Millingsiem i pewnie jeszcze wysłuchać jednej z jego okropnych nauk i...

— Estelle? — rozległ się cicho głos Marie po niekończącym się czasie. — Co się stało?

— Wszystko — zawyła w dłonie. — Wszystko zepsułam.

— Sprowadzę Louise. Ona będzie wiedziała, co robić.

Minutę później Estelle była otoczona przez siostry i ich zatroskane twarze. Wybuchnęła świeżą falą łez. — Byłam okropna dla Felixa i nazwałam go bezużytecznym, a teraz nie będzie ślubu i to wszystko moja wina — wyrzuciła z siebie w emocjach.

Louise odciągnęła Estelle od lady i objęła ją. — No już, na pewno nie jest tak źle.

— Jest gorzej — Estelle głośno pociągnęła nosem, a Bernadette podała jej chusteczkę. — Pokłóciliśmy się i on odwoła ślub.

— Dlaczego mielibyście się kłócić? — spytała Marie. — Przecież jesteście dla siebie stworzeni.

— Właśnie o to chodzi. Też myślałam, że jest taki

idealny, ale robił za dużo i przejmował stery. A co gorsza, pomyślał, że tak po prostu zostawię was, byście same prowadziły księgarnię beze mnie!

Bernadette parsknęła śmiechem.

Estelle natychmiast przestała płakać i spojrzała na najmłodszą siostrę.

Bernadette wzruszyła ramionami. — I co w tym złego?

Nie takiej odpowiedzi Estelle się spodziewała. — Jestem tu potrzebna. Prowadzenie księgarni to duża odpowiedzialność.

Louise, Marie i Bernadette wymieniły spojrzenia. Louise powiedziała: — Nie jesteśmy dziećmi. Doskonale sobie poradzimy.

— Ale ojciec...

— ... wróci. W swoim czasie — przypomniała jej Marie. — To, że zostawił cię odpowiedzialną, nie znaczy, że masz *zawsze* dowodzić. Kazał nam używać własnej inicjatywy i tak robimy. Będziemy to robić dalej. Poradzimy sobie świetnie. Zaczęłyśmy o tym rozmawiać jeszcze zanim przyjęłaś oświadczyny pana Yatesa. Rozmawiałam nawet z pastorem Millingsiem i choć nie pozwoli nam płacić Ruth pensji, powiedział, że może u nas porządnie pracować, jeśli co niedzielę będziemy wkładać do tacek po dwa szylingi dla niej. Za ladą sprawdzi się znakomicie po krótkim przeszkoleniu, więc nie będzie nam nawet brakowało rąk do pracy.

— A Brutus poprosił, żebym nauczyła go oprawy — wtrąciła Louise, wyglądając na bardzo zadowoloną. — Oczywiście się zgodziłam i zamierzam używać twojego pokoju jako suszarni, dzięki czemu rozwinę swoją introligatornię.

Estelle szukała powodów do sprzeciwu i jedyne, co zdołała wymyślić, to: — Czyli mówicie, że nie jestem potrzebna? Już zdążyłyście za mnie zorganizować zastępstwo, a nawet zaplanować, co zrobić z moim pokojem, i nic mi o tym nie powiedziałyście!

Bernadette wsparła dłonie na biodrach w frustracji i podniosła głos. — Nigdy tak nie powiedziałyśmy! Przestań przekręcać nasze słowa! Nic dziwnego, że się pokłóciłyście, skoro tak odwracasz ludziom sens wypowiedzi!

Estelle wydała z siebie nowy zawodzący dźwięk, ale Bernadette jej przerwała. — Pan Yates to najlepsze, co ci się przytrafiło. Co innego się denerwować, a co innego wyrzucać do kosza swoją szansę na szczęście.

— Chciał mnie zabrać do Irlandii. Nie byłoby nas nawet sześć miesięcy!

— Irlandia! — Louise wyglądała na zachwyconą. — Mój Boże, ależ przygoda! Szczęściara!

— Nie, ale... ale... — nie umiała powiedzieć, że nie chce jechać do Irlandii. Kłamstwo paliło ją w język.

— Przestraszyłaś się — stwierdziła Bernadette, gdy Estelle nie potrafiła wydobyć z siebie składnego zdania. — Masz być rozsądną najstarszą córką, a zachowujesz się jak dzidzia!

— Wcale nie! — Estelle podniosła głos w zaprzeczeniu, choć sama dla siebie brzmiała żałośnie i płaczliwie. Powoli odwróciła się do Louise i Marie, które tylko wzruszyły ramionami i pokręciły głowami.

Louise powiedziała: — Myślę, że jednak tak. Pan Yates jest cudowny. Przystojny, troskliwy i doskonale się tobą zaopiekuje. A właściwie nie tylko tobą, bo dba też o nas.

Wczoraj powiedział mi, że zamówił dla mnie *cztery* zupełnie nowe prasy do książek z Londynu! — Jej twarz promieniała szczęściem. — Powiedziałam, że to zbyt hojnie, a wiesz, co odparł? Że nigdy nie miał siostry, a teraz ma trzy i ma zamiar nas rozpieszczać!

Estelle rozejrzała się po nich, widząc szczerość na ich twarzach i troskę o nią. Mówiły to wszystko serio, uświadomiła sobie. I co więcej, wszystkie były już dorosłymi kobietami, nawet Bernadette; nie były już jej malutkimi siostrzyczkami. Usiadły razem — gdy ona była bez reszty oszołomiona Feliksem — i opracowały plan, jak dokładnie poradzą sobie bez Estelle. Dobry plan, i Estelle wątpiła, by potrafiła ułożyć lepszy.

Marie poprawiła okulary i powiedziała: — Wciąż tu będziemy dla ciebie, kiedy wrócisz z Irlandii. A księgarnia też tu będzie. Jestem pewna, że ojciec do tego czasu też wróci. Naprawdę nie będziesz miała się czym martwić.

— Poradzimy sobie — dodała Bernadette, podając Estelle kolejną chusteczkę, gdy ta głośno pociągnęła nosem.

— Ale jeśli zostaniesz tu, smęcąc i nie poślubiając pana Yatesa, doprowadzisz nas do szału myślą, że przepędziłaś najwspanialszego mężczyznę z najgłupszych powodów.

— A ja chcę się wami opiekować — powiedziała Estelle, odkrywając prawdę o swoich uczuciach. — Martwię się, co się z wami stanie, kiedy mnie nie będzie.

— Na miłość boską! — krzyknęła Louise. — Odpuść sobie ten ciężar obowiązku czy oczekiwań, czy co tam cię tak ogłupia, i wyjdź wreszcie za tego mężczyznę!

No proszę, potrafiły ją ściągnąć na ziemię, gdy miały taki nastrój. Estelle nie była pewna, czy kiedykolwiek wszystkie tak się na nią sprzysięgły; to było dość deprymujące.

Ale miała niedobre przeczucie, że każde ich słowo było prawdą.

— Naprawdę jestem aż taka głupia? — zapytała nieśmiało.

— TAK! — wrzasnęły zgodnie.

Zawróciło jej się w głowie i Estelle pomyślała, że zemdleje. — Co ja najlepszego zrobiłam?

Louise klasnęła w dłonie, kręcąc głową i półgębkiem się śmiejąc. — Dotarło! Nareszcie!

Przez jej rozpacz zaczęła przebijać się jasność. — Nie chcę stracić Felixa.

Marie pokręciła głową i powiedziała do nikogo w szczególności: — Nie rozumiem ludzi zakochanych. Robią się tacy niemądrzy.

— *Jestem* zakochana! — wykrzyknęła Estelle, nagle uświadamiając sobie prawdę. — Kocham Felixa Yatesa i... i go odesłałam! O rany. Jak mam to naprawić?

Bernadette położyła dłoń na ramieniu Estelle i powiedziała: — Idź i go odzyskaj, głuptasko.

— Ale on pojechał do Irlandii! Powiedział, że pojedzie sam, bo jest pewien, że nie będę chciała go widzieć...

— Jestem całkiem pewna, że nie pogalopował prosto do Bristolu, żeby wsiąść na statek — odparła sucho Marie. — Takie wyprawy trzeba zorganizować. Będzie w Ferndale Hall, pakując się. Na pewno mogłabyś go dogonić.

— A jeśli go nie dogonię, zdobędę adres jego matki w Irlandii i pojadę za nim — Estelle zacięła usta w determinacji.

— Ot, i moja starsza siostra, której nic nie powstrzyma,

gdy czegoś chce — powiedziała z dumą Bernadette. — Na co czekasz?

— Masz rację! — Estelle wybiegła za drzwi. Chwilę później wpadła z powrotem i pognała po schodach, wołając: — Potrzebuję amazonkę!

— Pomogę ci się przebrać — powiedziała Louise, śmiejąc się, gdy podążała za Estelle na górę. — Uspokój się, Estelle. Dogonisz go.

Ledwie kilka chwil później Estelle była już na podwórzu powozowni za Red Lion, ponownie zapoznając się z Somerset Valley Four.

Gdy tylko miała ruszać, kuzyn Joshua popisał się swoją nieskazitelnie fatalną punktualnością i złapał ją w przejeździe.

— Dokąd się pani wybiera? — zapytał. Brzmiało to raczej jak apodyktyczny rozkaz.

Nie miała już do niego cierpliwości i krzyknęła: — Proszę dać nam spokój! — po czym cmoknęła na konia, by ruszył kłusem.

— Proszę natychmiast wracać! — zawołał Joshua, ale został z tyłu, a Estelle udała, że nie słyszy.

Oddanie Joshua choć odrobiny jego własnej nieuprzejmości nie przyniosło ulgi, bo od razu zaczęła się niepokoić, że może wyładować złość na jej siostrach. Z pewnością wejdzie prosto do księgarni i da im popalić.

Choć bardzo chciała zawrócić i im pomóc, zapewniały ją, że potrafią o siebie zadbać. Joshua z pewnością je sprawdzi, ale musiała pozwolić im poradzić sobie z tym dokuczliwym człowiekiem samodzielnie.

W tej chwili dudnił jej w sercu jeden rytm: *Do Felixa. Do Felixa.*

Czy już odwołał ślub? Mógł prosto po wyjściu z księgarni pojechać do kościoła, by powiedzieć pastorowi Millingsowi, żeby jutro nie ogłaszał ostatnich zapowiedzi. Jeśli to zrobił, to będzie wyłącznie jej wina; w końcu sama mu to powiedziała.

Jaka ze mnie głupia, mam tylko nadzieję, że nie jest za późno, by powiedzieć Felixowi, że go kocham. Nigdy nie przestanę mu tego powtarzać.

Serce niemal pękło jej na myśl, że mogłaby go już nigdy nie zobaczyć. Nigdy nie zobaczyć jego szerokiego, radosnego uśmiechu ani nie usłyszeć, jak żartuje tylko po to, by ją rozbawić. Całować go. Nagle przypomniały jej się słowa panny Yates o jej dawno utraconym narzeczonym — Żaden z dżentelmenów nie sprawiał, że moje serce biło tak szybko, jak czynił to mój Henry.

Felix sprawia, że moje serce bije właśnie tak — pomyślała Estelle, ponaglając Somerset Valley Four do szybszego kłusa.

Naprawdę go kocham — uświadomiła sobie. Nie potrafiła wyobrazić sobie reszty życia bez Felixa.

U swego boku. Gdziekolwiek będą mieszkać.

Ale najpierw musiała do niego dotrzeć.

Jeśli już wyruszył do Irlandii, naprawdę będzie błagać lorda Ferndale o adres jego matki i pojedzie tam, by go odnaleźć. A lorda Ferndale i pannę Yates przeprosi z całego serca za to, że tak wszystko popsuła; aż dreszcz ją przeszedł na myśl, jak bardzo muszą być rozczarowani!

Tyle sprzecznych myśli kłębiło się w jej głowie, gdy Somerset Valley Four niósł ją ulicami Hatfield. Kościół św.

Jana był tuż przed nią. Zniosłaby nawet, by Brimstone ich pobrał, byleby tylko naprawić swoje głupie błędy.

Widok Felixa zbliżającego się do kościoła z przeciwnej strony sprawił, że wzdrygnęła się ze strachu. Oto był, mężczyzna jej przyszłości, ale zmierzał, by odwołać ich ślub.

Zatrzymała Somerset Valley Four i zsunęła się z siodła na drogę. Łzy zamgliły jej wzrok, gdy pobiegła w stronę Felixa. — Przepraszam, przepraszam! — zawołała.

Felix ściągnął konia i zeskoczył, trzymając wodze. Wyglądał na zdruzgotanego, oczy miał zaczerwienione. To ona mu to zrobiła.

Musiała naprawić tę straszną krzywdę. — Proszę, Felixie, tak mi przykro. Zrozumiem, jeśli będziesz chciał to odwołać, ale nie rób tego jeszcze. Kocham cię. Naprawdę cię kocham i tak dobrze jest wreszcie to powiedzieć. Byłam taka głupia i ja...

Felix przywiązał Hannibala do koryta z wodą przy ulicy, potem wyciągnął do niej ręce i przytulił ją mocno.

— Moja najdroższa Estelle, powiedz, że to nie gorączkowy sen i że naprawdę tu jesteś?

— Jestem i bardzo cię przepraszam.

— Czy wszystko w porządku? — Ujął jej twarz w dłonie. — Jak... nie, nie powiem tego.

Estelle pociągnęła nosem i uśmiechnęła się przez łzy. — Chciałeś zapytać, jak możesz pomóc, prawda?

— Winny — przyznał z nieśmiałym uśmiechem.

— Proszę, nie odwołuj ślubu. Chcę zostać twoją żoną, Felixie, jeśli ty wciąż chcesz poślubić mnie. Bo cię kocham, i teraz to rozumiem. Moje siostry sprzysięgły się przeciwko mnie i pomogły mi zobaczyć, jaka byłam niemądra. I jak okropnie cię oskarżałam, że przejmujesz stery. Wcale tego nie robiłeś. Naprawdę pomagałeś. *Pomagasz*. Chyba byłam zła na siebie, że tak dużo pomogłeś. Może myślałam, że potrafię wszystko, ale jednocześnie nie pozwalałam siostrom zrobić kroku naprzód i też pomagać. One już nie są dziećmi, są dorosłymi kobietami i muszę przestać podejmować za nie decyzje...

Usta Felixa opadły na jej usta w pełnym emocji pocałunku, nieco mniej delikatnym niż poprzednie, z powodu ich wzburzonych uczuć i swobodnie płynących łez.

— Moja najdroższa Estelle — powiedział.

Na dźwięk tych słów jej serce zaśpiewało. — Kocham cię, Felixie.

Nie mówił nic więcej, gdy całowali się znowu, otwarcie i dość skandalicznie przed kościołem św. Jana.

Kiedy w końcu oderwali się od siebie, Estelle powiedziała: — Ale ulga, że dogoniłam cię, zanim dotarłeś do kościoła.

Zmarszczył brwi. — Nie jechałem do kościoła. Myślałem, że to ty tam zmierzasz.

— Jechałam do ciebie.

Roześmiał się i znów ją pocałował. — Jechałem do *ciebie*, by błagać o wybaczenie i poprosić, żebyśmy dali sobie jeszcze jedną szansę. By powiedzieć, że nie obchodzi mnie, gdzie będziemy mieszkać; obchodzi mnie tylko to, bym mieszkał z tobą.

Roześmiali się, znów się pocałowali i trzymali się w objęciach.

— Chcę z tobą zamieszkać w Ferndale Hall — powiedziała Estelle, uświadamiając sobie prawdziwość tych słów w chwili, gdy je wypowiadała. — Doskonale możemy pomagać stamtąd, jeśli moje siostry będą nas potrzebować, ale masz rację. Od początku jasno mówiłeś, że potrzebujesz mnie jako panią na dworze — twój dziadek też! — a ja nie byłam fair. Chcę tego i myślę, że mogłabym być w tym dobra.

Felix półśmiechem pokręcił głową. — Będziesz w tym wspaniała, co wszyscy oprócz ciebie już doskonale rozumieją.

— I chcę pojechać do Irlandii, by poznać twoją matkę. Chcę popłynąć statkiem, a może kiedyś nawet zobaczyć Grecję — choć naprawdę sądzę, że z tak daleką podróżą wolę poczekać do powrotu ojca.

— Zupełnie zrozumiałe! — Felix wyglądał na zachwyconego. — Czy chciałabyś przełożyć ślub? — zapytał całkiem poważnie. — Oczywiście chcesz mieć ojca przy sobie w dniu ślubu. Mogę czekać na ciebie tak długo, jak trzeba.

Kochany, cudny mężczyzna. Estelle pokręciła głową. — Nie. Ojciec może wrócić za kilka miesięcy, albo i rok. Nie chcę tyle czekać, by zostać twoją żoną. Poza tym Louise już planuje przejąć mój pokój na cztery nowe prasy, które jej zamówiłeś. — Uszczypnęła go lekko w ramię, uśmiechając się do niego. — Jesteś zbyt hojny.

Pokręcił głową, wciąż głupkowato się uśmiechając, i znów ją pocałował.

Estelle rozejrzała się i zorientowała się w czymś. — Zniknął Somerset Valley Four.

— Co?

— Koń, którego wynajęłam. Byłam tak rozkojarzona, że zapomniałam go uwiązać.

Felix dumnie się wyprostował i podał jej ramię. — Zatem, moja najdroższa, wypada nam odszukać tego włóczęgę i odprowadzić do domu.

Zabrali Hannibala i ruszyli z powrotem w stronę Red Lion, zakładając, że wynajęty koń sam trafi na podwórze.

— Ja też muszę cię przeprosić — powiedział Felix. — Przesadzałem. Za bardzo starałem się ci zaimponować i przekroczyłem granice. Powinienem pomagać z tobą, a nie podejmować decyzje bez konsultacji. Powinienem więcej słuchać, zamiast coś zakładać.

Tak dobrze było to usłyszeć, choć czuła ogromne poczucie winy, że aż tak wszystko zawikłała. — Aleśmy to poplątali, prawda?

— Zaczniemy to rozplątywać we własnym tempie. Byłem podekscytowany Irlandią i rzuciłem się do działania zamiast najpierw zapytać ciebie. Muszę popracować nad tą stroną siebie. Proszę, trzymaj mnie w ryzach, kiedy ogarnia mnie nierozsądny zapał.

Estelle starła kolejną łzę, tym razem szczęścia. — Wnosisz radość wtedy, kiedy najbardziej jej potrzeba. Proszę, nie zmieniaj się.

Znów się pocałowali i Estelle poczuła się tak kochana i adorowana. Gdy odetchnęli, powiedziała: — Tak bardzo cię kocham, Felixie Yates. Wiem, że kiedy życie nas przyciśnie, ty zawsze znajdziesz sposób, by przynieść trochę radości.

Felix zażartował: — Czuję, że spędzimy niemało czasu, szukając zbłąkanych zwierząt.

— Przynajmniej to się nie zajdzie w ciążę. To on, i to wałach.

Zachichotali i trzymając się za ręce, dalej wypatrywali wynajętego konia. Skręcili za róg i zobaczyli, jak przechodzi pod łukiem na swoje podwórze za Red Lion.

— Ach, mądry koń — powiedziała Estelle. — Słyszałam, że mają doskonałe wyczucie kierunku i zawsze trafiają do domu.

— Tak jak ja zawsze trafię do ciebie, moja najdroższa, gdziekolwiek to będzie.

Jej serce nie mogło być pełniejsze, a jednak Felix znalazł sposób, by je jeszcze bardziej napełnić.

— Tak bardzo cię kocham — powiedziała, ujmując jego dłonie i pochylając się po kolejny pocałunek. — Nigdy się już nie kłóćmy.

Pocałował ją z tak łagodną namiętnością, że zupełnie straciła głowę. Gdy się odsunął, powiedział: — Dołożę wszelkich starań, byśmy nie mieli do tego powodu.

Za jej plecami rozległ się wściekły męski głos: — Proszę natychmiast przerwać ten obrzydliwy pokaz!

Estelle westchnęła głęboko.

Felix spojrzał na Joshuy, potem na Estelle, unosząc pytająco brew.

Wtedy zrozumiała, co robił; prosił ją o pozwolenie, zanim wkroczy z pomocą.

Cudowny mężczyzna. Uśmiechnęła się do niego i szepnęła: — Proszę bardzo.

— Ach, panie Joshua — zawołał głośno Felix. — Pańska punktualność jest bezbłędna. Za chwilę będę. Proszę zaczekać na nas w księgarni.

Szczęka Joshuy opadła, lecz szybko ją zamknął. Estelle nigdy nie widziała go tak oniemiałego.

Felix oddał Hannibala stajennemu i dał mu monetę, potem podał Estelle ramię i ruszyli do sklepu na kolejne kompletnie zbędne starcie.

— Jesteśmy drużyną — powiedziała Estelle z determinacją. — Damy sobie radę.

ROZDZIAŁ 21

Dzwony weselne

Ledwo zamknęli za sobą drzwi sklepu, a Joshua już zaczął maszerować w tę i z powrotem przed nimi, potrząsając twardo palcem tuż przed ich twarzami. Phoebe stała z boku, oparta o jedną z półek z książkami, wyglądając tak, jakby miała zaraz zemdleć.

Siostry Estelle zostały za ladą z posępnymi minami. Najwyraźniej Joshua ostro je przegonił, a one musiały radzić sobie z nim same. No, nie same, bo były we trzy, ale poradziły sobie bez niej. Wciąż stały, księgarnia wciąż stała.

I wtedy zrozumiała, że naprawdę sobie poradziły. Razem. I wszystkie trzy stały wyprostowane, ramię w ramię. Pewne siebie, dojrzałe kobiety, które potrafią stawić czoła temu oprychowi.

Joshua wrzasnął na Estelle — Zbyt wiele razy nas zgorszyłaś. Tego już za wiele!

Felix najpierw spojrzał na Estelle, upewniając się, że życzy sobie, by wkroczył i pomógł.

Rozpromieniła się i skinęła głową — Tak, poproszę.

— Nie słyszałem o żadnych przepisach, które zakazują okazywania uczuć parze tuż przed ślubem — odparł Felix chłodnym tonem.

— Nie ty — ryknął Joshua, po czym wcisnął palec w twarz Estelle. — Ona!

Był tak blisko, że widziała coś utkwionego między jego zębami z ostatniego posiłku.

Felix chrząknął, stanął między Joshuą a Estelle i odezwał się groźnie niskim głosem — Nie będzie Pan w ten sposób zwracał się do przyszłej pani Yates i baronowej Ferndale. Gdyby to zależało ode mnie, nigdy nie miałby Pan już pozwolenia odzywać się do kogokolwiek z nas, w żadnym tonie. Jest Pan pyszałkiem, który wykorzystał żałobę mojego dziadka, by wkręcić się na stanowisko, do którego jest Pan nieprzygotowany i za cienki w uszach, takie, z którym... z którym ślepy osioł poradziłby sobie sprawniej.

Zszokowany, ale najwyraźniej rozumiejąc, jak niemądrze byłoby krzyczeć na Felixa, Joshua zacisnął szczękę i wymamrotał coś pod nosem.

Felix dodał — Będzie Pan okazywał mojej przyszłej żonie szacunek, w przeciwnym razie odpowie Pan przed moim dziadkiem... i przede mną, a wtedy znajdzie Pan moją pięść na swojej twarzy, jeśli kiedykolwiek jeszcze odważy się Pan na nią krzyczeć.

Estelle dotknęła dłonią bicepsu Felixa i doceniła siłę pod koszulą. Odwrócił się do niej i powiedział z poczuciem winy — Chyba znowu przesadziłem, prawda?

Estelle przechyliła głowę w zamyśleniu, po czym odparła — Myślę, że byłeś w sam raz. Następnie wyprostowała ramiona i zapożyczyła trochę siły Felixa, by wzmocnić własną, gdy zwróciła się do Joshuy miodowym tonem. Kij i marchewka, pomyślała; Felix postraszył, a ona może teraz podsunąć Joshuie zgrabne wyjście z twarzą. Chłodnym głosem wygłosiła mało zawoalowaną groźbę. — Byłoby to ogromnie przykre i dla Pana, i dla pani Baxter, i do tego niezwykle kompromitujące, gdyby nie wpuszczono Państwa na uroczystości weselne w Ferndale Hall.

Nigdy wcześniej nie mówiła do kuzyna w ten sposób. Serce jej waliło od nerwów buzujących w żyłach. Obecność Felixa dodawała jej odwagi, by mogła dokonać niemal wszystkiego. Ale było coś jeszcze ważnego, co musiała Joshuie powiedzieć.

— Będzie Pan mnie prowadził do ołtarza, jako głowa rodziny Baxterów pod nieobecność mojego ojca. Będzie Pan punktualny i będzie Pan wzorowo grzeczny. Czy to jasne?

Wykrzywił usta, jakby chciał ją znów zaatakować słownie, ale Felix zrobił krok naprzód, zaciskając pięści u boków, i Joshua pospiesznie wykrztusił tylko — Dobrze.

Felix cofnął się, sięgając po dłoń Estelle.

— Ale nie będę się tym cieszył — dodał Joshua, najwyraźniej chcąc mieć ostatnie słowo.

Z ust Estelle wyrwał się śmiech. Miała w zanadrzu sporo ripost dla kuzyna, ale nie było warto. Tak niewiele rzeczy zdawało się sprawiać Joshuie przyjemność — poza wrzeszczeniem na Estelle i jej siostry — że niemal zrobiło jej się go żal. Zerknęła na Phoebe, która nie odezwała się ani słowem przez cały ten czas.

— A Pani ma coś do dodania? — zapytała Estelle. — Tak myślałam — dodała, kiedy Phoebe szybko pokręciła głową. — Pannie Yates bardzo zależy, żebym dołączyła do jej komitetów, a rozumiem, że Pani wciąż próbuje dostać na nie zaproszenie. Nie mam pojęcia, dlaczego nikt jeszcze o Pani nie pomyślał, naprawdę. Byłaby Pani znakomita w roli gospodyni posiedzeń. Ogromnie się cieszę na współpracę z Panią, Phoebe.

Louise prychnęła śmiechem.

Phoebe wyglądała, jakby żuła cytrynę, ale zmusiła się do czegoś na kształt uśmiechu i skinęła głową. — Oczywiście, Estelle — powiedziała.

— Mogą już Państwo wyjść — rzekła Estelle, otwierając drzwi na ulicę, by im wskazać wyjście.

Estelle patrzyła, jak odchodzą, gdy razem z Feliksem domykali drzwi przed kuzynostwem.

Felix uśmiechnął się do niej ciepło i powiedział — Tworzymy znakomity zespół.

— I to jaki — zgodziła się Estelle i objęła go ramionami, obdarzając wspaniałym pocałunkiem.

Jej siostry dopingowały ich zza lady. Gdy się od siebie oderwali, trzy młodsze pobiegły do przodu i zasypały ich oboje serdecznym uściskiem.

— Ślub wraca do planu? — zapytała Louise.

— Tak — odparła Estelle. — I dziękuję, że pomogłyście mi przejrzeć na oczy.

Uszy wypełniły jej wiwaty i okrzyki — Dzięki Bogu!

***

Pod koniec tego bardzo długiego i emocjonującego sobotniego dnia Felix pomagał swoim pracownikom wsiąść do powozu. Louise podarowała pokojówkom kilka książek Minervy z ich półki wypożyczeń w podziękowaniu.

Bernadette wręczyła Feliksowi kolejną butelkę toniku dla lorda Ferndale. — Odwiedzę go, kiedy będziecie w Irlandii, żeby dopilnować jego zdrowia.

— To ogromnie miłe z twojej strony, Bernadette, od razu mi lżej na sercu. — Pochylił się, by z czułością pocałować ją w policzek. — Zobaczycie nas jutro w kościele, proszę, usiądźcie wszystkie w ławce Ferndale'ów. Panią Poole również zapraszam, jeśli nie ma Pani innych obowiązków.

Pani Poole spąsowiała, że to ją wyróżniono.

Estelle pożegnała się już z Feliksem pocałunkiem w środku księgarni, żeby nie poniosło jej i by nie zrobić kolejnego widowiska publicznie. Mimo to czuła, jak ją do niego ciągnie, gdy miał właśnie wskoczyć na Hannibala. — Dziękuję ci — powiedziała, po czym ściszyła głos tak, by tylko oni dwoje usłyszeli. — I moje serce.

— Zawsze będę cię pieścił troską — odparł, muskając ją miękkim pocałunkiem, po czym dosiadł konia.

Siostry pomachały Feliksowi na pożegnanie i zawróciły do księgarni, a Estelle złapała Crafty, kiedy kotka próbowała przemknąć między ich kostkami na zewnątrz.

— O, nie ma mowy, proszę pani! Na te wygłupy już zdecydowanie za późno, jeśli się nie mylę. Zauważyłyście, jak się zaokrągla?

— Kocięta pod koniec sierpnia, tak sądzę — orzekła mądrze Bernadette. — Będziecie wtedy w Irlandii!

— Poradzimy sobie z kociętami tak samo, jak poradzimy sobie ze wszystkim innym, co się trafi podczas twojej nieobecności — powiedziała Louise, obejmując Estelle ramieniem.

Westchnęła szczęśliwie i rzekła — Felix obiecał pomóc w znalezieniu im domów...

— Crafty tak dobrze poluje na myszy, że jej kocięta zawsze mają wzięcie — stwierdziła Marie. — Chociaż może lord Ferndale i panna Yates zechcą jednego do Dworzu? Widziałaś tam jakiegoś kota, Estelle?

— Nie widziałam. Upewnię się, czy chcieliby kociaka — obiecała Estelle, myśląc, że będzie jej jednak brakowało Crafty, kiedy przeniesie się do Ferndale Hall. Kociak byłby miły, choć miała nadzieję, że nie odziedziczy po matce nawyku zostawiania na wpół wypatroszonych trofeów w najmniej odpowiednich miejscach!

Piątek, dzień ślubu Estelle z Feliksem, wstał ze słońcem i kilkoma cienkimi obłokami na niebie.

Joshua prowadził ją do ołtarza, tupiąc i mamrocząc całą drogę, z twarzą jak burzowa chmura. Mruknął pod nosem — Nie będzie cię tu, żeby chronić siostry, kiedy będziesz w Irlandii.

Estelle uśmiechała się i skinieniami głowy pozdrawiała licznych parafian zgromadzonych w kościele. Przyjaciele z całego Hatfield i dalecy krewni, których nie widzieli od ostatniego wielkiego rodzinnego zjazdu. Wielu ocierało oczy ze wzruszenia, przepełnionych radością dla niej. — Moje siostry są dla Pana równorzędnymi przeciwniczkami — odparła Joshuie, nie przestając się uśmiechać.

Nic, co by powiedział, nie było w stanie popsuć jej nastroju. Choćby się starał, nic nie zdołało przyćmić Estelle tej najszczęśliwszej z chwil.

Przy ołtarzu czekali Felix i lord Ferndale. Myślała, że jej przyszły mąż jest przystojny, ale blask uwielbienia na jego twarzy nadał mu niemal anielski wyraz; jakby zstąpił z niebios. Lord Ferndale uniósł brew w stronę Joshuy i mężczyzna przestał mamrotać.

Wkrótce Joshua oddał ją w dłonie Feliksa, a jej duch wzleciał pod niebo.

Nawet zawodzenie Starego Siarki nie zdołało przygasić ich radości. Felix nauczył ją dostrzegać radość w drobiazgach. Im częściej to robili, tym więcej radości znajdowali.

W pewnym momencie Felix próbował stłumić śmiech, gdy pastor Millings piorunował o tym, że obowiązkiem żony jest we wszystkim poddawać się mężowi i zgadzać się z nim w każdej sprawie. Estelle sama miała wybuchnąć chichotem, więc musiała odwrócić wzrok. Szukając rozproszenia, spojrzała na siostry siedzące z przodu kościoła w ławce Ferndale'ów wraz z panną Yates i panią Poole, wszystkie uśmiechnięte i ocierające łzy z policzków. Duma wypełniła ją na widok tego, jak bardzo jej siostry dojrzały, odkąd ojciec wyruszył w podróż. Ojca może nie było tu, ale był w ich sercach i nieustannych myślach.

Kiedy wikary zapytał, czy Felix przyjmuje przysięgi małżeńskie, głos Feliksa był zduszony wzruszeniem, gdy powiedział — Tak.

Estelle nie zawahała się ani chwili, gdy przyszła jej kolej, choć głos zadrżał jej lekko od kipiącego szczęścia, gdy powtórzyła swoje — Tak.

W tym tempie oboje mogli się rozpłakać z radości. Zamierzali zacząć wspólne życie tak, jak chcieli je prowadzić dalej — w doskonałej zgodzie i do cna, absolutnie szczęśliwi.

Goście weselni wiwatowali, gdy skradli sobie pierwszy pocałunek jako mąż i żona. Przed kościołem zostali otoczeni życzeniami i gratulacjami od wszystkich poza Phoebe i Joshuą, którzy trzymali się daleko w tyle.

Wkrótce siedzieli już w powozie wiozącym ich do Ferndale Hall na śniadanie weselne, a kilka dni później mieli wyruszyć do Irlandii.

— Możesz wracać do księgarni tak często, jak będziesz potrzebować — powiedział do niej Felix, gdy powóz potoczył się dalej, a Estelle machała do wiwatującego tłumu.

— Dziękuję. — Ścisnęła jego dłoń, wiedząc, że mówi serio. Była wdzięczna za jego zrozumienie. — Ale przeczuwam, że spodoba mi się mój nowy dom.

Felix szturchnął ją lekko. — Nasz dom?

— Tak — odparła Estelle, promieniejąc radością i całując go znów. — Nasz dom.

Tydzień później panna Marie Baxter i jej dwie siostry, Louise i Bernadette, wraz z panią Poole, pomachały na pożegnanie swojej najstarszej i oszołomioną szczęściem siostrze Estelle oraz jej świeżo poślubionemu mężowi, gdy wyruszali w podróż do Irlandii.

Kiedy ich powóz zniknął z oczu, Marie westchnęła, wypatrując ciszy księgarni.

Trochę spokoju po takim zamieszaniu brzmiało jak spełnienie marzeń. Potrzebowała czasu dla siebie, by na nowo złapać rytm. Zbyt wielu ludzi i za dużo wrażeń potrafiło ją kompletnie rozstroić. Porządna „przestrojeniówka" była dokładnie tym, czego jej trzeba.

Jutro będzie dniem porządków, więc nie trzeba się będzie martwić klientami; żadnych dodatkowych osób do ogarnięcia.

Jeśli szczęście się do nich uśmiechnie, dziś w sklepie ruch też może być mały.

Można sobie pomarzyć, prawda?

Korespondencję wypełniała teraz przy przedniej ladzie, razem ze zwykłymi rachunkami i księgowością. Estelle nie miała się czym martwić, bo Marie doskonale radziła sobie z papierami między obsługą klientów, a Ruth szybko uczyła się pomagać odwiedzającym, przerywając Marie najczęściej dopiero wtedy, gdy trzeba było sfinalizować sprzedaż.

Louise dbała o drapak Crafty i co rano sprawdzała za ladą, czy nie ma wnętrzności, niech jej Bóg w dobro policzy. Nikt z nich nie chciał się tego zadania podjąć. W końcu pani Poole kazała im losować słomki, żeby było sprawiedliwie.

Marie przełamała pieczęć listu i podeszła do okna, by odczytać pajęcze bazgroły. Podsunęła wyżej okulary na nosie, mrużąc oczy w kartkę i obracając ją to tak, to inaczej, próbując rozszyfrować słowa. Dobry Boże, wyglądało, jakby napisano to w trakcie jazdy powozem na lichych resorach.

— Co za roszczeniowość! — wyrwało jej się do nikogo w szczególności.

Bernadette wychyliła głowę do sklepu. — Wszystko w porządku?

Marie spojrzała na Bernadette znad okularów i potrząsnęła przy niej listem. — Przeczytaj to. Roszczeniowość niektórych klientów! Niewiarygodne.

— Co się stało? — zapytała Bernadette, szybko przebiegając wzrokiem stronę, po czym powiedziała — Och!

— No właśnie, och! Nie pojadę aż do Kumbrii, żeby osobiście dostarczyć temu panu książki, nawet jeśli jest hrabią! — Pokręciła głową, biorąc list z powrotem i rzucając go na biurko. — Co za kompletna niedorzeczność!

Mamy nadzieję, że wspaniale bawiłyście się przy romansie Estelle i Felix. Przerzućcie stronę, by przeczytać prolog drugiego tomu serii *Księgarniane Piękności, Wesoły Dżentelmen Marii.*

Wesoły Dżentelmen Marii

PROLOG

— Kumbria. Co za absolutnie niedorzeczny pomysł!

Marie Baxter, druga najstarsza i z pewnością najbardziej wrażliwa z czterech córek Baxterów, prowadzących księgarnię Baxter's Bookshop w Hatfield w hrabstwie Hertfordshire, spojrzała na list w dłoni i westchnęła z frustracją.

Autor korespondencji mógł i być hrabią, ale nie było mowy, by miała podróżować aż do Kumbrii, żeby dostarczyć dwie książki. Nieważne, jak cenne. Uniosła pióro i napisała odpowiedź, stalówka wrzynała się w papier w rytm jej irytacji.

— Nie mam ani czasu, ani ochoty, by niemal przez dwa tygodnie tłuc się w dyliżansie pocztowym ze wszystkimi jak leci, tylko po to, by dostarczyć dwie książki. W Hatfield są ludzie, którym ufam i którzy bez trudu wykonają to zadanie,

podczas gdy ja zostanę w księgarni i będę wypatrywać kolejnych tytułów z pańskiej listy.

Z wyrazami szacunku itd., M. Baxter.

Dlaczego ten człowiek nie powierzy książek zwykłemu posłańcowi? Jego poczucie uprzywilejowania nie znało granic! Posypała list piaskiem, złożyła go i od razu ruszyła do sąsiedniego Red Lion, by wysłać go najbliższą pocztą jadącą Great North Road. Późne popołudnie zrobiło się chłodne, więc owinęła się szczelniej chustą, zakrywając ramiona i uszy.

Dzwoneczek nad drzwiami zadzwonił, kiedy wróciła do sklepu. Sprytna Kotka nie pognała do wyjścia, jak się spodziewała. Teraz, gdy o tym pomyślała, od jakiegoś czasu nie widziała pulchnej, czarnej kotki. Albo wymknęła się, gdy nikt nie patrzył, albo znalazła sobie gdzieś ustronne miejsce, by wić gniazdko dla wkrótce mających się narodzić kociąt.

Wrzesień 1814 roku

Następny list od hrabiego nie był wcale lepszy.

— Nikomu nie ufam w kwestii dostarczenia tych tytułów prócz pani. Osoby trzecie są gorsze niż bezużyteczne — są niedbałe. Książki może i dojadą, ale w jakim stanie? Tylko ktoś o tak rozległej wiedzy i doświadczeniu jak pani pojmie nie tylko ich wartość pieniężną, lecz także symboliczną i głęboko istotną wartość dla świata literatury. Dlatego to pani, i tylko pani, musi dostarczyć mi te książki. Zostanie pani stosownie wynagrodzona za czas i trud.

Gdyby zrobiła pani, jak pierwotnie prosiłem, już by tu były, a pani byłaby w dobrej drodze powrotnej.

Marie przewróciła oczami. To nie były prośby, lecz żądania, i robiły się coraz bardziej kategoryczne.

— Nasz interes byłby już dawno pomyślnie zakończony. Dość zwłoki. Proszę przywieźć moje książki.

— Renwick.

Pokazała list siostrze Louise, która właśnie prostowała plecy po mieszaniu świeżej porcji śmierdzącego kleju. Chłodniejszy, jesienny wiatr wył przez okna i szczypał je w kark, ale tylko otwarte okna pozwalały wywietrzyć odór.

Kocięta Sprytnej przebiegały przez księgarnię jak puszyste czarne dziury. Gdy dwoje z nich turlało się i bawiło razem, nie sposób było dostrzec, gdzie kończy się jedno, a zaczyna drugie.

— Są takie rozkoszne — powiedziała Louise, śmiejąc się, gdy jedno z kociąt rzuciło się na powłóczącą się sznurówkę od buta.

— Owszem, ale bardzo szybko będziemy musiały znaleźć im domy.

— A czemu by nie zatrzymać jednego, żeby Sprytna miała towarzystwo?

— Bo jeśli zatrzymamy kocurka, dorośnie i zacznie znaczyć książki moczem. A jeśli kotkę, pewnie będzie równie płodna jak matka. I jeszcze przyjdzie nam kiedyś szukać domów aż dla dwóch miotów — odparła rzeczowo Marie. Ktoś musiał twardo stąpać po ziemi.

— To będę się nimi cieszyć, póki są małe i urocze — oznajmiła Louise, chwytając przemykające kociątko i wtulając jego mięciutkie ciałko w policzek. — Lepiej odpisz

Hrabiemu Wymagającemu i powiedz mu, gdzie może sobie wsadzić swoje żądania.

— Muszę być milsza! Za każdym razem, gdy dajemy ogłoszenie w *The Times*, przysyła kolejny list z prośbą o dodanie następnych książek do zamówienia. To już prawie sto funtów.

Louise zagwizdała przez zęby, mało to było damie przystoi. — Może powinnaś pojechać. Estelle z pewnością by pojechała.

To szczere spostrzeżenie ukłuło Marie. Wiernie obiecała najstarszej siostrze, że świetnie sobie poradzą z prowadzeniem księgarni pod nieobecność Estelle.

Cztery siostry Baxter i tak już prowadziły księgarnię pod nieobecność ojca. Potem Estelle poślubiła ukochanego pana Yatesa i przebywała obecnie w Irlandii, odwiedzając jego matkę.

Louise miała rację: Estelle dawno wyruszyłaby już do Kumbrii, traktując tę wyprawę jak przygodę. Marie natomiast widziała w niej koszmar. Nigdy nie była dalej od Hatfield niż w Londynie i znienawidziła zarówno podróż, jak i samo miasto. Miejski hałas wiercił jej w głowie, wywołując najgorsze migreny. Ostatnie, na co miała ochotę, to spędzić tydzień lub dłużej w jedną stronę w zatłoczonym, dusznym dyliżansie, podskakując na każdym wyboju aż niemal pod granicę ze Szkocją!

Marie znalazła znakomitą ripostę: — Estelle zabrałaby książki, wróciła, a potem natychmiast stanęłaby w obliczu kolejnego zamówienia — zauważyła.

Louise skinęła głową. — Słusznie. No dobrze, musisz go jakoś przekonać, Marie. Sto funtów to nie przelewki! —

Pocałowała jeszcze raz kociątko, aż zapiszczało z protestem, po czym postawiła je na podłodze i wróciła na górę.

Marie skreśliła odpowiedź i była tak uprzejma, jak to możliwe, w tym w ostatnim akapicie;

— *Obecnie brakuje nam rąk do pracy i nie mogę zostawić księgarni bez opieki. Proszę ponownie rozważyć preferowany sposób dostawy.*

Z poważaniem, M Baxter.

Październik 1814 roku

— Gdzie pani jest i gdzie są moje książki? Potrzebuję ich tutaj na Boże Narodzenie!

Ten ostatni list od Hrabiiego Wymagającego naprawdę zirytował Marie. Radziły sobie nieźle bez ojca i Estelle, ale ostatnio obowiązków przybyło. Miały szczęście, że pomagała im młoda Ruth Millings oraz kuzyn Brutus Baxter. Brutusowi nie przeszkadzał też smród kleju i wydawał się szczerze podekscytowany nauką sztuki naprawy i oprawy książek, okazując się kompetentnym i entuzjastycznym czeladnikiem Louise. Dzięki temu mogły zwiększyć liczbę tytułów naprawianych i oprawianych w danym tygodniu, co mile podreperowało dochody księgarni.

Ku ich radości, w krótkim odstępie czasu dotarły dwie skrzynie książek i tytuły okazały się niezwykle popularne. Sprzedawały się łatwo, co pomagało im odkładać środki na spłatę ogromnej pożyczki bankowej ojca.

Jeszcze przyjemniejsze od książek było znalezienie krótkiej notki od Taty, co stanowiło ogromną ulgę. Niestety była bez daty, co było irytujące. Louise bystro dostrzegła wskazówkę dotyczącą daty w pospiesznie nabazgranej notatce Taty.

Znów jestem w Tours. Ulewne jesienne deszcze, drogi na północ w najlepszym razie marne.

— Aha! W poprzedniej notce pisał, że dotarł do Tours — powiedziała Lousie. — Tamta była datowana. Skoro tu pisze, że jest w Tours *znowu*, to znaczy, że ta notka powstała po poprzedniej. Prawie musiało tak być, bo tamta dotarła prawie trzy miesiące wcześniej, ale dobrze mieć potwierdzenie.

— Jesteś genialna! — powiedziała Bernadette.

— Bywają takie chwile — Louise uśmiechnęła się, zadowolona z rozwiązania zagadki.

Marie roześmiała się i dodała: — Najwyraźniej bawi się tam wyśmienicie. — Ulgą było, że Louise tak szybko to rozgryzła. Były zgranym zespołem.

Ale gdyby Marie wyjechała z Hatfield w podróż, dotychczasową pracę czterech sióstr musiałyby dźwigać tylko dwa barki. Była najstarszą z sióstr, które zostały w domu

Nie mogła jechać. Absolutnie nie mogła.

Nawet z dwiema dodatkowymi książkami, o które poprosił hrabia, co podniosło jego zamówienie do stu dziesięciu funtów.

To w ogóle nie wchodziło w grę.

Kliknij tutaj, aby kontynuować czytanie książki *Wesoły Dżentelmen Marii.*

O Autorkach

Catherine Bilson i Ebony Oaten od lat współpracują, tworząc wieloautorskie antologie romansów w stylu regencji, które trafiają na listy bestsellerów.

Na konferencji Romance Writers of Australia w Adelaide w 2024 roku były pochłonięte prowadzeniem Indie Book Store, kiedy wpadły na pomysł tej serii. Księgarnia miała odegrać dużą rolę — i tak przecież spełniały swoje marzenie, sprzedając książki czytelnikom.

Dlaczego więc nie osadzić historycznej serii w samej księgarni? Z siostrami, które każda z osobna odnajdują miłość w tętniącym życiem miasteczku. Natychmiast zaczęły burzę mózgów nad komplikacjami i problemami — a co, jeśli ich ojciec pognał do Francji po wygnaniu Napoleona na Elbę, żeby zdobyć rzadkie książki? Bohaterowie przecież nie mieli skąd wiedzieć, że Napoleon już po kilku miesiącach ucieknie i sprowadzi na Francję chaos!

Na tej samej konferencji Catherine zdobyła RUBY —

nagrodę Romantic Book of the Year — za swoją nowelę *The Bride Said No*. Ta nowela, rzecz jasna, zaczynała jako część jednej z ich wspólnych antologii.

Ebony również wcześniej zdobyła Ruby — kilka lat temu, za jedną ze swoich słodkich powieści romantycznych, *The Girl and The Ghost*.

Skoro połączyły siły w romansie, na pewno mogły wymyślić coś wspaniałego.

Możesz śledzić autorki, zaglądając na ich strony i zapisując się do newsletterów.

Catherine znajdziesz tutaj:

Ebony znajdziesz tutaj:

O CATHERINE:

— Dorastałam w XIV-wiecznym dworze w północnej Walii i większość młodości spędziłam, wymyślając historie o ludziach, którzy mogli w nim kiedyś mieszkać. Kilka lat później uciekłam i poślubiłam przystojnego Australijczyka, a teraz żyję z nim i naszymi dwoma synami w nieustannym słońcu Queensland.

— Piszę oryginalne romanse w epoce regencji, wariacje inspirowane Austen oraz romanse o pionierach w Ameryce. Tworzę też współczesne romanse i romantic suspense pod pseudonimem Caitlyn Lynch.

O EBONY:

Ebony pochodzi z Melbourne w Australii i pracowała jako dziennikarka w kilku lokalnych redakcjach w mieście. Potem spróbowała sił w pisaniu romansów i już nie oglądała się za siebie. Wyszła za Walijczyka, takiego swojskiego *boyo*, i wychowują syna w Melbourne, gdzie jednego dnia potrafi być nieznośnie gorąco, a następnego leje jak z cebra.

Gorący Wielbiciel Estelle

Wesoły Dżentelmen Marii

Świąteczny Bohater Louise

Przystojny Doktor Bernadette

Chętna wdowa po Matthew

Również autorstwa Catherine Bilson

Więcej informacji o Catherine i jej książkach znajdziesz tutaj:

https://www.shenaniganspress.com/pl

Również autorstwa Ebony Oaten

Więcej informacji o Ebony i jej książkach znajdziesz tutaj:

https://ebonyoaten.link/polskim